ことのは文庫

陰陽師と天狗眼

―冬山の隠れ鬼―

歌峰由子

MICRO MAGAZINE

目次

陰陽師と天狗眼

―冬山の隠れ鬼―

序・鬼

「いーち、にーい、さーん、しーい、…………きゅー、じゅー。もーいーかい？」

「まーだだよー」

幼い声が遠くで返す。二人で『隠れんぼ鬼ごっこ』をするときは、必ず年長の自分が「鬼」だった。

「じゅーいち、じゅーに、じゅーさん…………もーいいかーい？」

「……――まーだだよォ……」

「鬼」となった自分を置き去りにして、鬼ごっこは始まる気配を見せない。

一年生は、山で鬼ごっこをしちゃあ、いけんのんよ。

山で鬼ごっこしたらね、ほんまの鬼が出るんじゃけぇ。

もし山ん中で「もういいかい」いうて呼ばれたら、絶対に「まだだよ」って返しんさい。

もういいかい、いうて聞きよるんは、山の鬼なんよ。

じゃけえ、「もういいよ」言うてしもうたら、山の鬼に攫《さら》われてしまうけぇね。

1．宮澤美郷

「まだあと三日は寝といた方がいいよ。深夜勤務できるような脈じゃない」

狩野怜路《かりのりょうじ》の両手首で脈を取りながら、若き陰陽師《おんみょうじ》殿が眉根を寄せる。マジかー、と怜路は落胆の声を上げげた。秋も深まり、周囲の山々も茶色く変わる頃である。布団の中は日ごとに居心地よくなる季節だが、それにしてもいい加減寝ているのには飽きた。

先日コタツを出したばかりの、狩野家の茶の間の端に延べられた万年床。その上に胡坐《あぐら》をかいて、怜路は下宿人に「診察」されていた。

「つかお前、中医学の心得もあんのな」

己の手首を押さえる、丁寧に揃えられた長い指を眺める。視線をあげれば、整って柔和な顔が真正面にあった。滑らかな輪郭を描く白い頬に、伏せられた睫毛の影が落ちる。淡く、昼間でも仄《ほの》かに朱《あか》い晩秋の陽光の中、長い黒髪を丁寧に括《くく》った中性的な青年が端座している。彼の名は宮澤美郷《みやざわみさと》、龍神の血を受け継ぐという家柄に生まれた、美貌の青年陰陽師だ。現在は狩野家の離れに下宿し、ここ巴《ともえ》市の市役所に勤務している。

「陰陽道も中医学も同じ陰陽《いんよう》五行を使うだろ。専門家ほどじゃないにしろ、基礎は教わってるからね」

白く整った見た目に反して、体温の高い指先がそっと脈を探る。ぬくい手をしてるな、と何となく言うと、お前の手が冷たすぎるだけだと呆れた声で返された。

「なるほど、流石《さすが》に鳴神《なるかみ》くらいの家になると、叩き込まれる基礎のレベルが違ェなあ」

「そうそう。だから、いくら護衛対象を守るためだからって、祟《たた》り神と掴み合いなんて野蛮な真似はしないんだよ」

出自の話になると、美郷は多少機嫌を悪くする。脈を取っていたはずの指がぐっと強く怜路の手首を掴み、美郷の眉間のしわが深くなった。

「――あのね怜路。おれはお前の蛮行について、とても怒ってるんですよ」

怜路の内心を見透かしたように、伏せられていた双眸《そうぼう》がきっ、と怜路を見据える。

「やー、符やら何やら用意すンのが苦手だと、どうしてもなァ」

怒りを宿した黒曜石の眼から逃げるように、怜路は天井を眺めた。狩野怜路、二十四歳。本職は拝み屋、副業は居酒屋アルバイト。金色に脱色したツンツン頭と薄く色の入ったサングラスがトレードマークのチンピラ山伏、人呼んで『天狗眼《てんぐがん》の怜路』――のアイデンティティたるサングラスを枕元に取り去られ、ただ今絶賛布団の住人である。

怜路は先日、拝み屋として請けた仕事で、多少の無茶をした。護衛対象を守るために、荒ぶる土地神へ体当たりで攻撃したのだ。結果依頼は無事解決したが、翌日から寝込む羽目になって本日四日目、そろそろ寝ているのに飽きて起きあがろうとしたところを、お目付け役の下宿人に発見されて現在に至る。

「……とにかく。まだまだ脈が弱すぎる。こういう無茶は腎の気……寿命を削るんだ。今しっかり養生しとかないと、あっという間に老け込むぞ」

怜路の手首を解放し、美郷がつい、とこめかみにかかるほつれ髪を整えて腰を浮かせた。丁寧に梳《くしけず》りひとつに括られた、さらりと艶やかな黒髪が揺れる。

「おれはあんまり料理が上手くないから、良い食養生はさせてやれないけどね。霊符湯《れいふとう》と薬湯は用意するから、早く起きたけりゃ、それをきちんと飲みなさい」

「その霊符湯が、寿命削りそうなレベルで不味いんだが、そこはどうよ」

霊符湯とは読んで字の如く、霊符を焼いた灰を湯に溶かしたものだ。正真正銘、陰陽師様が呪力を込めた霊薬なのは分かるのだが、いかんせん不味い。それはそれは不味い。

「嫌なら、二度とこんな真似はするな」

膝立ちの美郷が一層真剣味を帯びた声音で、真正面からぴしりと言った。確か怜路が年上のはずだが、まるっきり親に叱られている気分だ。こいつ叱り慣れてるな、と妙なことに感心していると、片眉を上げた美郷が小首を傾げた。よほど怜路が珍妙な顔をしていたのか、どうした？　と尋ねてくる。

「イヤ、こう、お前ってなに……こういうお世話慣れてンな」

表情を和らげた美郷が更に首をひねる。

「そう？　まあ、弟が風邪引いたりしたら、よく看病してたからね」

そういえば美郷には、歳の離れた、腹違いの弟がいたのだったか。

「あー、弟クンな。なるほど」

美郷は良い家柄の生まれといっても、嫡子《ちゃくし》ではない。お家の跡取りはその弟の方で、いわゆる隠し子だった美郷とその弟とは、決して単純な兄弟仲ではなかっただろう。そんな中、折に触れて聞くエピソードにおいての美郷は、まるで弟君の養育係だった。

まあ、本人が話そうとしない時に、深入りするような話題ではない。そう怜路は思考を切り替える。

「いやいや、にしてもスイマセンね、俺なんかのためにここまでして頂いてよ」

状況のむず痒さに抗い切れず、つい茶化したような言葉が口をつく。実際美郷は、目の前でダウンした怜路をこの四日、熱心に看病してくれていた。

ひとつの家に住んでいると言っても、関係は大家と下宿人であり、居室も別棟である。決して「一緒に暮らしている」わけではない。そんな相手が怜路を本気で心配し、看病してくれるのはなんともこそばゆいことだ。

「……お前のためじゃないよ」

一拍、逡巡《しゅんじゅん》するような間をおいて、美郷がぽつりと答えた。

「んあ？　まあ、俺が居なくなりゃァ、お前もまた宿無しかもしれねえもんなあ」

光熱水通信費合わせて、三万円ポッキリの家賃を滞納するような貧乏人である。ここを追われれば次の宿には苦労するだろう。大人しく布団に入り直し、天井を見上げてけたけた笑う怜路の視界の端で、立ち上がった美郷が軽く目を細めた。

「それも含めて、ね。おれが、お前には元気でいて欲しいから、おれのためにやってることだ。お前のため、なんて言うつもりはないよ」

静かな言葉に笑いも引っ込む。

「美郷君さあ……お前、よくそんな台詞サラッと決めれるね？」

「んー、母さんの教えだからね。人に何かをしてあげたいと思った時は、相手のためと思うな、やりたいと望む自分のためにやってることを、常に自覚しろって。『あなたのために』と『あなたのせいで』は同じ意味だよって……結局、自分の行動の責任は全部自分で背負え、って意味だったんだろうけど、大人になると身に沁みるなって」

「おお、格好いいなァお前のかーちゃん。そういやあ、そのお袋さんは……」

勢いで尋ねかけて、怜路は口を噤《つぐ》んだ。美郷の話に出てくる「実家の家族」に、実母は登場してこない。やばい、と気まずく見上げる怜路と視線を合わせ、少し困ったようにへらりと笑った美郷が答えた。

「あー、一緒に出雲《いずも》に越したんだけど、おれが中学の頃に居なくなってそのまま、かな」

美郷の見せるアルカイックスマイルは、「これ以上は立ち入ってくれるな」という合図だ。へえ、そうかい。と適当に返して、怜路はもぞりと布団に潜った。

「じゃあ、昼の準備してくるから」

言い置いた美郷が、静かに畳を踏んで部屋を去る。身体の軸をぶらさない、静かで滑るような足運びもまた、全国屈指と言われる名家で叩き込まれたものだろう。

台所へと繋がるガラスの引き戸が、開いて閉じる。その音を確認した怜路は再び布団から顔を出して天井を見上げた。

宮澤美郷は一風変わった髪型で、女顔がへらりと頼りない風情の貧乏公務員だ。だがその過去には、あまりにも地雷が多い。彼のもう一つの姿である『鳴神《なるかみ》美郷』——蛇喰《へびく》い、と呼ばれた外腹の長男坊は、鳴神家の深い、深い闇の底に沈められた人物だった。


鳴神克樹《かつき》は幼い頃、いつも兄に遊んでもらっていた。

克樹のお気に入りの遊びは「隠れ鬼」だった。広い屋敷の片隅に息を潜める克樹を、兄は必ず見つけ出してくれる。

「みーつけた」

まだ声変わりしていない、高く優しい声とともに、兄の美郷が克樹に手を伸ばす。きゃーっと歓声を上げて逃げる克樹を腕の中に閉じこめ、五つ歳の離れた兄が笑う。

「克樹、つかまえた」

その瞬間が、克樹は一番好きだった。

たった一度だけ、美郷が「今度は克樹が鬼だよ」と言ったことがある。隠れた美郷を克樹が捜すのだが、幼い克樹には兄の隠れる場所など見当もつかない。結局、大して捜さないまま大泣きしてしまった。

慌てて出てきた兄にしがみついて泣きじゃくると、兄は優しく克樹の頭を撫でて約束してくれた。

「ごめんね、もう二度としないよ」


――約束から十年もしないうちに、美郷は黙って姿を消した。

あの日から、克樹はずっと「鬼」のままだ。


広島県《ひろしまけん》巴市。県北部の真ん中どころに位置する田舎町の市役所には、一風変わった部署がある。総務部危機管理課、特殊自然災害係。通称・特自災害係《もののけトラブル》。彼らの対処する「特殊な」自然災害――それはいわゆる、オカルト事件のことであった。

「宮澤、かしわ餅食べん？」

端の塗装が剥げかけた古めかしい木製引き戸を開けて、若い男性職員が特自災害の事務室に入ってくる。時刻は、昼のチャイムが庁舎に響き渡ってから五分程度経った頃。事務処理に苦心していた美郷は、その呼びかけに顔を上げた。相手は同期の広瀬孝之《ひろせたかゆき》、偶然市役所にて再会した、高校時代のクラスメイトである。

オンボロな市役所本館の、更に片隅の日当たりの悪いフロアが特自災害の事務室だ。いかにも肩身の狭い日陰者が押し込められている風情の部屋に、広瀬は毎日昼を食べに来ていた。本人曰く、来客が無いので安心していられるらしい。

「いや……おれあんまり甘い物は……どうしたの、ソレ全部かしわ餅？」

広瀬に視線を向けた美郷は、うわあ、と細い眉を寄せた。首を傾げると、市役所の制服である紺ブレザーの背を、丁寧に梳られまとめられた長い黒髪が滑る。

美郷は特自災害に今年採用された、対オカルト事件の「専門職員」だ。便宜上陰陽師などと呼ばれているが、神道仏教陰陽道なんでもござれの民間呪術者である。神道系の大学に通いながら腕を磨き、呪術者として公務員になった。公務員の男性職員としては異色の長い髪も、呪術に使うためのものである。

そんな、特異な経歴と外見で、出身地も巴ではない美郷にとって、広瀬は貴重な部署外の友人だった。

広瀬は、毎朝職場で予約購入する仕出し弁当を二人分と、ずっしりと膨らんだ大きめのレジ袋を手にしている。問いかけた美郷に、渋い顔で広瀬が頷《うなず》いた。

「巴町の市営に住んでるばあちゃんが、作りすぎたってくれたんだけどな」

言って、赤い生地に黒のラインが妙に派手な、市役所貸与のジャンパーを着込んだ広瀬が、美郷のデスクに弁当を置く。広瀬は管財課住宅営繕係の所属で、市営住宅の管理業務を行っている。水道管凍結の季節を前に、凍結対策の話をするため回っていた先で、住人にお裾分けを貰ったようだ。

どうだ見てみろ、と口を広げられたレジ袋を覗き込む。そこには、茶色い山帰来《さんきらい》の葉に包まれた、餡餅がいくつも詰まっていた。この地方の「かしわ餅」は、柏の葉ではなく山帰来の丸い葉で餡餅を包む。山帰来――サルトリイバラの葉は、初夏が一番の採り頃だ。採取して塩漬けにしていた葉で、秋祭りに合わせてこしらえたのだろう。盆正月や秋祭り――この地方では、端午の節句に限らずかしわ餅が作られる。

「巴町の言うたら、炭田《すみた》さんじゃなァか？　課のみんなで貰うとけや。広瀬君も気に入られたのォ」

向かいの席から様子を見ていた大柄な男性職員が、豪快に笑いながら言った。巴町にある神社の宮司でもある彼は、餅配りの好きな老婆をよく知っているようだ。

「もうこれでも配った後なんスよ。大久保《おおくぼ》さんもどうぞ」

相当な数があったらしい。それなら、と袋を受け取った大久保が、問答無用で餅を配り始める。それを横目に、部屋の隅に置かれたポットで茶を淹れた美郷は、広瀬が持って来てくれた弁当を開いた。美郷は餡餅の類を、ほぼ全く食べられない。大久保もそれを知っていて、さっさと周囲に配ってくれているのだろう。いくつか貰って帰れば、家で療養している大の甘党が喜ぶだろうが、どうしたものか。

「宮澤、甘い物駄目だったか」

何故かこの部屋にマイカップを置いている広瀬が、茶を淹れて空き机に陣取りながら尋ねてくる。うん、とひとつ頷くと、自分も弁当を広げた広瀬が天を仰いだ。

「俺は食えなくもないけど、流石にみっつも食えばごっつぁんだからな。実家は母親が絶対にあんこ食わんし。アレだと、母さんの実家は小豆《あずき》禁止なんだと。赤飯も赤米で炊くし」

「禁止？　アレルギーとか嫌いとかじゃなくて？」

ほんの世間話のようにぼやいた広瀬に、美郷は箸を止める。

「そうそう。……そうか、宮澤とかなら分かるか。母方の実家の辺りじゃ、餡餅は食わんらしい。なんか大昔に、小豆研《と》ぎに供えるための小豆を自分らで食べて祟られたとかって。なんか体じゅうにできものが出来たり、エグいやつらしい」

美郷の部署は、調伏《ちょうぶく》だの修祓《しゅばつ》だの呪詛返《じゅそがえ》しだのと、胡散臭《うさんくさ》い真似を大真面目にやっている。この世界に縁のない人間は、奇異の目と共に避けるのが普通だが、広瀬はあまり気にしていないようだ。

「小豆研ぎの祟りかあ。その話は初めて聞いたな」

小豆研ぎといえば全国で伝承が見られる有名な妖怪だが、大半は川べりや夜の庭で、ショキショキと小豆を研ぐ音を立てて人をおどかすだけだ。数例、小豆や餡餅のやりとりをする話も記憶にあるが、県内での報告は知らなかった。

「まあ、俺が食って何ともないんだから、迷信だろうけどな」

「……広瀬って、意外と動じないよね」

弁当の焼き鮭を齧りながら自己完結する広瀬に、美郷は苦笑をこぼす。再会当初、広瀬は美郷を避けている雰囲気だった。美郷はてっきり、この特殊な部署と自分の髪型を忌避されたのだと思ったのだが、気付けば広瀬は特自災害の部屋に馴染んでいる。

「そうか？」

伝承・伝説や俗信の類が「迷信」と切って捨てられるような時代だ。その中の住人たちを相手に仕事をする美郷らもまた、世間から表立って認められることはない。マスメディアの中では他人を脅して飯を食っているような、詐欺師ばかりが幅を利かせているのも、業界の印象を悪くしているだろう。

ふむ、と箸を止めて何やら考えた広瀬が、「こういう話で、気を悪くされちゃ申し訳ないんだが」と前置きして語り始めた。周囲では、美郷以外の職員も思い思いに昼休憩を取っている。十人ほどの彼らのうち、半数が美郷と同じ「専門職員」だ。

「小豆研ぎの話ってどこにでもあるじゃん？　俺の小学校の近くの川にも『出る』って話があってさ。小五の頃にクラスで検証したことがあるんだよな」

へえ、と美郷は感心する。学級活動の時間を妖怪探しに使ってくれるとは、面白い担任教師だったのだろう。

「担任がなんか許可取って、クラス全員で夜の川を張り込んだんだよ。レコーダーとかも仕掛けてさ」

「凄いね」

年長組とはいえ、小学生を引き連れて夜の川はだいぶハイリスクだ。聞けばクラスの人数は十人そこそこだったらしいが、それでも何か事故が起これば大問題なのは変わりない。

「今思えばな。妖怪調査だから暗くして待機じゃん？　すげぇドキドキした覚えがあるんだけど、結局その川の『小豆研ぎ』は、小石が川底を流れる音だったたんだよな」

まず班ごとに分かれて伝承や場所について調べ、いつ、どこで何をすれば小豆研ぎを確認できるか議論する。調査方法が決まれば、それに従って準備と調査。得た情報から後日討議で結論を出す。本気の調査は面白かったと広瀬は笑った。

「レコーダーを何か所か仕掛けて、暗幕で目立たなくしたテントに籠って待つんだよ。出現時間も伝承から予測してさ。俺もそれっぽいかな？　って音は聞いたし、レコーダーの音も確認して、皆で納得して結論を出した。まあ正直、なんだ結局真相はこの程度のことか、ってがっかりしたんだけどな」

小学五年生ともなれば、もうかなり現実が見えている。皆あっさり納得したらしい。なるほど、一度そうやって「きちんと調査した」体験があれば、怪異を闇雲に怖がったり否定する必要はなくなる。良い先生だなあ、と箸を置いて茶を啜りながら美郷は思ったが、どうやらそれで終わりにはならなかったらしい。

「一人だけ、当日風邪引いてて来れなかった奴がいてさ。滅茶苦茶楽しみにしてたから悔しがって、何日か後に一人で川を張り込んだらしいんだよなあ」

「えっ、それは流石に」

「だよなあ。しかもソイツ、例の有名な小豆研ぎの歌聞いたらしくって。大騒ぎしてクラスでも採めてよ」

小豆研ごうか、人とって食おか、というアレだ。大変だったよなあ、と広瀬もしみじみ茶を啜る。他の子供たちは全員「小石の音」で納得した後だっただけに、その子供が孤立するところまで行ったようだ。

「その時に先生が、『オカルト』っていう単語は『隠れて見えないこと』って意味だって言ってな。あんだけ頑張って検証して、『無い』って結論を出しても『隠れていただけ』かもしれないって。そんな後出しジャンケンありかよ、って思うけどさ。なんつったらいいのか、俺もよく分からんけど……確かめようとしたら隠れるし、何でもない時に現れるし、在るのか無いのか、誰にも確かめられない『存在する、かもしれない』モノだから、俺たちの調査だけで絶対を決めつけちゃいけないし、いつまで経っても在るとも無いとも言えないモノのままかもしれないって、なんかそれで皆納得したんだよな。……あれ、今言うとなんか変な話だな」

うーん、と唸る広瀬に美郷は首を振った。

「いや、凄い先生だと思うよ」

——この世には、科学では解明できないものごとがある。そんな定型句で誤魔化してしまうのは簡単だ。だが、その教諭が言いたかったのはそんな、薄っぺらい思考停止ではないだろう。「分からない」と思考停止することと、「在るとも無いともいえる」状態を受け入れることは違うのだ。

物理的なエネルギーや質量を持つ自然現象ならば、なにがしかの結論が出る日は来るだろう。だが、美郷らが相手にするモノはそうではない。物理的、エネルギー的な「本体」を科学的な計器で観測できない――しかし、人は「感じる」ことができる。そんな、限りなく妄想に近い「何か」だ。在るかもしれないし、無いかもしれない。それを「客観的に知る」方法が存在しない、そんなモノである。

妖怪もののけの類は大抵、調査を入れれば消える。霧を掴むようなものなのだろう。そして、「誰も客観的に確かめることはできない」状況でばかり現れては人を驚かす、あるいは祟りや恵みといった、結果だけを置いてゆく。

「けどさ、宮澤とか連れてったら一発で分かるワケだろ？　あの場所に小豆研ぎが居るのか、いないのか」

うーん、それはどうかなあ。と、弁当の蓋を閉じながら美郷は天井を見上げた。壁掛け時計の長針は真下を向いている。昼休憩もあと半分だ。

「――おれたちも、実際に『目で見てる』とか『耳で聞いてる』わけじゃないからさ。四人とか五人とか、視える人間が並んで見ても、同じものを見てる保証はないんだよね。『居る』っていう伝承が残ってて、その川を知ってる人間の誰かが『居るかもしれない』って思ってる間は、その小豆研ぎは『居る』んだと思うよ。でも、全員が忘れてしまったら居なくなる。誰も思い出さないからね。おれたちが確認するにしても、『コレが本物』って姿があるわけじゃないし……うーん何て言ったらいいのか」

全世界共通、誰が見てもリンゴはリンゴだが、西洋に河童が出た話は聞かないし、エクソシストが天狗を視ることもないだろう。そこに居合わせた者全員が別々のものを見て、かつ、結局そのうち「正解」をひとつに定められない時、ソレは「存在する」と言えるのだろうか。

「なんか哲学だな。我思う故に我在り的な」

「まあ、近いのかなあ……？」

もうこれ以上、先輩方の前で議論したくないなあと美郷は笑って誤魔化した。存在を否定すれば美郷らの商売は上がったりなのだが、存在を「確認」できないものを在るとは言い切れない。

「その理屈で行けば、祟ると思って小豆を食えば祟られるし、迷信だと思って食えば何も起きないってことになんのか。まあ、そんなもんだよな」

「うん。でも、『やっぱり本当に祟るかもしれない』って人間に思わせてしまう『何か』っていうのが、結局『本体』なんじゃないかなって思う」

このテのものは、信じる人間には視えて、信じない人間には視えなかったりもする。だが完全に「気のせい」ならば、美郷らの部署は必要ない。人間を「その気にさせる」ような力場があるのは確かなのだ。

「ふーん、なるほどね……あ、どうも」

昼食を終えた二人のところへ、事務室を一周したらしいかしわ餅の袋が返ってきた。

「あとは係長と辻本《つじもと》君が出とるけえ、あの二人が帰って来たら、またなんぼうか貰うかもしれんけど」

大久保が、中身が三分の一程度になった袋を広瀬に返しながら言った。

「いえまあ、そこまでは。じゃあ後は俺で何とか……」

元々、この部署もあまり甘党はいない。仕方がない、と残りの餅を受け取った広瀬に、美郷はねえねえと声をかけた。

「それ、やっぱり半分くらいウチに貰えないかな。おれは食べれないんだけど、怜路が好きだからさ」

美郷の大家、狩野怜路は大の甘党である。あまり食べさせすぎるのも良くないだろうが、霊符湯の口直しに用意しておくのは悪くない。

「……アイツか」

途端に渋い顔をした広瀬に、美郷はあはは、と苦笑いを漏らす。怜路はついひと月ほど前に、大きな騒動を起こしている。その時美郷は広瀬に、酷く取り乱した姿を晒してしまっていた。その関係からか、広瀬の怜路に対する心証はあまりよろしくない様子だ。

「そう。今ちょっと寝込んでるから、見舞いだと思って……」

ますます面白くなさそうな顔で何か言いかけて、すんでで呑み込んだらしい広瀬が溜息交じりに頷いた。

「まあじゃあ、好きなだけ持って帰ってくれ」

そう言って渡される袋を有り難く受け取って、美郷は中に残る餅を数え始めた。

2．迦倶良山

巴の市街地は、江《ごう》の川《かわ》、馬洗川《ばせんがわ》、西城川《さいじょうがわ》の三本が交差する盆地にある。広島県内に降る雨のじつに三分の一が巴に集まるとも言われ、巴で二つの川を取り込んだ江の川は、中国《ちゅうごく》山地を縦貫して日本海へと注いでいた。

秋、冬支度を始めた巴盆地の山々は赤錆色に変わる。艶《あで》やかに紅葉すると言えないのは残念なところだが、それだけ昼夜の寒暖差が控えめということだろう。代わりに、秋の深まる季節になると、この盆地には別の風物詩が現れる。深い深い霧の海だ。早朝、三つの川で発生した川霧は流れと共に盆地に集まり、盆地を真っ白な海底へと浸す。

正午ちかくなってもまだ霧が晴れない巴市内を、美郷は公用車で移動していた。

巴盆地の中でも北西の端に、長曽《ながそ》という集落がある。盆地の北壁と、北から盆地へ流れ込む西城川に挟まれる奥まった土地で、北にそびえる迦倶良《かぐら》山には神隠しの伝承が残るなど、山の影が濃い地域だった。

ここに数年前越してきたという、若い母親の話を聞きに美郷は向かっている。相談内容は、六歳の息子の奇行と聞いていた。

正直なところ、美郷はこの聞き取りに行くのが非常に憂鬱だった。なぜなら、恐らく歓迎してもらえないと、容易に予想できたからだ。

何世代も巴に暮らしてきた家の人間ならば、特自災害の存在を知っているかもしれない。だが市外からやってきた若い世代に「市役所にオカルト係がある」などと言って、信じてくれるとは思えない。それも、相手は幼い息子の異変に神経を尖らせている若い母親だ。ここで、公務員を名乗る長髪男が会いに行っても警戒されるだけな気がしてならない。

「ふつう、民生委員さんに相談して、オカルト対策係を紹介されるとは思わないよなあ」

はあぁ、とステアリングを握る美郷は溜息を吐いた。

鄙《ひな》びた巴町の真ん中を走る国道から、比熊山《ひぐまやま》の手前で右の県道に入る。ウインカーを出して右折すれば、道の傍らに山門と、その向こうには比熊山に沿って墓地がずらりと並ぶ風景に出くわした。この山は、巴市内で最も霊的な力場の強い山だ。それもパワースポットなどと軽率に近寄れるタイプの場所ではなく、下手をすれば祟られる。隣り合う迦倶良山もまた、神隠しの伝承が残るくらいならば、呪力は強いのだろう。

数分も車を走らせると低い峠を越えて、田園の広がる地域が現れる。この辺りが長曽だ。右手には川土手、左手に田園と迦倶良山の急峻な斜面を望む地域で、古くからの民家は山際にかじりつくように点在している。

そんな中、圃場《ほじょう》の数区画を切り取るように、新興住宅地が県道の左右に造成されていた。今回向かうのはそのひとつだ。暮らすのは元は広島市内に住んでいた夫婦で、子供に良い環境を求めて巴にIターンしたという。

そこそこある話な上に、人口減少の深刻な田舎の自治体は若者の定住を大歓迎しているが、一度特自災害案件が起きてしまうと厄介なパターンだ。地元民と違い、彼らにはその地域の暗黙の了解のような禁忌が共有されていない。今時、新興住宅地へ越してきた人間を掴まえて、地元の年寄りが迷信や因習を強要することなどないからだ。

住宅地の細い道へ車を滑り込ませると、狭い区画に、建て売り住宅の瀟洒《しょうしゃ》な壁が整然と並んでいる。目的の家を見つけた美郷は、庭の前に公用車を停めてサイドブレーキを引いた。

「さあ、行くぞ。何言われてもめげるなよ、おれ」

相手を警戒させるであろうと知りながら、特自災害が美郷を派遣したのにも理由がある。報告をくれた民生委員の話から、緊急対応が必要と判断したのだ。季節は秋の例大祭ラッシュをようやく越したところで、係は次に控える新嘗祭《にいなめさい》の準備に追われている。どんな案件でも、ある程度その場で、一人で片付けられる美郷に、事案が一任されたのだ。

就職半年ちょっとで、それだけ信頼を勝ち得たのは誇って良いことだろう。自信を持て、宮澤美郷。己にそう言い聞かせながら、美郷はインターフォンを押した。

飴色の木目が美しい北欧風のドアを開けて、三十代半ばの女性が顔を出した。美郷は折り目正しく頭を下げて挨拶し、市役所指定の作業着である赤いジャンパーの首にかけた、顔写真入りの名札を見せる。

「こんにちは。先ほどご連絡いたしました、巴市役所、特殊自然災害係の宮澤美郷と申します。杉原《すぎはら》このみさんでいらっしゃいますか？」

にっこり、と精一杯の笑顔で美郷は尋ねた。ゆるくウェーブのかかった黒髪をバレッタでまとめた、小柄な女性が戸惑い気味に頷く。

「えっ、はい……ええと」

少し気弱そうな撫で肩が、警戒するように丸まっている。

「晴人《はると》くんのことで、民生委員の児島《こじま》さんからご相談を頂きまして、少しお話をうかがえたらと思うんですが。お時間、よろしいですか？」

タイル貼りの土間に、素焼きレンガがあしらわれた漆喰《しっくい》風の壁。全体が洒落た欧風で、モダンな玄関ホールは綺麗に片付いている。いかにも今時の、カフェのような内装は美郷には物珍しい。

「は、はい。どうぞ……」

おっかなびっくりといった様子で中に案内された。敵愾心《てきがいしん》を向けられなかったことに安堵する反面、トラブルに巻き込まれやすいタイプかもしれないと、余計な心配が頭をよぎる。

通されたのはフローリングのリビングダイニングで、テーブルには来客準備がされていた。背の低い棚に並べられたおもちゃが、男児の存在を主張している。

「晴人くんは学校ですよね」

はい、と杉原このみが頷く。改めて状況を確認するため、美郷は抱えてきた聞き取りシートを取り出した。

杉原家は、三十代半ばの夫婦と六歳の男児の三人暮らしだ。夫は約一時間半をかけて広島市内に通勤する会社員、妻のこのみは、息子が小学校に上がった今年の春から、パートタイムで近隣の工場に勤めている。

息子の晴人は巴小学校の一年生で、近隣の子供たちと共にバス通学をしているという。今回起きたトラブル――晴人の奇行とは、突然現れた放浪癖だった。下校中、バス停を降りてから家までの道を逸《そ》れ、山の方へと一人で行ってしまう。あるいは、一度は見守りの保護者や迎えに出たこのみに連れられて帰宅しても、ふと目を離した隙に出かけてしまう。

起こり始めてからまだ三週間程度らしいが、既に放浪回数は両手の指をあふれそうだった。学校を抜け出すことはないらしいが、とにかく母親の気の休まる時がないという。それはそうだろう、晴人が出たがる時間帯は決まっておらず、油断すれば夜中でも外に出てしまうらしい。

「それで、その話をこのあいだ、家庭訪問された児島さんにお話ししたんです。そしたら晴人が『誰かに呼ばれてる』みたいなことを言わないか、って尋ねられて。元々あんまり喋る子じゃないから、改めて訊いてみたんです……何か、出かける理由があるの？ って」

揃えた膝の上で両手を握り合わせ、俯き加減でこのみが語る。日々神経をすり減らしていた中で、まるでホラーのような話が出てくれば、それは大変なストレスだろう。話を疑っても不気味さは拭えないし、頼れるはずの民生委員が、そんな胡散臭い話を持ち出してくるのも不愉快だったはずだ。

「それで、晴人くんは何か教えてくれましたか？」

このみはあまり、美郷と視線を合わせようとしない。これが、先輩職員の辻本《つじもと》ならばもう少し安心感を与えられると思えば申し訳なくもあるが、実際、緊急に対応すべき案件かもしれない。このまま今日は一日外勤かもしれないな、と美郷はちらりと考えた。

「はい。その……あまり詳しく喋ってくれないので、よく分からないんですけど。鬼ごっこをするって言うんです」

鬼ごっこ、と美郷は口の中だけで繰り返した。

「それは、誰と？」

美郷の問いかけに、このみが「分からない」と首を振る。薄ら寒さを思い出したように、薄い肩が小さく身震いした。既にぬるんだコーヒーをブラックのまま啜り、美郷は目を細める。

迦倶良山には、神隠しの伝承が残っている。ただ、市役所を出発する前確認したその話の中に「鬼ごっこ」というキーワードは出てこない。

「それで、晴人くんは自分で帰ってくるんですか？　それとも、誰かが捜しに行って連れ帰る感じですか？」

民生委員を介して特自災害が聞いていた話は、晴人に突然放浪癖が現れたことと、晴人は必ず迦倶良山へ入ろうとするということだけだ。

「いつも捜しに行ってます。幸いというか……この辺りは山に入れる道が少ないですし、地域の方がよく気づいてくださるので。でも……」

更に表情を翳《かげ》らせて、このみが言いよどんだ。美郷は黙って続きを待つ。膝の上の両手にぐっと力が籠もり、このみの細い指先が白くなる。

「みんな、何か知ってるみたいで……凄く気味悪くて……」

恐らく実際、代々長曽に住んでいる者たちは知っている「何か」があるのだろう。特自災害からも、資料を掘り返せば何か出てくるはずだ。ただ、資料の整理や電子化が追い付いていないため、探し当てるのには時間がかかる。

「そうですか、それはお辛いですよね」

心底の同情を込めて美郷は頷いた。このみや広瀬ら一般の人々にとって、怪異は「視えないもの」だ。自分で確かめることができない事柄への恐怖に、振り回されるのは辛い。顔を上げたこのみに、美郷は精一杯微笑《ほほえ》んでみせる。

「大丈夫です。僕たちがきちんと情報を整理して、晴人くんの放浪癖が止まるように対策を打ちます。僕たちが対処する事柄は目にも見えませんし、普通の理屈も通じないですから、巻き込まれた方はとてもお辛いと思います。不安に思われることがあれば、何でも遠慮せずにおっしゃってください」

ほんの少し、このみの肩のこわばりが解ける。それを確認して、美郷は更にいくつか質問を重ねた。最後に一枚、プリントをクリアファイルから取り出して、このみに手渡す。

「あの、これ。ちょっと間抜けで申し訳ないんですけど、簡単なおまじないです。まあ、気休め程度かもしれませんけど……こういうトラブルは、わりと気持ちの部分が大きいので」

いかにも素人がワープロソフトでこしらえた風情のプリントに視線を落とし、このみが困惑した表情を浮かべる。

プリントの表面には、特殊自然災害に遭ってしまった時の心得が、裏面には、簡単にできる種々の呪《まじな》いが載っている。美郷は裏面をこのみに見せて、家出人や行方不明者を家に帰す、人返しの法について書かれた部分を指さした。

「本当にトラブルが起こってしまう以上、それは『気のせい』とか『気持ちが弱いから』とかじゃないんです。そういう視えないモノに対処するのは、僕たちプロの仕事です。でも、当事者なのに自分じゃ何も分からない、何もできることがないのも、辛かったりするじゃないですか。そういう時に、ちょっと気休めのつもりで読んでみてください。ウチの連絡先も下に書いてありますから、気になることとか相談があればこちらに電話もお願いします」

物理法則に依らず、人の認知の中でのみ起こる怪異現象は、巻き込まれた人間のメンタルに大きく左右される。その意味で、対怪異はまさに気力精神力の勝負だが、精神的に追い込まれている相談者を無闇に叱咤激励するのは悪手だ。いかに相談者の心理的負担を軽くして、プラスを向いてもらうか。それが事態を決定づける場合もある。

また、こういうトラブルは「人間による二次被害」――つまり、霊感詐欺系の問題を呼びやすい。本物の怪異に弱っている人のところへ、ありもしない祟りや因縁を売りつけにやって来る輩がいるのだ。

闇の中で迷子になった者は、強く明るい道しるべに惹かれやすい。相手が怪異であれ人間であれ、悪意を持って強引に引っ張り込もうとする「敵」から相談者を守るためには、「小さくても常に手元にある明かり」を渡しておくことが大切だった。他人にコントロールされない、自分の手で灯せる明かりのある者は強い。

全てとは言わないが、ほとんど特自災害の先輩方からの受け売り——もとい、教えである。長年、小さな組織で多くの怪異と対峙してきた特自災害係は、しっかりとした相談者ケアのマニュアルを持っていた。

「……ありがとうございます」

初めてこのみが、対面している美郷の目を見た。ひとまず信用してもらえた合図だろうと、心の中で安堵の息を吐く。改めて「大丈夫ですよ」と笑顔で頷いて、美郷は立ち上がった。

「それでは、これから児島さんの方にもお話を聞くことになってますので、これで一旦失礼します。晴人くんが帰られる頃にまた、こちらからご連絡させて頂きますが、もしそれまでに何かあったら、プリントの下にある携帯番号の方へお電話ください」

そう言って一礼する。分かりました、とプリントを抱いて頭を下げるこのみの前を辞して、美郷は公用車に乗り込んだ。

一度庁舎に帰って昼を食べ、美郷は民生委員の児島と連絡を取った。児島は小学生の通学見守りもやっている、六十代半ばの女性だ。低学年の児童は、早ければ午後二時半には下校する。下校時の見守りが始まるまでの時間に児島の話を聞いて、可能ならば下校する晴人の様子も見ようと美郷は考えていた。

児島の家は、巴小学校とは古い国道を挟んですぐ向かいにある。昔は商店をしていたそうで、元は店舗部分だった土間に置かれたベンチから、下校を見守るのが児島の日課だ。

「こじまのおばちゃん、こんにちは！」

パステルカラーのランドセルを背負った女の子が、土間に駆け込んで来る。石油ストーブが焚かれた土間には他にテーブルや椅子も置かれており、居座って友達とお喋りに興じる子供や、宿題をする子供もいた。壁には子供たちがくれたという絵がいくつも飾ってあり、中には随分と古そうなものもある。

「はい、ゆうこちゃんこんにちは」

にこにこと児島が、女の子に挨拶を返す。時刻は午後三時前、低学年の子供たちが続々と下校する時間だった。

児島の隣に座る美郷を、髪を二つに分けて結んだ女の子がまじまじと見る。おそらく、性別を判断しかねているのだろう。髪型に容姿も相俟《あいま》ってか、美郷は女性に間違われるとまでは行かないが、どちらか分からない顔をされることは多い。——ちなみに名前も男性名とは言い難いので、大抵名乗っても事態は改善しない。

「こんにちは」

児島に倣《なら》い、美郷も笑顔を作って挨拶する。声をかけられて驚いたのか、女の子は挨拶もそこそこに奥へ逃げてしまった。

「綺麗なお兄さんに見惚れとったんかねえ」

けらけらと笑う児島に、ははあ。と美郷は曖昧な返事をする。

美郷は自分の顔が、際立って女性的とも秀麗とも思わない。自己評価は「特徴のないしょうゆ顔」で、実際髪が短い頃は、特別容姿に言及された記憶もなかった。おそらく単純に「男らしさ」が足りないだけである。

「そうじゃ、ゆうこちゃん、ゆうこちゃん。ちょっとおばちゃんに教えて欲しいんじゃけど」

言って、児島がゆうこを手招いた。三年生の彼女は、この場所からほんの二軒隣に住んでいるご近所さんらしい。

「ゆうこちゃんは、山の鬼ごっこの話を知っとる?」

児島が尋ねたのは、子供たちの間だけで伝わるという怪談だ。晴人の異変について、もっぱら子供たちの間ではその怪談が囁《ささや》かれているらしい。

「えっ、う、ううん……」

明らかに一度頷きかけてから、ゆうこが慌てて首を振った。後ろめたそうに、その視線が児島を窺《うかが》い見る。どしたん？　と児島が促した。

「せんせいが、自分でウソかホントか分からんウワサを言《ゆ》ったらいけんって」

どうやら晴人の話は、子供たちの中ではかなりの噂になったらしい。一歩間違えばいじめに発展すると懸念されたのか、教師からはこの件に関して箝口令《かんこうれい》が出たようだ。

「何がホンマなんかを確かめるために市役所の人が来とってじゃけ、ゆうこちゃんの知っとることを教えてや。おばちゃん、誰にも言わんけ」

ね？　と子供たちから絶大な信頼を置かれている「こじまのおばちゃん」に頼み込まれ、ゆうこがおずおずと頷いた。

――子供は、特に一年生は、山で鬼ごっこをしてはいけない。あるいは、山の中で聞こえる「もういいかい？」という問いかけに、「もういいよ」と答えてはいけないという。聞こえたら必ず、「まだだよ」と言わなければならない。

ほんの子供たちの間だけで伝えられる、学校の怪談の親戚のような話だ。この怪談自体は、児島が見守りを始めた頃にはあったという。

自身も巴小学校に通ったという児島は、自分が子供の頃に聞いたことはないというので、どこかのタイミングで本やテレビから仕入れられたか、あるいは小学校の統廃合によって「やって来た」怪談と思われる。それ単体を耳にしただけならば、小さな子供が山で遊ぶことを戒《いまし》めるための話にも見えただろう。

「それで、晴人くんは鬼ごっこをしてしもうたん？」

多分、とゆうこが首を傾げる。すると、「ちがうんよ」と奥のテーブルから男児の声が響いた。更に他にも、その場に居る子供たちが好き勝手に喋り始める。皆、言いたいのを我慢していたのだろう。

「『もういいよ』言うたけえ、ハルトは鬼に呼ばれよるんじゃ」

「けど、『まだだよ』言いよるって、たけちゃんが言いよったで」

「鬼ごっこしたらいけんのんじゃけえ、鬼ごっこ始めたらもうダメなんよ」

「でもハルトと鬼ごっこし始めたの誰なん？」

一気にやかましくなった部屋に、美郷は苦笑いする。ちなみに晴人当人は、学校まで迎えに来たこのみが既に連れて帰っていた。下校時間前に児島から話を聞いて、美郷は晴人本人よりも先に、子供たちから情報収集をしたくなった。そのことを校門の前で落ち合ったこのみに伝え、美郷はこちらを再訪したのだ。

（そう、問題の切っ掛け……どうして晴人くんが山に呼ばれ始めたのかが分からない……）

児島は晴人自身からも、誰かと山で「鬼ごっこ」をしているという話を聞いていたが、相手を尋ねても首を振るばかりだったという。おそらく本人も、自分が誰に呼ばれて、なぜ山に足を向けているのか分かっていないのだろうと、話を聞いていて児島は思ったそうだ。

「ねえ誰か、どうして晴人くんが山の鬼ごっこに誘われたのか知ってる人、いる？」

軽く手を挙げて、美郷は子供たちに尋ねてみた。軽く顔を見合わせてざわついた子供たちが、ひそひそと声をひそめる。先ほどまでとは違い、子供たちの中での「禁忌」に触れたような気配だった。

「──ハルトは長曽人《じん》じゃけ、小豆を食うちゃいけんかったんよ」

ひそり、と小さな声が言った。場が静まり返る。長曽人──そう子供たちは、暮らしている地域で人を括り、かつそれは「いけないこと」だと感じ取っている。おそらく、大人たちが子供の聞こえる場所で、同じように声をひそめて言ってきたのだろう。美郷は思わず児島の顔色を見た。しかし、驚きと困惑の表情を浮かべた児島は、「長曽人」という言い回しに心当たりはないようだ。

「小豆って？」

美郷は子供たちに問いを返した。戸惑いを含んだ声が、ぽつりぽつりと教えてくれる。

「ゆうちゃんが長曽人じゃけ、こないだのお餅は食べんかったって言いよった」

「長曽人が小豆を食うたら、祟られるんじゃって」

「さっちゃんのウチも、さっちゃんの持って帰ったお餅、全部捨てたって言いよった」

なにやら、聞き覚えのある話だ。既視感を追おうとこめかみを指で押さえながら、美郷は子供たちのてんでな話を拾っていく。

「晴人くんは、お餅を食べたん？」

沈思する美郷に代わり、児島が話を進めてくれる。頷く子供たちに、児島は更に問いを投げた。

「小豆を食べた祟りが、鬼ごっこなん？」

祟りとしての鬼ごっこ、というのも奇妙な話だ。別々の俗信と思われる、「山の鬼ごっこ」と「小豆食の禁忌」が因果関係となっているが、その部分について子供たちから詳しく聞き取るのは難しいだろう。

「児島さん、ありがとうございます。小豆うんぬんの方は、多分帰って調べる方が早いと思います。みんなもありがとう」

ある地域の人間だけを縛る「禁忌」は、日本各地に存在する。大抵はその土地の氏神に謂われがあり、氏子は禁忌を守るという形だ。長曽にあるのは長曽八坂《やさか》神社と、迦倶良山山頂にある迦倶良神社の二つだった。ここを中心に調査をすれば、小豆の禁忌もなにがしか情報が出て来るはずだ。

児島に頭を下げ、子供たちに手を振って外に出る。北風に身震いして空を見上げれば、真っ赤に熟れすぼった柿の実が、既に葉を落とした枝にぶらさがっていた。

「そうか、広瀬だ……アイツのお母さん、巴の人なのか？」

つい先日、似たような話をしてくれた同級生を思い出す。まずは本庁に連絡し、捕まるようなら広瀬にも繋いでもらおう。そう算段して美郷は公用車に逃げ込む。多少無理をしてでも、応急処置は今日中に済ませてしまいたい。悠長に構えていられる事態ではないだろう。文献などの情報収集は本庁の職員に任せ、美郷は今日中に杉原家を再訪しようと決めた。

『母さんの実家？　ああ、そうそう。確かその辺だよ、旧姓は田上《たがみ》。国道脇に飲料メーカーの倉庫あるだろ？　あの正面から山の方に入る道のすぐ左手。今は祖父さん祖母さんが住んでる。うん、俺が市役所入っとんのは知ってるし……ああ、今から行くんなら、俺から連絡しようか。大丈夫大丈夫、ほんまマジで小豆食わん家だし、絶対色々知ってるだろ』

という広瀬の全面協力の申し出に甘え、美郷はまず田上家を訪ねた。広瀬が一体何と言って美郷を紹介していたのか知らないが、だいぶ盛られたことだけは分かる歓待ぶりに、少々戸惑いながら話を聞く。

このみも感じていた通り、既に晴人の件は長曽の住人は誰もが知る話であるらしい。にもかかわらず、今まで誰一人として事情を知った長曽の人間が特自災害を訪れなかったことも、新旧住民間での、この手の話題の難しさを表していた。

彼らにしたところで、悪意はない。ただ、「こんなところで出しゃばって、自分が矢面に立つのが嫌だ」という思いから、踏み出せなかっただけのようだ。

「――晴人くんは三月生まれの六歳、今年は数え年で七歳ですよね」

午後五時過ぎ。冬至の迫る早い日没に、辺りは既にとっぷり暮れている。再訪した杉原家のリビングにて、美郷はこのみと向かい合っていた。数え年自体、普段はあまり縁のないものだ。戸惑い半分で自信なさそうに頷いたこのみの背後では、カーペットの上に座り込んだ晴人が一人熱心にタブレットで動画を観ている。

「もうこれは『そういうものだ』と思って頂くしかないんですけど、長曽の地域では昔から小豆は神様の食べ物として、栽培しても口にはしないんだそうです。なんですけど、小学校で先日、子供たちが育てた小豆の餡子で、お餅を作ったみたいですね。長曽の子は、七歳までに小豆を口にしてしまうと、迦倶良の山に呼ばれるという伝承がありました。呼ばれた子は一様に、山の『何か』に鬼ごっこを仕掛けられるんだそうです。いつの間にか山に誘われていて、誰かの『もういいかい？』という問いかけを受ける。それに『もういいよ』と答えたら山に攫われてしまう、っていう。……何て言うか、その……大丈夫ですか？」

蒼褪めた顔で俯くこのみに、慌てて美郷は話を止めた。

「七歳」という具体的な数字が、妙に生々しい伝承だ。田上の頃は「七歳」だった部分が、現在では「一年生」に変わっているという。

「――はい、大丈夫、です」

テレビや本の向こう側の「お話」として聞くならばともかく、我が身に降りかかる話としては、気味悪いことこの上ないだろう。申し訳なさを感じながら、美郷は話を再開した。

「お話を総合して、晴人くんもやはり呼ばれているんだと思います。ですが今までご無事だったのは、彼も鬼ごっこの話は知っていて、今までちゃんと『まだだよ』と答えてたからみたいです」

先ほど晴人にも確認したのだ。説明してくれるまで時間がかかったが、彼もこの伝承を受け継いでいたのである。

「今年いっぱい乗り切れれば、来年元旦で晴人くんも数えで八歳です。そうしたら、山からの呼び声は止まると。——ですけど、それまであと二か月くらい、このままは危ないですから。僕のほうで手を打ちます」

山に攫われることはなくとも、本人の意思によらず放浪してしまうことは変わらない。途中、どんな事故や事件に巻き込まれるかも分からないのでは、到底「山には攫われないのだから大丈夫」とは言えないだろう。

手を打つ、と強く言い切った美郷に、このみが顔を上げた。縋るような目が正面から美郷を見る。

作戦の許可は、既に係長の芳田《よしだ》から得ている。美郷は懐のポケットから、半分に折った懐紙を取り出した。広げれば短冊状の和紙と、白い水引を結んで作った、簡素な人形が挟んである。美郷は更に筆ペンを取り出して、短冊をこのみに渡した。

「この紙で、晴人くんの頭を三回、両肩を三回、お腹を三回撫でてきてもらえますか？　難しければ頭だけでも良いんでお願いします」

おっかなびっくり短冊を受け取ったこのみが、晴人に声をかけて近づく。とても大人しい気性らしい晴人は、何の抵抗もなく体を撫でさせた。ひとつクリアだ、と美郷は掌に載る大きさの水引人形をいじる。

水引は、薄い和紙で美郷の髪を丁寧に包み、糊をかけたものだ。これを術式に則った形に結ぶことで、美郷は様々な用途の式神を作る。

この術は鳴神家の直系のみが使える、極めて特殊な呪術だった。見た目もはたらきも一見地味だが、「自律して動き、術者にダメージを返さない『分身』」という、大変都合の良い使役神《えきしん》は珍しい。美郷が髪を長く伸ばしているのは、この術を使うためだ。

戻ってきたこのみから短冊を受け取る。応接セットのローテーブルに短冊を置いて、筆ペンのキャップを抜いた美郷は姿勢をあらためて問うた。

「晴人くんの氏名と、生年月日を確認させてください」

頷いたこのみに教えられるとおり、美郷は短冊に晴人の氏名生年月日を書いてゆく。筆ペンの中の墨は作法に則り美郷が自分で磨ったものだ。和紙も同じく、呪術用に用意しているものだった。

一息で書き終え、墨が乾くのを待って丁寧に細く畳む。更にそれを、水引人形の胴に結んだ。

「――この人形が、今から晴人くんの代わりに『鬼ごっこ』の相手をします。身代わりですから、この人形に何かあっても晴人くんは無事ですし、もし人形が壊れたら僕に分かるようになっています。人形はこれから僕が山に置いてきますから、杉原さんは晴人くんの様子だけ気を付けておいてあげてください。これでもう、晴人くんが呼ばれることはないとは思いますが、一応年内は意識しておいて頂いて、何かあればすぐにご連絡ください」

晴人の身代わりとなった水引人形を、再び懐紙に挟んで懐に仕舞う。そっと晴人の方を振り返ったこのみが、躊躇《ためら》いがちに頷いて頭を下げた。

「はい、ありがとうございます……。これで収まってくれれば本当に……」

常識に照らして、信用できるような方法ではない。だが、祈るようにこのみはそう両手を組む。

「明日また、何度か確認のお電話をしても大丈夫ですか？」

数日は美郷も様子を見たい。その問いに「お願いします」と頷いたこのみに頭を下げて、美郷は迦倶良の山麓へ向かった。

その夜以降、晴人の放浪癖はピタリと止まった。根本的な原因――小豆食の禁忌や、その祟りとしての「鬼ごっこ」についての調査は、その後も継続されることになったが、杉原家への緊急対応は奏功し、あとは時が解決するかに思えた。


――わずかひと月ほどの平穏。それは、嵐の前の静けさであった。

3．鳴神美郷

高校三年生の冬を迎え、周囲の級友たちは受験本番に向けて殺気立っている。

鳴神克樹は、これからの季節が嫌いだった。家では月末に控えた年末年始の祭祀《さいし》に向けて、皆の動きが慌ただしくなる。克樹自身も鳴神家の跡取りとして、堅苦しくて面倒臭い諸々に参加しなければならない。

今年は受験生だから、などという逃げは通用しなかった。克樹は全国屈指の呪術家の名門、鳴神家の継嗣《けいし》である。当然のように進学ルートはあらかじめ用意されており、十月の半ばにはほんの簡単な面談だけで、克樹の進学先は決まっていた。無論、克樹自身の希望など問われた記憶もない。

そんな面倒臭さや疎外感も面白くないのだが、何より克樹を憂鬱にするのは、「思い出」だった。山の木の葉が落ちる頃になると思い出す、怒りと悔しさと、喪失感。冬の日本海に吹きすさぶ強風になぶられながら、克樹は家近くの海岸で水平線を睨《にら》む。

高校卒業に向けて伸ばせと言われている、緩くウェーブのかかった髪が邪魔だ。

「男で、しかもこんな落ち着きの悪い髪を伸ばしても見苦しいだけだ」

苦々しく呟《つぶや》いて前髪をかき上げる。色が薄めで伸ばせばうねる、自分の髪質が克樹は好きではない。男が伸ばしても美しいと思えるのは、艶やかな漆黒をした、癖のない真っ直ぐな髪だ。――そう、例えば克樹の父親や、『兄』のような。

克樹には、腹違いの兄がいた。

五歳上のその兄は、まだ克樹の両親が結婚していない間に生まれている。現鳴神家当主である克樹の父親が、出雲を出て一般企業に勤めていた頃に出会った女性との子供だった。克樹の父親は元々、鳴神を継ぐ予定の人間ではなかったのである。そんな父と、家の都合で結婚した母の距離は遠く、克樹自身も同じ屋根の下に暮らしながら、両親に囲まれて過ごした記憶はないと言ってよい。

学期末テストの期間中ゆえ、学校は昼には終わっていた。帰れば昼食と、鳴神家次期当主としての勉強が待っているが、克樹はブレザー姿のまま、家に背を向けて磯の続く海岸を歩く。鳴神家の広大な私有地である海岸に、人影はない。

空は低く、冬の雲が覆っている。昼なお薄暗く、月の半分以上は小雨がぱらつく陰気な季節だ。油断すれば煽られて転びそうなほどの強風は日本海に白波を立て、岸辺に波の花を舞わせている。

市街地から離れた家から、高校までは車で三十分。家の庭に克樹を降ろした運転手から、既に帰宅したことは報告されているはずだ。帰ればまた、教育係から小言を食らうのだろう。だが学校外では常に家の者の目が光っている状況下で、唯一ここが抜け出せるタイミングだった。

「兄上……」

兄の美郷は克樹にとって、誰よりも恃《たの》みとする相手だった。

柔和で優しく、誰よりも克樹の言葉に耳を傾け、理解してくれる人物だった。幼いわがままにも付き合って、克樹の願いを叶えてくれる。そして、克樹を護ってくれる存在だった。

——そんな、この世の誰よりも大好きだった兄が、鳴神から姿を消してもう五年になる。

家の者たちは、彼の名を一切口にしたがらない。

まるでもう亡い者であるかのように、否、最初から存在しない者であったかのように、克樹の兄を——「鳴神美郷」を扱う。

だが克樹は知っていた。兄は鳴神を追われてしまったが、この国のどこかで暮らしている。何となく、父親は連絡先を知っている風に見えるが、克樹に教えてくれることはないだろう。

ならば自分で捜すしかない。

捜し出して、迎えに行く。——失ってしまった優しい日々を、取り戻すのだ。

克樹はそう、決心していた。

ひとつ身震いして、上着のポケットを探る。コートもなにも無しに、十二月の海岸を歩いていれば体は冷えた。大切に取り出したのは、古びて若干端のよれたポストカードだ。表面には、国際宇宙ステーションから撮られた夜明けの写真が鮮やかに印刷されている。裏面には克樹への宛名書と「お土産に宇宙食を買って帰ります」という一文、そして差出人の署名があった。

『宮澤美郷』

高校の修学旅行で種子島《たねがしま》に行った兄が、現地のポストから送ってくれたものだ。当時彼は寮生活で、大型連休くらいしか出雲には帰って来なくなっていた。宇宙の好きな克樹にと、兄はこれを、種子島の消印付きで送ってくれたのだ。

そっとボールペンの文字をなぞる。この頃にはもう、兄は「宮澤」と名乗っていた。

それでも、ずっと傍にいてくれると信じていた。兄の美郷はずっと克樹の隣で、優しく微笑んでいてくれると思い疑っていなかった。

中学に入った冬の終わり。

真っ白い顔をした美郷がボストンバッグひとつを抱え、全くの無表情で克樹を無視して、家の玄関を出て行くまでは。


一時間に一本もないバスに乗った。

財布の中身は数千円とクレジットカードが一枚。普段、学校の売店以外で、克樹が現金を使う機会などない。

路線バスに乗るのも、これが人生で二回目だ。一度目の記憶が強烈で、乗り方はきちんと覚えていた。あの時は、兄の美郷が手を引いてくれたのだ。

流星群を見に。そう言って、子供だけで鳴神を抜け出した、あの夏の日と同じバスに乗る。最終便が午後七時頃には出てしまうような路線だ。流星群を見た後、子供二人で帰る手段など残されてはいない。中学生の兄はそれも分かっていたはずなのに、克樹の駄々を聞いて出雲市街地行きのバスに乗せてくれた。

当然、鳴神は大騒ぎになり、兄も克樹も盛大に叱られた。克樹が、鳴神の次期当主が消えたとなればお家の一大事というわけだ。今回も同様だろう。

(騒ぎになろうと関係ない。どうせ、私に家を継がせるより他にないのだろう)

叱られることなど恐れてはいない。克樹が認めてほしいと望む相手はもう、鳴神の家にいないのだから。

終点のひとつ前でバスを降りる。手頃な山があるのは知っていた。

山に入り、気の流れを探る。冬至まで半月ほどの時分、分け入る山は、天気もあってか既に薄暗い。

探すのは気がたぐまり、場の歪《ゆが》んでいるところだ。歪みが大きければ大きいほど良い。出雲大社に近いこの辺りは渦巻く気が大きい分、人の手で整理されていない歪みも多い。

具合の良さそうな場所を見つけた克樹は、まずスマートフォンの電源を切り、草むらへ投げ込んだ。再びポストカードを取り出し、自筆された名をなぞる。

呪《まじな》いは、人に見られてはならない。魔の力は「観測」と「記録」を嫌う。ゆえに、絶えずネットワークに接続しているスマートフォンは相性が悪い。

目を伏せて、深くゆっくり息を吸う。

兄のところへ。魔のモノの作る縄目《なわめ》の筋を辿って。

(兄上。もう私は、あなたを呼んで泣くだけの子供ではありません。必ず……辿り着いてみせる)

克樹が「鬼」の隠れんぼを、終わらせるのだ。


『もつ鍋始めました！』

鉄板焼き居酒屋の入り口に立つ幟《のぼり》に、鍋もやるのかと広瀬が呟いた。

「お前んトコの大家、仕事なくなるじゃん」

「いや、別に十人が十人鍋食べるわけじゃないだろ」

金曜日の終業後、飲みの約束をしていた美郷と広瀬は、怜路の勤務する居酒屋の前に立っていた。美郷は片道二十分の車通勤だが、巴市街地に部屋を借りている広瀬が泊めてくれるという。季節はそろそろ忘年会シーズンで、通りの至る所で忘年会コースをアピールする看板と、クリスマスの装飾が道の脇を飾っていた。

「おれ達ももつ鍋食べる？　カウンター空けてくれてるらしいけど、別にカウンターで鍋頼んでも良いだろうし」

昼食の時にノリで飲みの約束をしたが、忘年会時期の金曜日はどこも予約が詰まっている。

結局行きつけで融通が利く、怜路の居る店で飲むことになった。広瀬は多少面白くなさそうなのだが、いい加減改めて、この友人に大家を紹介しておく良い機会だ。

入り口の扉を押し開けて、熱気が籠る小さな居酒屋に入る。入り口に置かれた巨大な招き猫を、後ろの広瀬がマジマジと見ていた。

「なあ宮澤、あの招き猫なんかインパクトあるな？」

諸手を上げて口に「千客万来」の札をくわえた招き猫は、つい先日、店先に増えたものだ。

「なんか微妙な顔つきしてねえ？」とぼやいている広瀬は、わりあい勘の良い方なのだろう。視える視えないではなく、無意識にヤバめのものを避けられるタイプだ。

「あー、うん。色々あったヤツだから……」

適当に笑って誤魔化しながら、美郷は勝手知ったる店の奥へと進む。店員も顔見知りなので、「おう、怜ちゃんが待っとるで」と気軽な声をかけられるだけだ。

招き猫は、中身を食べた美郷の白蛇が「ぺっ」した、いわば出涸《でが》らしである。よって害はないのだが、それで造作が変わるわけではない。

「よーォ、いらっしゃーい」

店の最奥に設えられた鉄板の前で、緩く怜路が手を振る。おつかれー、とそれに返し、美郷は広瀬を手招いた。

「広瀬、こいつがおれの下宿してる家の大家で、狩野怜路。こっちはバイトで、本業は拝み屋なんだ」

「ハジメマシテ。こないだは餅どーも、美味《うま》かったぜ」

金髪を居酒屋の刺繍が入った黒いバンダナで覆い、同じく黒いエプロンを身に着けた怜路がニカリと笑う。金髪と派手な服装はナリをひそめていても、耳にいくつも通ったシルバーピアスや、最大の特徴である薄く色の入ったサングラスは健在なので、胡散臭さは全く消えていない。

ちなみに怜路は結局、都合十日ばかり療養のため居酒屋を欠勤した。本人はカネが無いと嘆いていたが、クビにならなかったようで何よりである。どうやら店長から病弱認定をされて、規則正しい生活とバランスの取れた食事をしろと説教されたらしいが、自業自得だ。

「どうも、広瀬デス」

微妙な間を置いて簡素に名乗った広瀬が、あからさまに顔を強張らせて美郷を見た。美郷との再会の時もそうだったが、動揺が態度に出る男である。今後、職員としてやっていくのに苦労しなければよいがと、ちらりと無駄な心配が美郷の脳裏をよぎった。

そんな広瀬の反応にも慣れっこらしい怜路が、気にした様子もなく椅子を勧める。素直に従って腰掛けた二人の前に、まずドリンクメニューが差し出された。

「やー、今週メッチャ冷えたせいか、みんな鍋頼むせいでヒマでよォ」

そうこぼす怜路の前の鉄板は、確かに調理中のものが少ない。普段ならば絶え間なく繰られているヘラも休憩中だ。まさか本当に仕事がなくなっていたとは、と驚く美郷の隣で広瀬がビールを頼んだ。美郷も広瀬に倣いビールを注文する。すぐにやって来たジョッキで乾杯し、本格的にメニュー表を眺める。

「いーなー、俺も飲みてェ」

「お前は飲んだら駄目だろ」

怜路の仕事を作ってやるため鉄板焼き系のつまみを頼み、しばし仕事の愚痴に興じる。だがよくよく周囲を見ておかなければ、背後の席にネタにした課長など居たら笑えない。何と言ってもここは、市役所からはひとつ隣の通りにあるのだ。職員はお得意様である。

「——そういやあ宮澤、あの小豆の件ってどうなった？　こないだ長曽に寄ったら、ばあちゃんが心配してたけど」

市内のブランド豚、「霧里《きりり》ポーク」のバラ肉を齧りながら広瀬が問う。巴市の名物である霧を名に冠するそれは、細かく霜降りの入った高級豚肉だ。柔らかく旨味があって、脂身のしつこくない大変美味な豚肉である。

高級品頼みやがって金持ちが、とやっかみつつ、美郷は一切れ頂きながら答えた。基本給は同じなはずだが、借金もなく実家との関係が良好ならば、随分と財政に余裕が出るらしい。実家が米農家であれば、少なくとも米代はかからない。

「今のところ問題ないよ。今年いっぱい乗り切れば、とりあえず安心かな。まさか話を聞いてから一週間そこそこで、実際の事件に出くわすなんてね……」

「それは俺もマジでビビったわ。こんなことあるんだよなあ」

無論、伝承の記録は本庁内でも見つかったが、状況をよく知る住民から直接話を聞けたことで、その日のうちに具体的な対策が打てた。

「結局よォ、なに、迦倶良神社系の話だったワケ？　それとも八坂神社だったワケ？」

当時、毎日霊符湯の口直しに餅を齧りながら、美郷の話を聞いていた怜路が首を突っ込む。

小豆の禁忌は八坂神社の由来に残っていた。長曽の人々はみな長曽八坂神社の氏子であり、代々奉納のためだけの小豆を受け継いでいたのだ。一方で、小豆を口にした子供を「呼ぶ」のは迦倶良山である。

「うん……。まずその二つの神社の位置関係なんだけどね。長曽の北側に迦倶良山があって、その上に迦倶良神社があるんだ。あと、八坂神社は迦倶良山のふもと。迦倶良神社の記述はホントに少ないんだけど、かなり古くから地元で信仰されてる、山の神みたいだね」

巴盆地に暮らす人々の歴史は古く、旧石器時代の遺跡も発見される土地柄だ。霊山とされる隣の比熊山には、山頂に弥生時代の祭祀場もあったとされ、巴の人々は、古代より山を信仰の拠《よ》り所としてきたことが窺える。麓の住人にとって山は、農耕のための水や暮らしの燃料、様々な生活用品の素材といった恵みを与えてくれる場所であり、死者の霊が還る場所でもあったのだ。

「あと、八坂神社はまたちょっとクセがあるっていうか……正直、エグい系だから食べながらはちょっと」

苦笑いで誤魔化した美郷に、残り二人が「おお、マジか」と反応する。逆に興味をそそられたらしい様子に、うーん、と美郷は唸った。

「具体的なことはアレだけど、小豆に関わって亡くなった……殺された女の子が祀ってあるんだ。飢饉《ききん》の時の話でさ、それで、長曽の人はその子を慰めるために、八坂神社に奉納する小豆を代々栽培してるけど、決して自分たちは口にしないんだって」

今回の事件は不運にも、よりにもよってその長曽の小豆が「身近な在来作物」として小学校の地域学習に取り上げられてしまったのが発端だった。在来作物とは、日本各地で代々栽培されてきた、伝統的な作物のことだ。近年、その良さを見直そうという活動が各地でされている。

事情を知っている長曽の人々ならば、種小豆の提供などしなかっただろうが、今回はどうやら他地域から移住してきた、脱サラ専業農家から学校に渡ったらしい。巴の在来作物を広める活動をしてくれている移住者に文句を言いたくはないが、起こった事件を思えば、特殊自然災害《もののけトラブル》に関わる立場としては「軽率だ」と頭を抱えたくなる。

また、学校に言ったところで取り合っても貰えないため、再発防止策の取りまとめは難航していた。基本的に教育委員会と学校は、美郷らが取り扱うようなオカルト・怪異を認めないためだ。

当然と言えば当然である。彼らからしてみれば、特定の地域の人間が特定の食べ物を禁じられる話など、差別に繋がりかねない迷信だろう。

「……教育委員会とウチは、正直元々仲悪いんだけどさあ……学校の先生ってまた随分、立場が違うし、話するの難しいよね……」

　ビール二杯に続きハイボールの三杯目を飲み干して、がっくり項垂《うなだ》れた美郷は愚痴った。場当たり的な対応だけが特自災害の仕事ではない。むしろ、本分は「防災・減災」である。当然再発防止に奔走するわけだが、とにかく話が通じないのだ。

「まー、しゃーねーよなァ。科学教えてナンボじゃんよ学校なんて」

「そうやって考えると、やっぱ俺の担任だった先生は変わり者だったたんだな」

　全く他人事の連中が、呑気に頷いている。そもそも相性の悪い部署ではあるが、現巴小学校の校長・教頭は全く特自災害の話を聞いてくれない人物だ。

「おれもう、土木建設とだけ仕事したい……」

　建築分野は、地鎮祭や棟上げと元々験担ぎが多い。それゆえ土木建設課は、市役所の中でもトップクラスに話が通じる部署だ。地元の建設会社なども特自災害をよく知っており、美郷のような人間にも優しい。

「けどお前、こないだ勝手に御神木切ってバイパス作られた、つーて発狂してたじゃねーの」

「あれは県がね……？」

「お前んトコも苦労多いなぁ……」

　しみじみと同情されて、切なさがこみあげて来る。仕事は常識離れしているが、悩みはまさにサラリーマンの悲哀だ。

「覚悟しろよ広瀬……あんまりウチに入り浸ってると、三年後くらいには異動でこっちに回されるぞ……」

唸る美郷に、広瀬が潰れた蛙のような悲鳴を上げ、怜路がケタケタと笑う。係の半分は異動のない、美郷のような専門職員だが、もう半分はどんな部署にも行く可能性がある一般事務職員だ。一応ある程度当人の適性を見て配属されるようなので、「アイツは特自災害に抵抗がない」と判断されれば、異動になる可能性は結構高い。

香ばしく炒められたキャベツを肴に、焼酎のロックを注文した美郷に広瀬が大丈夫か、と呆れた。

「ヘーキヘーキ、こいつザルだぜ」

美郷のアルコール容量をよく知っている怜路が肩を竦《すく》める。職場の飲み会などではセーブするが、実際美郷はかなり強い。かくいう怜路も大概酒豪で、飲み比べをしてもなかなか決着はつかなかった。そんな話を職場でして、「そりゃあ大蛇《おろち》と天狗の飲み比べなんて、酒がいくらあっても足らんじゃろうねえ」と笑われたこともある。

「ならいいけど、俺んちで吐くなよ。……しかし小豆の話、俺が知ってるヤツと結構違うな。小豆研ぎドコ行った？」

広瀬の話では、小豆研ぎに供えるための小豆を食べて、祟られたことが発端となっている。当然、田上家で聞いた話も同様だった。

「うーん、多分小豆研ぎは、後で挿入されたんだよね。小豆研ぎって妖怪自体が、そう古いモノじゃないし」

口伝は、世代を経て少しずつ変化していくものだ。その中で、元々はひとつの伝承だったものが、類似した内容の、複数の伝承に増えることもある。

「つか、それで結局、迦倶良と八坂はどういう関係なワケよ酔っ払い」

強いと言っても、全く酔わないわけではない。ぐだぐだとカウンターに寄りかかって溶けかけている美郷に、唯一素面の怜路が溜息を吐いた。

「んー……迦倶良山の山の神に、人柱代わりにお供えする小豆をさあ……飢饉の時に誰かが盗んじゃって、代わりに本物の人柱になった子供が八坂神社に祀ってある、みたいな感じだと思うよ……」

由来によれば、八坂神社に祀られているのは無実の罪で殺された少女である。一方で迦倶良神社には、大きな藁人形の胴に小豆を詰めたものが奉納されていた記録があった。殺された少女について「人柱」とした文献はないが、少女が殺された話の発端は「供え物の小豆を、何者かが盗んだこと」だと伝えられている。

残されている長曽八坂神社の由来は、以下のようなものだ。

ある年、夏に長雨が続いて、酷く米が不作になった。年貢米を納めれば、村人が食べる分は残らない。村の者は皆、食べ物がなく苦しい思いをしていた。そんな折、村に飢饉への備えとして蓄えてあった小豆を、何者かが盗んだという。怒った村人たちは、犯人は盗みの咎《とが》で村八分にされている家の者に違いないと、その家へ押し入った。

家に住んでいたのは貧しい夫婦とその娘だった。いくら無実を訴えても聞き入れられず、厳しく責め立てられた父親がとうとう逆上する。家の裏手から斧を掴んで来ると、怯える娘を捕まえて、村人たちの目の前で娘の腹を斧で割いてしまったのだ。そして、娘のはらわたから小豆が出てこないことを確認させたという。

無実の罪で惨い死に方をした娘を哀れみ、村人たちは山の麓に娘を祀る神社を建てた。それが長曽八坂神社だという。以来、長曽の村人は小豆は神の食べ物として、自分たちも食べるのを禁じ、八坂神社に供えるものだけを栽培してきたらしい。

——なんとも陰惨な話である。長曽八坂神社の建てられた年代について詳しい記録は追えていないが、内容からして江戸時代、大きな飢饉の時の出来事だろう。

一方、山頂にある迦俱良神社の伝承としては、こんな話が残っている。

長曽の村人たちは古くより飢饉や旱魃が起こると、山の神の助けを乞いに、数え七歳までの子供を人柱に立てていた。しかしあるとき、人柱になる子供を不憫に思った流れの行者がこれを禁じ、代わりに小豆を詰めた藁人形を立てるよう教えたのだという。

小豆は東アジアに古くから栽培される穀物のひとつで、その鮮やかな赤い色が呪力を持つと考えられ、儀礼食に用いられてきた。また、この小豆を使った代表的な和菓子である饅頭は、中国において人柱の首の代わりとして作られたものという伝説がある。そのイメージから、小豆を赤いはらわたに見立てた藁人形を、人柱の代わりにしたのだろう。

故意か偶然か隠されてしまっているが、二つの話を総合すれば八坂神社の由来にある、飢饉に備えて蓄えられていた小豆というのは、迦俱良へ奉納する藁人形用のものだ。そして腹を割かれたという娘は、小豆を盗まれ「腑抜け」になった藁人形の代わりに、人柱に立てられたのだろうというのが、特殊自然災害係の推理だった。

「は？　本物の人柱？　あそこでそんなん、マジであったたってことか？」

さすがに薄ら寒かったのか、広瀬が唸って腕をさする。あー、と腕を組んだ怜路が天井を見上げて考察した。

「なるほど、数え七歳ってのはソレか。なかなかに生々しいヤツが残ってやがるじゃねェか。にしても、まだまだ辻褄合わねえな……。情報足りてねえだろソレ。なんであえて『鬼ごっこ』なのかも説明ついてねーし」

「その辺は辻本さんが調査中だけどさー、紙の資料になってない部分があるっぽくて、足で稼ぐしかないかもって……田上さんがメッチャ協力的だからほんと助かってるよ……けどなんか、凄いおれ持ち上げられた気がするんだけど、広瀬なんて言ったの……？」

巴市で仕事を始めて――否、この仕事をしていて初めてなのではないか、という大歓迎を受けた。

「んー……？　何だったかな、とりあえず見た目特殊なのをポジティブに取ってもらえた方が良いだろうと思って……ああ、そうそう。アレ、映画の陰陽師。安倍晴明《あべのせいめい》だっけ？　そんな感じの髪の長い兄ちゃんが来るって言ったら、ばあちゃんが食いついてさあ」

話の途中で派手に噴いた怜路が、腹を抱えて笑っている。気恥ずかしさに、今度こそ美郷はカウンターに突っ伏した。衝撃でかちゃん、と小皿に載せていた箸が転がる。

「……安倍晴明は盛りすぎだろ……ていうか、おれの場合本当に『陰陽師』名乗っていいのかも怪しいし」

実在の人物としてはともかく、フィクションの中の「晴明」は美貌のスーパーヒーローだ。厳密な意味での「陰陽師」を名乗れるのかも怪しい美郷の立場で、引き比べられるのは勘弁してほしかった。向こうは平安時代の官人、こちらは海のものとも山のものとも知れぬ、民間呪術者の一種だ。

とは言え、美郷の実家である「鳴神家」のルーツは、陰陽師の活躍した平安よりも以前――神代まで遡ると言われている。時代によって名乗り方を変えながら、血族による呪術者集団として現代まで命脈を保ってきた。その直系は血の濃さを維持するために血族結婚を繰り返し、今なお「龍神の裔《すえ》」としての特殊な呪術を受け継いでいる。

「そうか？　陰陽師ってそんな種類とか偽物とかあんの？　俺は区別つかねえんだけど」

一般の認識などそんなものらしい。まあもういいや、と脱力していると、「来年のハロウインは狩衣《かりぎぬ》と烏帽子《えぼし》調達して来いよ、陰陽師コスしよーぜ」などと、正面でヒマをしているアルバイト店員が絡んでくる。

「お前が山伏装束一本歯下駄に羽団扇で、天狗コスなら考えてやるよ」

「よーし言ったな？　店長ォー！　来年俺とコイツで、ハロウィンコスやりまーす!!」

好きにせーや！　と野太い声が向こうから雑な返事を寄越す。

うぇーいす、と怜路が敬礼するのを横目に、美郷はロックの焼酎を飲み干した。

狩野怜路の本業は拝み屋である。一番多い仕事は、得意先の不動産屋から請ける事故物件の始末で、取り壊したい家屋やら利用したい空地やらの「曰く」を祓うこともする。最近は怜路の実績から、近隣の業者が「あの不動産屋に持ち込めばなんとかしてくれる」と思っているらしく「ワシゃあ、拝み屋取次業をしよるんじゃ無ァぞ！」と社長が嘆いていた。怜路としては大変有り難いので、歳暮は奮発したビールセットを贈ろうと思っている。

　そんな怜路の元に、多少目新しい依頼が届いた。人捜しだ。例によって取次をしてくれた社長も、少々首を捻っている。

「島根のほうから、わざわざ頼みに来ちゃったようなんじゃが、これはワシの勘じゃが、どうも堅気にゃあ見えんかったけえなあ……気を付けぇよ」

　この社長との付き合いもそろそろ二年になる。不動産を扱っていると、どうしてもヤの付く人種が近くをうろつくこともあるため、こういう勘は鋭いのだと社長は得意げに言った。渡された名刺にはキッチリ企業名と肩書きが書かれている。本社は出雲市だが、東京大阪にも支店を持つ大きな企業らしい。

「……ナルカミコンサルタント……？」

　企業名が、怜路の心に引っ掛かる。駅前の小さなビルの一階、壁面にずらりと物件情報の貼られた店のカウンターで、ふうむ、と怜路は頬杖をついた。平日昼間の店内に他の客はおらず、チンピラななりの怜路も一応、営業妨害にはなっていない。

「そうそう、土建系のコンサルティングらしいで。ゼネコンと取引しよるような大きな会社じゃゆうて聞いたが、どうもなあ」

ぶつぶつ言っている社長の向かいで、怜路は背もたれに身を預けて腕を組んだ。ナルカミ、と口の中で呟く。出雲のナルカミ。コンサルティング。

「おいおい、まさか。人捜しだって？」

――思い当たった瞬間、怜路は口元を引きつらせていた。

店を出て企業サイトを確認し、間違いない、と怜路は頭を掻き回した。美郷の実家、鳴神家の法人名だ。愛車の運転席に身を沈め、怜路は名刺とスマートフォンを見比べる。名刺に記載された携帯番号を打ち込んで、電話してみるかしばし悩んだ。

コンサルティングというのは、要するに暦学や風水で吉凶をみたり、除難や修祓を行うことを今風に表現しているのだろう。企業サイトの経営理念や業務内容はごく一般的な風を装っていて、よく出来たものだと感心する。社長の名前と顔写真も見られたが、残念ながら美郷の父親ではなさそうだった。

「まあシャチョーの勘も伊達じゃねェってコトよな。堅気じゃねーわ、確かに」

ぶつくさこぼしながら煙草を銜える。この秋、また値上がりした。どれだけ煙を忌まれても、あの加熱式に変える気にはならない。仕事的に、この「火」が役立つこともあるのだ。

（人捜しつーて、美郷クンか……？　しかしそれじゃ今更だよな。つーか、なんであんな同

業者の大手が、俺みてえなチンケな拝み屋に声かけて来ンだ）

天下の鳴神一門に見つけられない相手を、自分が捜せるとでも思うのか。そうでなければ、既にどこかで美郷の情報を掴んで嗅ぎ回っているのか、何にしても不気味である。

先日店で飲んだくれていた貧乏下宿人は、父親とは連絡先を交換しているという。連絡を取り合っている風でもないが、彼が家を出て五年も経ってから急に、捜索をかけられるのも奇妙な話だ。

ちなみにあの日は、結局怜路が美郷を回収して帰った。本人は油断して広瀬の家に泊まる気だったらしいが、ストレスでだいぶお疲れなのか、ぐでぐでに酔っていたので、体内に飼っている白蛇の脱走が心配だったのだ。

問題は今すぐ電話をかけるか、それとも一度美郷に話を聞いてみるかだ。

「若竹伸一《わかたけしんいち》ね。今何時だ、一時回ってんのかァ……美郷君、いま昼だったりしねェかなあ」

結局発信画面を閉じて、連絡用のＳＮＳアプリを開いた。ありのままに状況を説明するメッセージを送れば、間を置かずに既読と返信が付く。返信は一言、「今電話してもいい？」だった。

4．隠れんぼ

――まーだだよ。

幼く、懐かしい声が聞こえて、克樹は立ち止まった。

あれは遠い日に一度だけ聞いた、鬼から隠れる兄の声。捜し出して捕まえなければ、鬼はずっと克樹のままだ。

魔のモノの筋が途切れ、朧《おぼろ》だった足元が、確かな枯葉の感触を返した。

「もういいかーい」

童女の声が、別の方向から響く。

――まーだだよー。

再び、幼い少年の声が届いた。

声の方へ、克樹は足を向ける。既に日の沈んだ時間帯のはずだが、不思議と足元は明瞭に見えた。

ほわりと小さな、白い気配がある。懐かしい声を繰り返すそれに、克樹は目を凝らした。

小さな小さな、白い水引で出来た人形が宙に浮いている。

腹に紙帯を巻いたソレは、童女の呼びかけに答え続けていた。

もういいかい。

まーだだよ。

呪術だ。あれは、鳴神の秘術だ。兄の式神に間違いない。ふらり、ふらりと山中を漂いながら童女の相手をしている式神に、克樹は吸い寄せられる。気持ちが急ぐあまり、足元がおろそかになった。

「うわっ！」

ガサリと派手な音を立てて、倒木に躓《つまず》いた克樹は尻もちをつく。せめても、滑落するような斜面でなかったのが幸いだ。

「だいじょうぶ？」

間近で聞こえた問いかけに、思わず答えた。

「ああ、だいじょう――」

しまった。そう顔を上げた先に、裾の擦り切れた粗末な着物姿の、十歳前後の少女が立っていた。


その夜から、一体何日山で過ごしているのか。克樹にも分からないでいる。

ナルカミコンサルタントからの依頼を知った翌日の午後。怜路は早速、若竹という男と対面していた。

仕立ての良いダークスーツに黒縁眼鏡の、いかにもお堅そうな男が怜路の向かいに座る。場所は巴市内の、こぢんまりと目立たない、小さな喫茶店——今時のおしゃれな「カフェ」とは異なり、通人に好かれそうな昭和漂うレトロ喫茶だった。

店内に他に客の姿はない。しかしもし見る者があれば、黒髪をきっちり撫でつけた三十歳代の男と、黄色い頭に派手なスタジアムジャンパーのチンピラが対面している様子は、異様を超えて滑稽に見えただろう。

「このたびはご依頼ドーモ。と、言いたいところだが、おたくみてェな超大手が、チンケな拝み屋に何の用だい？　しかも俺ァべつに、人捜しなんざ得意分野にしてねぇんだがな」

開口一番の喧嘩腰で、怜路はニヤリと凄んでみせた。煙草を銜えてゴトリと灰皿を鳴らす。横柄にボックス席のソファに沈む怜路を、黒縁眼鏡越しの無感情な視線が見下ろした。ここは今や大変貴重な、喫煙可能な喫茶店だ。ランチタイムや夕方は、片時もヤニを手放せない連中で溢れている。

「緊急の事態ゆえ、近隣でご同業を名乗られている方には情報提供をお願いしております」

堅苦しく、取り澄ました声が返す。態度や口調まで総合すれば要するに「術者としての実力にかかわらず、手当たり次第に声をかけているだけだ」という意味だ。端から歓迎してやる気はなかったが、元々悪い怜路の「鳴神家」に対する心証が更にガタ落ちしていく。

「そりゃそりゃ、ご苦労なこって」

言って、遠慮なく煙草に火を点けた。一服、肺腑の奥まで吸い込んで気持ちを落ち着ける。この若竹という男は、美郷によれば「次期当主の教育係」だという。つまり、この男が人捜しをしているとすれば、行方知れずになった人物は美郷の弟、鳴神克樹ということだ。

怜路の吹き出す煙に眉ひとつ動かさず、「今回お願いする内容については他言無用です」とどこか高圧的に若竹が言う。テメェらで話をばら撒いといて抜かしやがる、と噛みつくのも馬鹿馬鹿しく、怜路は顎をしゃくって先を促した。

ここから二、三キロ離れた市役所本庁ではきっと、全く仕事の手に付かない美郷がソワソワ悶々している。怜路からのメッセージで事態を察した美郷の取り乱しようは、それはそれは酷かったのだ。帰宅してからは延々、鳴神克樹の不遇さと周囲の大人連中の至らなさについて聞かされた。今まで「結局自分が捨てて来てしまった」という負い目から口にできなかった不満や心配が、一気に爆発大噴出した風情である。

曰く、両親が多忙にかまけて放任。教育係が四角四面の、悪い方向へ固い人物で、ちっとも克樹の心情を汲まない。そもそも家自体が、克樹を「一個人」として尊重しないし適性やら志向やらを知らない等々。――昨晩たっぷりそれらの愚痴を聞いたお陰様で、現在の怜路に「鳴神一門の人間」は極悪非道の人非人に見える。

「この方を、最近一週間で見かけておられますか。背丈は百六十センチ後半、紺ブレザー型か今回思い知ったが、あの貧乏下宿人はかなり重度のブラコンだ。
違って目鼻立ちのくっきりした正統派美少年」と言い張っていたことには納得した。という
眦《まなじり》のきつい目が印象的な美少年だ。己の造作は父親譲りで地味、と言う下宿人が、「自分と
　差し出された写真を一瞥する。緩くウェーブのかかった天然茶髪に、ぱっちりと大きく
の学生服の可能性が高い」

「いいや、初めて見たな」

　話は散々聞かされたが。

「つーか、ソイツは一体どこのどいつで、オタクはなんで警察じゃなくて俺みてーなのに声かけて回ってる？　情報が欲しいならまず説明すんのが道理じゃねェの？」

　オーダーを入れたコーヒーを待ちながら、煙草片手にどっかり肘を突く怜路と、背筋を伸ばしたままの若竹が睨み合う。流石にムッとした表情の若竹に、怜路は片頬を引き上げてみせた。田舎に越してきて二年、だいぶ毒気を抜かれたが、本来怜路は裏社会の人間だ。

「この方は、鳴神克樹様――我々鳴神一門の、次期当主でいらっしゃいます」

「ほォ……跡継ぎ失踪たァ、大スキャンダルだな」

　短くなった煙草を灰皿で押し潰し、けっけ、と怜路は笑う。それを綺麗に黙殺して、若竹は続けた。

「克樹様は、単に家出をされたわけではない――警察捜査の手の届く範囲におられない可能性がある。縄目《なまめ》を使って移動されたのであれば、近隣の『繋がりやすい場所』を重点的に探

したい。この辺りの霊場には詳しいのだろう？」

「ンなもん、なんで市役所に聞かなかった。連中ほど情報持ってる奴等はいねーぞ」

いよいよ化けの皮が剥がれてきた様子の高圧的な口調に、怜路は鼻を鳴らして二本目の煙草を出した。

「まさか天下の鳴神一門が、田舎の市役所ひとつ相手にコソコソするほどチンケな奴等だとはねェ……。それともアレかい、コソコソしてんのはアンタ個人かい？」

「君に教える義務などない話だ」

「そうも行かねぇさ、依頼主がハッキリしなけりゃ請けられねェからな。あと俺は、見積書も契約書も請求書も受領書も作るぜ？」

書面に残されて困る話ならば帰れ、とはさすがに、下宿人のためにも言えないが。こう見せかけて怜路はクリーンな営業をしているのだ。何を以てクリーンと言うかは微妙だが、少なくとも税務署に叱られる心配はないし、なにか話が拗《こじ》れた時には裁判で勝てるよう、常に気を付けている。

出自や経歴があやふやだからといって、現状まで不必要にあやふやにすることもない。むしろ後ろ盾がないからこそ、こういった準備が身を助ける。

契約内容は結局日本語力だ。幸いと言うべきか、今の世の中「呪術」はそれ自体が犯罪にはならない。怜路は義務教育すら満足に受けていないが、そういった入れ知恵をしてくれる大人に不自由しなかった。

あからさまに「こんなチンピラが」と顔に書いて、若竹が沈黙する。ケッ、とひとつ嗤って怜路は続けた。

「初めっから、この辺り一帯で一番腕利きの個人業者を選んだ、くらいは言っとくモンだぜ。なんでこの地域を選んだ？　まさかダーツ投げて決めたワケじゃねーんだろ。俺ァ責任と契約がハッキリしねぇ仕事が嫌いなだけで、内容を選ぶとは言ってねェ。覚書がありゃあソイツは守る。この仕事は信用だからな」

好きでチンピラな格好をしているが、初対面の相手に「どうせ漢字も読めない人種だろう」と決めてかかられることも多い。漢字が読めずに経が読めるか馬鹿野郎、と言いたいところだが、どうせそんな相手は大抵、祝詞《のりと》も経も真言も区別はつかないものだ。

「――内々ではあるが、鳴神家当主からの依頼だ。報酬は約束する。範囲はそれなりの根拠を持って絞っているが、近隣一帯を捜索しているのは事実だ」

広島県内は、巴市以外にも怪異対策の部署を持つ自治体があるという。鳴神家が彼らのような組織を避けて、個人業者に声をかけるのは結局体面、メンツというやつだろう。

「ったく、おエライさんは面倒臭ェな。いいぜ、話は請ける。だが最初に言った通り、俺ァ人捜し専門じゃねーし、巴に来てまだ二年弱だ。その辺は加味しといてくれ」

ようやく話を聞く姿勢を取って、怜路は頷いてみせた。まあ、話も聞かず追い返す気など端からなかったのだが、相手に舐められていてはうまく話が進まない。

では、と若竹が口を開きかけた時、二人が向かい合うボックス席に店員がやって来る。怜路の前にはこんもりとバニラアイスの載ったコーヒーフロート、若竹の前にはホットコーヒーが置かれた。

「あっ、俺ガムシロップふたつ」

シロップとミルクポーションをひとつずつ置いて去ろうとする店員を呼び止め、怜路はピースサインの形に指を立てた。コーヒーは、甘いものが好きだ。

「アンタは？」

いや、と不機嫌に首を振る若竹に「あっそ」と返し、若竹のぶんのシロップも怜路が受け取った。たっぷりのシロップとミルクをコーヒーに投入してストローで掻き回し、怜路は気合を入れ直す。

――鳴神克樹が消えたのは、先週金曜日の午後だ。若竹はそう語った。

鳴神家邸宅最寄りのバス停から男子高校生を一人乗せたと、近くを通る路線バスの運転手から証言を得ていた。その高校生は、バスの終点である出雲大社よりひとつ前のバス停で降車したらしい。バス停の近くには小高い山があり、克樹はそこから消えたと思われる。

縄目《なまめ》、縄筋《なわすじ》、魔物筋《まものすじ》、魔道《まどう》などと呼び習わされる怪異がある。有名なのは瀬戸内《せとうち》地方に残る伝承だが、もののけというよりは「場の歪み」であるため、実際には形や呼び名を変えて全国に存在していた。一般に「魔のモノ」の出入り口とされ、家を建ててはいけないとか、工事をしてはいけない、その場所を人工物で塞いではいけないと言われる場所だ。

出雲大社のように呪力の大きな神域の近くには、渦巻く力が大小の歪んだ「場」を作る。

そこにできる縄目は、うつし世の破れ目であり、伝承のとおり神やもののけ、魔のモノが「あちら側」からやって来る通り道だ。ここに人が迷い込めば「神隠し」となる。

「その縄目伝いに移動して、アンタらを撒いたと？」

半信半疑の口調で、怜路は確認した。正気か、と言いかかって何とか呑み込む。縄目の「あちら側」――異界とはつまり、人間の暮らす世界の外側であり、常世、幽世《かくりよ》に通ずる場所だ。思い通り縄目を使って移動するなど、人間業ではない。しかし、若竹は確信をもって頷いた。

「そうだ。無論、標《しるべ》はあったはずだ」

鳴神は占術で、克樹の居場所を広島県北部と絞ったらしい。だが正確な所在が掴めず今日で五日目、恐らく克樹はまだどこか、異界の中であろうと踏んで、週明けからこの地域の術者に声をかけ始めたそうだ。

「標ねェ……そりゃあ確かに、呼んでくれる相手でも居りゃあだが。にしたって、なかなか無鉄砲だなお宅の坊ちゃんは」

なるほど美郷が心配するわけだ。と、妙な納得をしていた怜路は、若竹の次の言葉に耳を疑った。

「実際、呼ばれてしまわれたのだと思っている。君は、もう一人の鳴神家子息を知っているか？　五年ほど前、『蛇喰い』と有名になった人物だ。克樹様を呼び寄せたのは、恐らくその彼――鳴神美郷様だろう」

「……はァ？」

間抜けな声を上げて、思わず怜路は目の前の顰《しか》め面をまじまじと見返した。

その男のことはよくよく知っている。多分、今ドコに居るかも何を考えながら何をしているかも、七、八割の精度で当てられる。そして、若竹の言葉がどれだけトンチンカンなことかも、嫌というほど知っている。

（何言ってんだコイツ。美郷が？　弟君を⁇　それで俺に声をかけて来たってコトか？　いやいや、コイツは俺と美郷の関係を知らねェはずだよな、けどやっぱ、結局本当は美郷を捜してるってことか？　ンなワケねーよな、親父さんは美郷のことは捜して無ェはずだ）

頭の中を、目まぐるしく疑念が駆け巡る。正面に座る若竹の表情にこれといった変化はなく、怜路にカマを掛けてきた風情でもない。一旦落ち着こうと、怜路は氷ばかりになったグラスの中身を啜った。ずずず、と間抜けな音が、他に客のいない店内に響く。外の通りを、姦《かしま》しい女子学生の団体が通り過ぎた。どうやらテスト期間らしい。

「こちらに来たのは二年前と言ったか？　ならば知らずとも無理はないな。鳴神家当主のご子息は二人おいでだった。一人は夫人である小百合《さゆり》様との子で、次期当主であられる克樹様だ。そしてもう一人、外腹の男子がいたのだ。それが美郷様だ。克樹様よりもかなり年長で――今ならば二十二、三歳のはずだ。長子だが非嫡出ゆえ、鳴神を継ぐことができないのは最初から分かっていたが……当主はあの方を、克樹様の補佐に育てたかったのだろうな」

なにやら美郷に特別な感情があるのか、語り始めた若竹の口調にはちろりと昏《くら》い熱が籠っている。微かなそれを感じ取った怜路は、冷静さを取り戻して聞く体勢を整えた。こちらの情報を相手に漏らさず、向こうの情報を可能な限り引き出すべきだと、勘が訴える。

この男は美郷同様、克樹を捜している。だが、美郷の味方ではないらしい。

「美郷様は——才のある少年だった。呪術の才も、勉学も、それから……おおよそ、『鳴神家の上に立つ者』としての才を持ちすぎた、不気味な方だった」

怜路は、へぇ、と口の中だけで小さく相槌を打つ。紙箱から一本抜き出した煙草を、銜えるでもなくテーブルの上で玩《もてあそ》びながら続きを待った。若竹の言葉から滲む嫌悪の念が、ざらりと怜路の腹の底を撫ぜる。かの貧乏下宿人へのものとしては、随分と違和感のある評価だ。

若竹の前ではホットコーヒーが、手を付けられないまま湯気を枯らせてぬるまっている。

「それが仇となって今は消息不明だが——どこかで生きておいでのはずだ。克樹様はとても慕っておられたからな。もし呼ばれれば……」

「ソイツは何か根拠でもあんのかい？」

耐えきれず、怜路はいささか強引に問いを挟んだ。美郷は、当主である父親には、きちんと挨拶をして家を出ているという。対外的に「消息不明」となっているのは、鳴神側に美郷を追う気はない、という意思表示であろうと美郷は言っていた。

鳴神家の規模を考えても、実際に美郷が隣県の——自動車道を使えば二時間そこそこの場所で同業者をやっているにもかかわらず、まるで把握していない様子から鑑みても、鳴神家が本気で美郷を追っていないのは事実だろう。となれば、美郷云々は若竹の独断か。

（家が盤石じゃ無ェのは、美郷の話だけでも分かるが……思った以上に面倒臭ェ感じだな）

「アンタ、随分とその、ミサトとやらが嫌ェみてーだなァ」

若干よれた煙草を銜えて、ライター片手に怜路はけっけ、と嗤ってみせた。この男が克樹の教育係だというなら、おおかた美郷にお株を取られて面白くなかったのだろう。美郷の方も、この男を良くは言っていなかった。意地悪く目を眇める怜路に、若竹は無論、と返す。

「あの方には前科がある。もう十年近く前になるが……克樹様を連れ去ろうとしたことが、あの方にはあるのだ」

「連れ去る、ねェ……一体何のために。十年前つったらまだソイツもガキじゃねーか」

美郷が中学生の頃という計算になる。そんな子供が、更に幼い子供を攫って何になると言うのか。無論、そんな話は初耳であるし、真実だとも思えない。

「克樹様を亡き者にして、ご自身が次期当主にと考えられたのかもしれん」

へえぇ。そりゃあそりゃあ。それだけ返して、怜路はソファに思い切り凭《もた》れ掛かった。片肘をソファの背に引っ掛け、喉元まで出かかった「馬鹿言ってんじゃねェ」という言葉と共に、思い切り紫煙を吸い込む。我慢だ、我慢、と己に言い聞かせた。

「けどソイツはもう行方不明なんだろうが。俺ァ当時東京にいたが、蛇喰いの名前くらい知ってらァ。あんな騒動の挙げ句に行方知れずで、まーだ次期当主の座を狙ってるってのかい？」

目の前の男は、一体誰の話をしているのか。怜路の知っている「宮澤美郷」とはまるっきり別人だ。サングラス越しに黒縁眼鏡の向こうを窺い見るが、レンズ二枚を隔てた先と視線は交わらない。

「そんな騒動の挙げ句だったからこそ、だ。あの方には才覚がありすぎた。生まれた立場、鳴神における立ち位置と能力が不釣り合いすぎたのだ」

もしも彼が鳴神家の嫡子として生を享《う》けていたら、何の問題もなかったのだと若竹は言う。

「あの方は、鳴神を乱す『異物』だった。あの事件はある意味必然で、結果的に鳴神家のためには良かったのだと思――」

ガンッ。灰皿が木製テーブルを叩く音が、小さな店内に響いた。

撒き散らされた灰と吸い殻もそのままに、灰皿から手を離した怜路は思い切り煙草をふかす。最後の一言で、我慢の限界を超えた。ふつふつと湧き上がる怒りを隠すように、怜路はサングラスを整えて顎を引く。まだ半分程度残っている煙草を灰皿に押し付け、ゆっくりと腕を組んで言った。

「おたくのお家事情なんざ興味無ェんだよ。くだらねェ話してねぇで本題を進めろ」

唐突な怜路の不機嫌の理由を、目の前の男が知っている様子はない。粗野な振る舞いを見下す視線が、怜路を一瞥する。

「――ああ。克樹様は美郷様に呼ばれて姿を消したのだろう。君には、この辺りの縄目となりそうな場所と、鳴神美郷の噂がないかを調べて貰いたい。報酬については追って詳細を詰めるとして、とりあえずの前金はこれで足りるか」

そう言って差し出された小切手には、普段請ける依頼の満額以上の数字が記入されていた。最初から、札束で頬を叩くつもりで用意していたのだろう。「十分だ」とだけ低く返し、小切手を財布に突っ込んだ怜路は席を立った。じゃらり、と長財布に繋がれたウォレットチェーンが鳴る。

（鳴神美郷、な……）

そんな人間はもういない。怜路の家にいる貧乏公務員の姓は宮澤だ。鳴神家の長男は、五年も昔に蛇蠱に襲われ姿を消した。――そのことを、鳴神家の人間である若竹が知らないはずもない。頑なに美郷を鳴神の名で呼ぶこの男の脳裏に映っているのは、何者なのだろう。

怜路はとっくりと若竹の顔を眺める。美郷への敵意を滲ませるその男は「調べろ」と言う割に、鳴神克樹の行方にも、美郷の現在にも興味などなさそうに見えた。その顔から読み取れるのは、ただ、トラブルが発生した現状への苛立《いらだ》ちと苦々しさだけだ。

いまだソファに腰掛けた若竹を見下ろす形で、怜路はいつの間にか最後の一本だった煙草に火を点ける。握りつぶした紙箱とライターをスタジャンのポケットに突っ込んで、怜路は若竹を睨み下ろした。

「見積作る依頼内容は人捜し一件でいいな？　喋って欲しく無ェことがありゃあ、また渡したアドレスにでもメールしな。口止め料も上乗せしといてやる。安心しろ」

そこで一旦言葉を止め、怜路は強く煙を吸い込んだ。煙草を口元から離し、思い切り若竹に煙を吹き付ける。

不意打ちに咳き込む若竹を嘲笑《あざわら》い、ほとんど吸っていない煙草を灰皿に放り込んで背を向けた。

「――克樹はすぐに見つけ出してやるさ」

そして一刻も早く、鳴神と名乗る連中を巴から追い出す。そう強く決意して、怜路は喫茶店を後にした。

午後も四時半をまわった頃。昼イチで外勤に出ていた辻本春香《はるか》は、ようやく帰り着いた自席でハーフリムの眼鏡を外し、深々と溜息を吐いた。共に帰庁した係長の芳田も、デスクに書類鞄を下ろして無言で抽斗《ひきだし》を漁る。そのまま紙箱を胸ポケットに押し込んで出て行ったので、喫煙所で一服してくるのだろう。

「おつかれでしょう」

はす向かいの席から、パソコンに向かっていた大久保が声をかけてきた。「やー、疲れましたよ」と、辻本はがっくり項垂れる。それに、隣の島で作業していた女性の一般事務職員、朝賀《あさか》が笑った。

辻本より十歳程度年上の彼女は、今年で六年目と特自災害勤務が長い。呪力を感じることも操ることもできない一般事務職員ながら、知識量はとても「一般人」の範疇ではなく、係内でも一目置かれる人物である。

「教育委員会へ行っとったんかいね。社会教育？」

朝賀の言葉に辻本は頷いた。少し曇った眼鏡を、綺麗に拭いて掛けなおす。教育委員会の庁舎は別の場所に建っており、特自災害のある本庁からは車で十分ほどかかる。

社会教育課はスポーツ振興や生涯学習の推進などと共に、文化財保護を主管している部署である。保護対象となる文化財の多くは寺社仏閣や天然記念物となる樹木等で、要するに特自災害とシマが被るのだ。彼らは寺社仏閣を「文化財」として、特自災害はそれらを呪術的機能を持った「装置」として見なし、管理運用をしたがる。

同じ施設に対して口出しをする部署が二つ、それも、方針は異なる。うまくゆくはずがなかった。そして市内の郷土資料を管理する図書館も向こうが主管課のため、特自災害が頭を下げる立場になりやすい。

「あと、学校教育のほうにも、一応もう一回……」

長曽の件である。現在、市内の小中学校で行われている地域学習についての確認と、今後の再発防止について話し合ってきたのだ。

「どうなったん？」

「年度初めに、その年の地域学習計画について全校分まとめて渡すけえ、あとは好きにしてくれ、と」

つまり丸投げである。仕方がないと言えばそうだ。向こうの部署に、特自災害案件を見分けられるような知識を持つ職員がいない。それこそ七年前ならば、朝賀が社会教育課に居たので仕事もやりやすかったのだが、彼女の後継者は現れなかった。

「やれやれ……まあしょーがなァよのォ」

積み上げられたファイルの向こうで、大久保がつまらなそうに言った。これでまた、特自災害の事務量は増えたが人は足りないままである。

「宮澤君に頑張って貰わんとねえ」

あっはっは、と朝賀と大久保が笑う。宮澤は昨年退職した専門員の補充人員だが、雇用延長の嘱託職員だった前任者と比べれば遥かに若い上、能力も高い。最初は基本的な事務仕事を覚えてもらったが、今後はどんどん現場を任せて行くことになるだろう。

「あれ、その宮澤君はどうされたんです？」

辻本の隣が宮澤の席だが、そこに座る者はいない。外勤が入ったのかと事務室の黒板を見る辻本に、大久保が首を振った。

「ありゃぁ今日は駄目で。何があったんか知らんが、ずーっと上の空でな。多分コーヒー買いに出たんじゃろうけど、はあ大分経っとるのォ」

午前中もだいぶ眠たそうにしていた。何かトラブルでなければ良いが、と辻本は思案する。それを笑い飛ばすように朝賀が言った。

「明け方までゲームでもしょったんじゃないん？　ウチの子なんかもまあホンマ、休みの日なんか部屋から出て来んのんじゃけ」

「まあ、そがな日くらいあるよ、若い男子なんじゃけえ夜更かしもしたいじゃろうし！　辻本君も心配しすぎんさんな」

　何を想定したのか「男子」を強調して、大久保が大きく笑う。二人とも、宮澤の事情を全く知らぬわけではない。だが、努めて彼を普通の若者と同じように扱う。それが全く正しいのか、辻本は判断しかねていた。言えばおそらく、過保護と笑われるだろう。

　釈然としないまま自席のノートPCを開いた辻本に、朝賀が手元のファイルを差し出した。

「そうそう、辻本君。長曽の件じゃけど、ウチにあった神社の記録、コピーしてまとめといたけぇ。赤い付箋が八坂神社、黄色の付箋が迦倶良神社。言うても、あれから目新しい話も載っちゃおらんけど……」

　辻本は礼と共にファイルを受け取る。現在のところ宮澤の緊急対応が奏功しているが、根本的な解決には至っていない。

「完全にノーマークでしたからねえ」

　付箋の箇所を開きながら、辻本は再び溜息を吐く。長曽は特自災害のある本庁から、車で五分もかからない場所だ。平成の大合併で「巴市」となった旧町村部と違い、特自災害も長く管轄してきた地区である。まさか今更、これだけ大きな事案が発覚するとは思わなかった。

「在来作物なんぞ、ホンマ最近になって聞くようになったよのォ」

　大久保の声音には、やれやれ面倒臭いという嘆きが混じる。移住者も、地域再発見も何ひとつ悪いことではない。むしろ積極的に推し進めなければ、僻地の小さな自治体に明日はないだろう。だがこれで、特自災害の業務に「市内の在来作物に関する調査」が増えたのも事実だ。

「あとは地元の人らに聞いて回るしかないですね……田上さんが迦倶良神社の世話をしての家筋みたいなんで、あそこのウチにしばらく通わしてもらおうと思ってます」

二つの神社の由来を総合して立てた仮説――先に迦倶良山への人柱と、それに代わる小豆を詰めた藁人形があり、後の世、飢饉に際して八坂神社が創建された、という順番なのは間違いないだろう。八坂神社については、「悪虫退散、五穀豊穣の神」と伝わっている。飢饉に際して起きた悲劇が由来ゆえ、農耕の守り神として祀られているようだ。

「あれ、そう言えば、なんで『八坂』なんでしょう……」

八坂は、祇園《ぎおん》信仰の神社である。祇園信仰というのは、疫病鎮めのために行疫神《ぎょうえきじん》――流行病を広める神を祀る信仰である。京都《きょうと》市に所在する八坂神社を宗祠《そうし》とする、全国的な御霊《ごりょう》信仰だ。ふと呟いた辻本に、「ああ、」と朝賀が頷いた。

「そういえば、ほうじゃねぇ。……ああ、アレかもしれんよ、広瀬君が言うとった――」

不意に、電話の呼び出し音が鳴り響いた。思わず、朝賀も辻本も口を噤む。騒ぎ立てる係長席の受話器を、大久保が掴んだ。

「はい、特自災害大久保です。ああ、代わりましょう。――お待たせいたしました、巴市役所、特殊自然災害係の大久保です。芳田は只今席を空けておりますが――はい、あ、さようでございますか、申し訳ありません。よろしくお願いしますーはい」

手慣れた様子で、総合受付から回されたらしい電話の応対を終えて、大久保が静かに受話器をおろす。通話が終わったのを確認して、朝賀が尋ねた。

「係長に？」

「ええ。また掛けなおす言うちゃったけェ……ああ、名前くらい聞いとくんだったのォ。若げな男の声じゃったが」

はて、誰であろう。あまり部外者や一般市民から電話がかかって来る部署ではない。――ちなみに、この地方の言葉で「～しちゃった」は「してしまった」という意味ではなく、「された・なさった」と同じような意味合いの尊敬語だ。

「市民の方から名指しは考えにくいですし、業者さんか他市の人ですかねぇ」

失敗失敗と頭を掻きながら、大久保がメモ書きを芳田のノートパソコンに挟む。辻本は再びファイルに視線を落とした。

「えーと、それで何じゃったたっけねぇ」

あはは、と笑って朝賀が言った。

「広瀬君が教えてくれた、長曽地区の人に伝わる小豆研ぎの祟りの話でしたよね」

八坂、迦倶良の両神社の由来以外に、迦倶良山にまつわる伝承は大きく三つある。「神隠し」と「小豆研ぎの祟り」、そして「鬼ごっこ」だ。神隠しは名の通り、迦倶良山は時折、入った人間を攫うというものである。

「神隠しは分かるんです。迦倶良はかなり古い信仰を持つ山みたいですし、強い霊場ですから、そこに開いた縄目に迷い込んだ人間も多かったでしょう。それを神隠しと解釈したんじゃろうと思います。あとは小豆研ぎと鬼ごっこなんですよねぇ……」

ファイルをめくりながら辻本はぼやいた。

「なんでこがな所に、小豆研ぎが出たかよのォ……」

ふうむ、と、係長席の傍らに立ったまま大久保が唸る。「化けて出た」という意味ではない。なぜ、八坂神社の由来とは別に、もうひとつ小豆食の禁忌を語る伝承を――「祟り」を語る必要があったのか。

広瀬、田上から伝え聞いた「小豆研ぎの祟り」は以下のようなものである。かつて長曽の人々は、自分たちも小豆を食べながら、毎年一握りだけ小豆研ぎへ小豆を供えていた。しかしある飢饉の時、小豆研ぎに供えるための小豆を、自分たちで食べてしまったそうだ。すると、翌日から小豆を食べた人々の全身に赤い発疹ができ、人々は発疹が痛むとのたうち回って苦しみ始めたという。発疹はみるみる赤黒く大きくなり、小豆色の膿を噴き出した。以来、恐れた長曽の人々は小豆そのものを口にしなくなったそうだ。

「ホラ、じゃけえ。この発疹が出来てどうこう言うんが『八坂』なんじゃないんかね」

手招きするようなオーバーアクションと共に、ひらめいたとばかりに朝賀が言う。辻本もなるほどと頷いた。確かに、全身に出来る赤い発疹とは流行病を思わせる描写だ。

「じゃあつまり、八坂に祀られとる娘の祟りが、小豆研ぎの祟りとして別に伝えられとる、いうことですか……けど、それならなんで、『人柱』が祟りよるんか、いう話になりますね」

辻本は、デスクに片肘をついて軽く顎を乗せる。つまり、小豆を抜かれた藁人形の代わりに、村の娘を使った人柱は失敗したということか。だとして、失敗の理由——なぜその娘のためにわざわざ社を作らせるほどの祟りを起こしたのか。その部分の情報がごっそりと抜け落ちている。

「ほォよのォ……」

うーん、と唸る辻本に、大久保も凝った首をコキコキと鳴らしながら相槌を打つ。

「——そう言やあ、巴小学校の鬼ごっこも結局、長曽の伝承じゃったんか」

ふと思い出した様子で、大久保が首を傾げた。辻本は頷く。もうひとつ、小豆食の禁忌に関わる伝承が「鬼ごっこ」だ。こちらは子供の中だけで伝わる話ゆえ、更にあやふやだった。田上も確かに、子供の頃その話を聞いていた。だが、やはり子供の時分に、年長の子供から教えられたのだという。

辻本の背後でガラリ、と古びた引き戸が開いて、誰かが事務室に入ってきた。

「小豆研ぎも鬼ごっこも、結局八坂神社の由来と同じく小豆を禁じとるんですよね。そして実際『鬼ごっこ』は起きてしもうた……」

それならば、「鬼ごっこ」も八坂神社に祀られた娘が関連しているということか。そうだとして、結局やはり「なぜ起きたのか」が疑問として残る。縺《もつ》れる思考に、辻本はファイルを投げ出した。

「——そいなら、『小豆研ぎ』もホンマに起こる、いうんが可能性としてありますなあ」

そう言ったのは、一服から帰ってきた芳田だった。

5．兄と弟

その晩。怜路はいつも通り、アルバイト先の居酒屋に居た。

否、いつも通りでは語弊がある。元は克樹の件のため休む予定にしていたところを、無理矢理出勤して皿洗いをしているからだ。定位置の鉄板前には、当初の予定通り別の人間が入っている。

不機嫌全開、とまでは言わないまでも、身から怒りを滲ませ黙々と汚れ物を洗う怜路に周囲は遠巻きだ。怜路自身、もし今不用意な言葉をかけられれば、八つ当たりを我慢できる気がしない。

やさぐれ果てた精神状態で仕事をして、皿でも割ったら目も当てられない。それは分かっているのに無理を言って出勤したのは、美郷と顔を合わせる前に頭を冷やしたかったからだ。予定通りまっすぐ帰宅しておけば、キンコンダッシュした美郷がすぐに帰って来るだろう。どこかにばっくれて飲むことも考えたが、小さな街ゆえ周囲の目が気になり落ち着かない。

結果、美郷にも「緊急でヘルプに入る」と連絡を入れて、職場に籠ることを選んだのだ。

「どしたん、ムッチャ荒れとるじゃん」

そんな怜路の背に、ケラケラと明るい女の声がかかった。見るからに苛ついているチンピラなどという、世の人間の大半が忌避する存在に声をかける「猛者《もさ》」の出現である。

「昼間、クソな客に当たってな」

怜路は端的に答えた。職場の大半は怜路の「本職」を知っている。格別に隠してもいない。声をかけてきた若い女――アルバイト仲間の津川《つがわ》も知っている人間の一人だ。怜路より二、三歳年上で二児の母親という彼女は、怜路が店に入ったのとほぼ同時期に巴の実家に帰ってきたという。

「あー。おるよねぇ、どーにもならんのが！」

ウチも昼の仕事でさあ、と好き勝手に喋り始める津川に適当な相槌を打つ。彼女は基本、適当に聞き流していれば満足して去っていくタイプだ。

「――でさあ、なーんかブキミな奴で、居なくなってくれて良かったってゆーかさァ」

不意に言葉が突き刺さった。

ぴたりと動きを止めた怜路の前で、ただ無為に蛇口から水が流れ、排水口に吸い込まれて行く。一拍置いて怜路の異変に気付いた津川が話を止めた。

「どしたん？」

両手の間で、皿がぴきりと微かな音を立てた。津川に怒りを向けかけて、すんでで止める。

津川がしているのは、全く知らない他人の話だ。

「俺ァ友人を、知らねぇ野郎にクソミソに貶《けな》されてな。ムカついたセリフ思い出した」

「えー、そうなん!?　マジ最悪じゃん！」

ウチもさあ、と、再び津川の話が始まる。だが怜路の中に聞こえていたのは、昼間の若竹の言葉だった。

（不気味だの、前科があるだの、異物だの……）

あまつさえ美郷を蝕み苛《さいな》んだ蠱毒《こどく》を、必然のこと、鳴神には良いことだなどと言い放った。ばきん、と、とうとう皿が真っ二つになる。「は？　マジで？」と津川の呟きが聞こえた。

理不尽に踏みにじられた側の感情など、認識すらしていないのだろう。今は苦笑い半ばで蛇精《じゃせい》と付き合っている美郷が、どんな苦汁をなめてきたのか。怜路も大した話は聞いていない。ただ、あの白蛇の存在を、当たり前に話題にできたのは怜路が初めてだったと、少し恥ずかしそうに笑っていた。

何の謂れもなく突然殺されかけて、どうにか生き残っても居場所はなく。家族も友人も、それまでの繋がりを全て捨てざるを得なかったような出来事を「良かったこと」と抜かしたのだ、あの男は。

（クソッタレ!!）

本人に向かって、その話を全て報告する気にはなれない。

だが、冷静に話を端折《はしょ》れるほど、まだ頭が冷えていない。

割ってしまった——むしろ「折って」しまった皿を無言で片付けながら、怜路はぎりぎりと奥歯を噛む。手の止まっていた怜路の代わりに洗い物をこなしながら、津川が「ふーん」

と呟いた。

「なんか珍しいってゆーか、意外じゃん。そんなアツくなるくらい仲良い相手おったんじゃ怜ちゃん。あっ、ってゆーか、ホンマは恋人ォ？」

きゃはは、と能天気な笑いが響く。どこかから「オイオイ、もう止《や》めぇや」とげんなりした呟きが聞こえた。だが、怜路はむしろそれで力が抜ける。怜路は津川が嫌いではない。物事を深く考えないし、思ったことは即口から出て来るタイプだが、代わりに面倒な勘ぐりもしないし、根にも持たない人種だからだ。

「ちげーよ。男だ男」

「へー。あっ、もしかしてあの人？　市役所の髪の長いお兄さん。一緒に住んどるんじゃっけ？　ええなー、男同士の親友ってさー」

――親友、などと呼び合う相手を、こしらえた記憶などただの一度もない。

ごく浅い縁を繋ぎ合い、ただ保険のように互いに助け合って生きるような、その日暮らしの連中に交じって人生の大半を過してきた。様々な人間に助けられて生きてきたが、特別な繋がりやら約束やら絆やら、そんなものは養父とすらあったのか怪しい。まして、美郷とは知り合ってまだ一年も経っていないのだ。

「オンナの友情なんて、男が絡んだらトイレットペーパーより儚いじゃん。ほんまウチ、今度は男に生まれたいわー。男同士っていいよねー」

「そんなん、色恋絡んだら友情がチリ紙なんざ男も女もかわんねーだろ。別に男だの女だのじゃねーよ、ただ」

ただお互い、同じような薄闇の中にいただけだ。黄昏《たそがれ》とも暁ともつかぬ薄暗い場所から、遠い空を眺めている。同じ穴の貉《むじな》の隣は居心地が良い。

「──ただ、自分が気に入ってるモン貶されたら、ムカつくじゃねーか」

呟くように言った怜路の背を、店長のだみ声が大きく呼んだ。

「おぉい！　怜路!!　ミっちゃん来とるけぇ出ェや！　奥は人足りとんじゃけェ!!」

店内全てに響き渡る大声で嘘を暴かれ、怜路は額を押さえる。ミっちゃんとは美郷のことだ。事情を説明したところで、理解してくれるタイプの上司でないため、特に説明せず潜り込んでいたのが仇となった。くそったれ、と悪態を吐く怜路に、津川が「ウチが行こうか？」と気を回す。

「いや、大丈夫だ。津川サンに聞いてもらって多少落ち着いた」

まあ三割も聞いてはいなかったのだろうが、口に出せただけでも違うものだ。まんざらでもなさそうな津川にひらりと手を振り、怜路は洗い場専用のエプロンを脱ぐ。ホールに出れば、いつもの鉄板の前で美郷が所在なげに座っていた。怜路に気付いて顔を上げ、気まずそうに目を伏せる。

「怜路……！　ごめん、なんか……その、どうしても落ち着かなくて……」

特別に今夜、話をする約束をしていたわけではない。だが、当然美郷は昼間の報告を心待ちにしていたはずだ。それでも普段ならば、ここまで深追いはしてこない。面倒見の良さを見せることはあっても、わがままや無理強いを好まない男である。

（ホンット、余裕ねェな。今回……）

　バツが悪そうに笑みを浮かべて視線を逸らしながら、美郷は怜路の顔色を窺っている。その目元には隈《くま》が浮き、傍目にも憔悴《しょうすい》が知れた。

「あー、こっちもまあ、ちょっとな。ちょっと待っててくれ、もう上がるわ」

「えっ、でも――」

「いいんだよ。お前、車はまだ駐車場か？」

　市役所の職員駐車場は本庁から歩いて五分、この居酒屋からもほぼ等距離の場所にある。車は置いたまま、本庁から直接居酒屋に来たらしい美郷が頷いた。

「なら、今日は一台で帰ろうぜ。お前の車は明日回収すりゃあいい」

　対面よりは、ハンドルを握りながらの方が話しやすいだろう。怜路の指示に従うように、美郷がカウンターの椅子から立ち上がる。それにひらりと手を振って、怜路はタイムカードを打ちにロッカールームへ向かった。


　チッ、とライターの火打石が鳴って、暗い車内に火花が光る。パワーウインドウのモーター音と同時に、夜の県道を駆けるタイヤの音と、ごうごう唸る冷たい風が押し寄せてきた。エンジンをかけたばかりだ。エアコンはいまだ温風を吐かず、十二月の夜気が美郷を冷やしている。

紫煙が車内を漂う。左手にステアリングを握り、怜路の右手が車の外へ灰を弾いた。朱い蛍火が、怜路の口元で明滅する。美郷は助手席から、見るともなしにそれを追っていた。

怜路は喫煙者だが、普段あまりヘビースモーカーには見えない。だが今日は、居酒屋の前で合流してから車までの間に一本。そして車に乗ってすぐにまた一本だ。だいぶストレスを溜めているらしい。煙たく思いながらも、今日ばかりは何も言えず美郷は我慢する。

美郷の——正しくは、鳴神克樹のことだろう。申し訳なさからくる居心地の悪さと、早く話が聞きたいと焦る心を押し殺して、美郷は手元に視線を落とした。既に帰宅時間を過ぎた平日夜の県道に、走る車はまばらだ。

普段ならばつけっ放しのラジオも切られていた。排気量の大きなセダンの、品の良いエンジン音が体に響く。

市街地を抜けた車が、橋を渡って信号を左折した。市街地の脇を川沿いに走る、国道のバイパスに入る。街並みの明かりはぐんと減って、道路灯の橙色の明かりが一定間隔で過ぎてゆく。

——初めて顔を合わせたときの鳴神克樹は、随分と神経質そうな幼児だった。

幼い顔を曇らせ美郷を警戒する三歳児に、戸惑ったのを覚えている。

『みっちゃん、克樹君の「おにいちゃん」になってあげてね』

初めてだらけの別世界に連れてこられて数日目、美郷と共に克樹と会った母親の朱美《あけみ》は、美郷の頭を撫でてそう言った。周囲には他に何人か大人がいて、彼らが美郷に向ける視線は、柔らかくも温かくもなかったように記憶している。

「……若竹とかいう奴に会ってきたぜ」

ぽつりと怜路が言った。明らかに、気持ちの良い面会ではなかったのが伝わる口調だった。

「うん、何て言ってた？」

「鳴神克樹……お前の弟君が、行方不明だと。家出っぽい言い方だったな、自分でバスに乗って、大社近くの山から縄目に入ったんだろうとさ」

縄目、と美郷は小さく繰り返す。酷く無茶な家出のしかただ。鳴神の次期当主として、それだけの才能があればこそ可能な方法かもしれないが。ぐっと胃が硬くなる。昼もほとんど食べていないが、空腹のやって来る気配はなかった。

「いつから」

「もう、五日前つったかな。縄目の中で迷ってるなら、向こうの時間は違うかも知れねぇが」

神隠しに遭った人間は、浦島太郎のように現実とは全く違う時の流れを過している場合が多い。

「そうならいいけど……」

十二月だ。もしうつし世の山中で過ごせば、状況次第では一晩でも危うい。

「鳴神が追えてねぇんだから、そういうことだろうよ」

「家出の理由、何か聞いた?」

「――いや。特には」

そう返す怜路の横顔は苦い。本当に、と確認しかけた美郷を、サングラスの脇から緑銀の眼が見遣《みや》った。普段より強く銀を帯びた天狗眼が、うっすらと光って見える。本人から言われたことはないが、この魔眼は怜路の感情の昂《たかぶ》りで銀に色味を変えるらしい。

眼光とは裏腹の素っ気ない口調で、怜路が続けた。

「とりあえず依頼は請けた。詳細はまたメールで送って来るだろ」

うん、と、美郷は小さく返す。ひと呼吸の沈黙が落ちた。

はあぁ……と、怜路が、肺が空っぽになりそうな深い深い溜息を吐く。そのまま耐えかねたように、地を這うような声音が響いた。

「……しっかし、あの、若竹って野郎。鳴神家ってなァ、随分とまあご立派なお家として家人を躾けてやがるな」

言葉が含むあからさまな棘《とげ》に、思わず苦笑が漏れる。

「ああ、あの人は……ね」

まだそこまで年を取った人物でもないのに、やたらと頭が固くてやり辛い相手だ。

「最初に会った頃から……あの人もまだ二十代前半だった頃から、そんな感じだよ。多分」

けっ、と面白くなさそうに吐き捨てる怜路に、小さくゴメンと謝った。

「オメーの謝る話じゃねーだろ」

「そうだけど」

なんというか、やはり「ウチの者がすみません」という気持ちが抜けない。面白くなさそうに目を眇めた怜路が、皮肉っぽく口元を歪める。

「オメーにとっても、散々ご迷惑をかけられた『他人』じゃねェか」

あんな連中。声音は僅かに、本物の怒気を孕《はら》む。余程反りが合わなかったのだろう。「そうなんだけど、」と繰り返しそうになって、呑み込んだ。美郷は「宮澤」美郷だ。――だが、克樹は。弟は。

――克樹と初めて会ったその当時、美郷は八歳。まだ子供で詳しい事情を理解できはしなかったが、漂う異様な空気くらいは察知できた。

自分の隣には母親がいて、一人小さくなってこちらを窺う幼子の背後にも、美しい和装の女性がいた。美郷と幼児は「兄弟」で、母親はそれぞれいて、だが、父親は一人だ。

――ああ、自分はこの幼児から、「父親」を奪ったのだ。

広くて薄暗い和室の真ん中。周囲を大人に囲まれて、孤独に我が身を守る幼児を前に、美郷は居心地の悪さが腑に落ちた。自分はこの場所にとって、余計で邪魔な存在なのだと。

八年間、無邪気に顔も知らない父親を信じ、昨年初めて届いた誕生日プレゼントにはしゃいだ自分と、両親と一緒に暮らしているのに野良猫のような幼児。それは酷く歪《いびつ》な構図に思えた。

「……でも、克樹はやっぱ、弟だし。まだ見つかってないなら捜してやりたい。若竹さんは何て言ってた？　巴の辺りに居るのか、克樹は」

——そして賢《さか》しい子供だった美郷は、幼子の『兄』という役割が己にとって唯一、鳴神家で許される居場所だと、すぐに気付いてしまった。

「もしかしたら、な。場所は大雑把に、県北一帯を捜してるらしい。とりあえず、縄目のありそうな場所のピックアップからだな」

「うん、おれも——」

「オメーは仕事しろ公務員」

ぴしゃりと遮られて肩を竦める。職権濫用禁止、公僕の自覚を持て、誰の払った税金だと思っている。等々、続けてだいぶ酷い言葉を投げられたが、結局は美郷への配慮だろう。

「明日明後日は我慢しろ。土日は付き合ってもらうからよ」

渋々といった様子で付け加えられた言葉に、ふっと笑いが漏れる。短くなった煙草を、怜路が車の灰皿に捻《ね》じ込んだ。なんだ、と顔を傾ける左耳にはピアスが光る。

「いや、お人好しだよねぇって」

ナリは完璧なチンピラのくせに。声にしなかった言葉が届いたように、ちっ、と舌打ちした怜路が、金髪頭をわしわしと掻く。パワーウインドウが上がり、車内が静かになった。エアコンは温風を足元に吹き付けている。一旦ステアリングに戻った右手が、もう一度紙箱を求めて胸ポケットに伸びた。思わず美郷は口を開く。

「お前、今日随分喫《す》うね。そんな若竹さん苦手な感じだった？」

喫っている銘柄がいつもと違う。そして灰皿の中には、見慣れた銘柄の吸い殻が詰まっていた。一箱空にして、本日二箱目を出先で買った、といったところか。

「ありゃ無理だ。言葉が通じる気がしねェ」

胸元で止まった右手が、美郷の言葉に追い返されて渋々ステアリングに戻る。トントントン、と苛つきを表すように、人差し指が革張りのリングを叩いた。

「見てないからね、相手を」

怜路は嫌いなタイプだろう。するりと漏れた言葉は存外ひんやりと冷気を帯びて、怜路の指が動きを止めた。遠方で、歩行者信号の青が点滅を始める。まもなく赤に変わり、道路信号も黄色へ。怜路の足がアクセルから離れ、車がゆっくりと減速を始める。

「へェ、どういうこった」

「まんまだよ。目の前の相手を『その人物個人』として認識することができない人だ。克樹なら『鳴神家の次期当主』として、お前なら多分、『地元の個人営業の拝み屋』とか『チンピラ』として、肩書きの字面やレッテルでしか、相手を認識できないんだろうと思う」

「酷評だな」

けっけっけ、とやけに嬉しそうな笑いが響く。慣性だけで進んでいた車にやんわりとブレーキがかかり、赤信号前の停止線にぴたりと止まった。怜路の運転する車は、滑るように走り出して静かに止まる。

「何年間か観察した結論だよ。その場でその人間に割り振られた『役割』を上手くこなしているかどうか、それにしか興味というか……着眼点がない人なんだなって思ってた。だから――克樹もきっとあの人の中じゃ『困った方』でしかなくて、それが『どうして』なのか、考えたこともないいんだろうと思う」

もしかしたら彼自身、そういう物差しでしか測られたことがない人生なのかもしれない。そんな風に思うようになったのは、大学や市役所で色々な人間を見てからだ。

たとえそうであったとしても、若竹は本来、克樹の一番身近な存在として、克樹に寄り添うべき立場である。その彼が、克樹を一個人として認識できていないのは問題だ。

(その方が都合がいい、と思ってた時期もあったなんて……今思い返せばホント……)

後悔と自己嫌悪に、じくりとみぞおちが疼く。「黒歴史だ」と呟けば、隣の見た目だけチンピラな大家が「は?」と聞き返した。

幼い克樹は、すぐに美郷に懐いた。それはもう、一時も離れたがらず癇癪《かんしゃく》を起こすような、尋常でない依存を見せた。きっと、それだけ孤独だったのだ。

当時の美郷は、文句ひとつ言わず克樹の相手をした。鳴神に来て始まった修行と学校の間のわずかな時間を、全て克樹の相手に割いた。美郷に盲目的に懐き、甘えてくる克樹は可愛かった。「お兄ちゃん」として、守ってやりたいという気持ちも芽生えた。

だが、何よりもまず美郷は「克樹の兄という役割」にしがみつく道を選んだのだ。美郷はそれを、強く自覚していた。克樹の「あにうえ」でいられれば、克樹が美郷を必要とすれば、鳴神の中で美郷の居場所は確保される。

時々、振り返って自分で思う。美郷は察しの良すぎる、狡猾《こうかつ》な子供だった。兄としての献身は打算の上にあった。周囲の大人に向けたパフォーマンスでもあったし、数年が経って、大人の事情を理解し始めた頃には気付いていた。

――克樹を自分に依存させ続けることが、美郷が鳴神で生き残る道だということに。

「なんでもないよ」

まるで別世界か、前世の出来事のようだ。だが美郷にとっては過去でも、克樹はまだ、あの息苦しい場所で重荷に耐えている。美郷のくだらない保身が、克樹の人生に余計な影を残していなければ良いと、心のどこかでずっと祈っていた。

（捨てて、逃げてきたんだ……。もう、おれのことなんて忘れててくれればいい。新しい人間と出会って、親しくなって――）

そんな遠い場所からの身勝手な願いは、恐らく叶わなかったのだろう。たった独り、無謀な家出をしたのならば。

罪悪感など今更無駄だと、目を背け続けてきた。自分はもう、鳴神には戻れないと。

信号が青に変わり、静かに車が滑り出す。

隣の大家は何故か機嫌を直したらしい。しばらく続いた沈黙の後、カーステレオからＦＭ放送が流れ始めた。中高生のお悩み相談に、ハイテンションなＤＪが無責任な答えを放つ。恋に部活に友達に、挟まる曲はクリスマスソングだ。

「あー、チクショウ。やっぱこの時期はダメだな、クリスマスやらバレンタインやら、ノれねェ年中行事はおもんねー」

リア充イベント爆発しろ、仏教徒にクリスマスもへちまもあるか、と怜路が周波数を変える。修験者《しゅげんじゃ》である怜路は、まがりなりにも仏教系の呪術者だ。祖霊を神社に奉《たてまつ》る鳴神家も、もちろんクリスマスはなかった。

辻本や大久保をはじめ、職場の専門員たちもみななにがしか寺社関係の家出身である。特に小さな子供のいる家は、クリスマス対処に苦慮するらしい。そういえば昨日の昼までは、そんな苦労話を茶請けに笑っていたな、と遠い昔のように思い出す。

代わってラジオから流れ始めたのは、この時期必ず一度は聞くピアノ曲だ。作曲者はバッハ、正確な題名は知らない。単調な旋律が眠気を誘う。

「これは……眠たくなるだろ……」

昨晩はほとんど眠れなかった。車の振動と重低音が、更にゆりかごのように睡魔を誘う。

「家まで寝てろ」

大家の声が、優しく響いた。

腹部のむず痒い不快感に、このみは目を覚ました。隣では幼い息子が、その向こうでは夫が眠っている。今夜もまただ、とひとつ溜息を吐き、このみは晴人が起きないよう静かに布団を抜け出した。

（皮膚科の薬、効かないな……）

まずトイレに行き、脱衣場に滑り込んで寝間着と肌着をまくり上げる。みぞおちの辺りに、赤く帯状に湿疹が浮いていた。脱衣籠の小物入れから皮膚科の薬を取り出し、湿疹の上に塗り込んでゆく。医者はストレスと乾燥刺激から来る湿疹だろう、保湿ケアをしろと言った。受診してからそろそろ二週間、薬はなくなりかけているが、症状の改善は見られない。

（酷くなってる気がする）

湿疹の範囲は広がり、ひとつひとつの斑が大きく、赤黒くなっているように感じる。

ぶるり、とこのみは身震いし、手早く衣類を整えた。十二月の夜だ。ボンヤリしていては風邪をひく。

明かりを落とされたリビングに、小さなツリーが飾られている。去年、晴人にねだられて買ったクリスマスツリーだ。今年も無事、一緒に出して飾りつけができた。当たり前の日常が戻ってきたことに、心底安堵する。

長い髪の市役所職員が来たその日から、晴人の放浪癖はぴたりと止まった。分からないことだらけのまま始まり、理解しきれない間に終わった事件だった。しかし、市役所の人間が「もう大丈夫」と言ってくれて、実際それ以降問題は起きていない。残ったのは、諸々のストレスでガタついたこのみの体だけだ。

（もう、三十半ばだもんな……万全の時がどんなだったか思い出せないや。これが老化か……なんてね）

最近は夕方になると、やたらに体が怠《だる》い。毎日のように微熱が出て、夕飯の準備が進まないことも多い。夫は心配してくれるし、家事や晴人の相手も積極的にしてくれるが、如何《いかん》せん毎日八時間勤務に、広島市内まで片道一時間半の通勤だ。都合十時間以上、どうやったところで家にはいない。

（パート、辞めようかな……でもなあ……）

悩みは尽きない。それでも、最大の危機は去った。体を温めて、ゆっくり回復していこう。ひとつ欠伸《あくび》をして、このみは寝床に戻って行った。

離れから直接前庭に出て、美郷は澄んだ冬の夜空を見上げる。

街の明かりも遠い狩野家の庭からは、夜空の星がよく見えた。夏場ならば、大きく中天に天の川が流れる。冬は、美郷に分かるのはオリオンくらいだった。

　ほわり、と白く呼気が漂う。それは家の軒にぶら下がった白熱灯に照らされて、僅かに橙色に光る。月のない、綺麗な星空だった。

宵っ張りの大家はまだ起きている気配だが、時刻は既に深夜だ。怜路の車で寝入ってしまい、夕飯を食べたら目が冴えた。握って出てきたスマートフォンに視線を落とす。

液晶の白い光が、夜闇に慣れた美郷の目を灼く。真っ白い画面に表示されているのは、携帯電話の番号だった。父親から、預かったものだ。

美郷が進む大学を突然変え、鳴神を出ると父親に直談判した時に渡された。そこに至るまでの騒動について、結局全てを共有することはできないまま、美郷は「もう鳴神には戻らない」とだけ告げた。

父親は――鳴神家の現当主はそれを了承した。特に引き留めも後押しもなかった。ただ、連絡が付く番号を自分にだけは教えておいてくれと頭を下げられた。決して他言はしない、と強調する父親は、恐らく美郷の身に起きたことも、美郷が何を望んでいるかも理解していたのだろう。以降、鳴神からの接触は一切ないまま現在に至る。

泣いて謝罪して、抱きしめて慰めてくれればと、思わなかったわけではない。だがたとえ「もうこれ以上辛い思いはさせない、必ず守る」と言ってもらったところで、美郷は恐らくそれを振り払って家を出ただろう。それくらいあの時、美郷はもう「鳴神家」という場所に辟易していた。

父親からの謝罪は、ただ一言だった。誰として、どの立場の人間としての言葉か、なにをどう悔いているかも何もなく、ただ「すまない」とだけ頭を下げられた。

何も付け加えないたった一言の謝罪は、ゆえに重く、重く響いた。

震える肩と、押し殺して絞り出すような声と、白くなるまで握り締められた膝の上の拳と、言葉以外の全てが語るものがあった。だから、美郷も一言だけ「いいよ」と返して番号を受け取った。言葉を交わす機会の多い父ではなかったが、美郷はその誠実さを疑ってはいない。

家を出て、新しい携帯電話を契約して、受け取っていた番号にショートメッセージを送って、それきりだ。住所や就職先も教えておらず、あれ以来、声も聞いてはいない。

辻本や怜路から聞いて初めて、鳴神が美郷を「消息不明」としていることを知った。それは父親が、家にとって醜聞となるのを甘受してでも、美郷を守る選択をしたという意味だ。

メッセージ画面を開く。履歴はたったの二行だ。自分から父親に宛てた、番号を知らせるメッセージと、それへの返信のみ。

――克樹のことを訊きたい。それだけの理由で、今の今まで連絡を取らなかった父親にメッセージを送るべきか否か。美郷は昨日あたりからずっと悩んでいる。

（訊いて、教えてもらえる立場でもないんだよな……）

怜路の言う通り、もう、美郷と鳴神家は何の関わりもない他人だ。元より書類上、美郷と鳴神家の当主は親子ですらない。事実上の関係が途切れてしまえば、美郷と鳴神の繋がりは何も残っていなかった。

気づけば既に、連絡を入れるのは非常識な時刻になっている。諦めてバックライトを切り、美郷はもう一度星空を見上げた。分かるのはオリオン座だけだ。どれかがシリウスで、どこかに昴があるのだったか。夜空の星が好きだった弟は、冬の大三角形だか六角形だかも知っていた。熱心に講義されたはずだが、覚えていない。

（草花は覚えられたんだけどな……星はどうも分からない）

散歩に歩く先々で「あれは何」と訊いてくる弟のために、植物図鑑にかじりついた日々も懐かしい。四季折々の草木は、季語としての知識も含めきちんと覚えられたので、単純に相性なのだろう。

冬の大六角形に、夏の流星群。何かと夜に外出したがる小学生に、手を焼いたものだ。若竹が克樹の要望を聞かず、ただ「次期当主らしさ」を求める人物だったせいもあるだろう。克樹がわがままを言う相手は、常に美郷だった。

大六角形はそれでも、徒歩で行ける範囲の場所で見ることができた。だが、夏の流星群は南東の空が開けていなければ観察し辛く、鳴神家の立地はその方角を山で覆われた海岸だった。見ようとすれば、バスに乗って山を越え、平野に出るしかない。

（あいつ、バスの乗り方なんか覚えてたんだな……。同じ路線に、同じバス停から乗ったのかな。――今度は一人で、どこに行くつもりだったんだ）

鳴神の本宅から、徒歩で行ける範囲にあるバス路線はひとつだ。あの日の記憶が、まだ克樹の中に強く刻まれているのかと思うと、申し訳なさと、ほんの少しの嬉しさが胸を満たす。

（あの時、おれは……克樹を――）

当時の美郷は既に、自分に戸籍上の「父親」が存在しないこと、自分は鳴神姓ではないことを知っていた。

実母は三か月ほど前に、突然美郷を置いて鳴神を出て行った後だった。

流星群のピーク時刻は夜半近く。帰りのバスなどありはしない。当時、散々バスや電車の時刻を調べていた美郷は、そのことをよく知っていた。

――それでも美郷は、克樹の手を引いてバスに乗った。

6．八坂神社

長曽八坂神社は迦倶良の山麓、長曽の集落を見下ろす急峻な斜面にあった。境内と呼べる場所はほとんどなく、長曽地区の集会所から急な石段を三、四段上がった場所に、簡素な社殿がぽつんと建っている。元々は境内であった場所に、集会所と広場をこしらえたものと思われるが、八坂神社に参拝するための場所はほとんどない。

周囲は崖崩れ防止のための擁壁やコンクリートに囲まれて、鎮守の森も存在しない。一回り大きな祠といった風情の場所だった。

長曽八坂は悪虫退散、五穀豊穣の神とされ「大仙《だいせん》さん、祇園さんを合祀してある」と記述が残っている。「大仙さん」は牛馬の神、「祇園さん」は行疫神であり、八坂神社とは流行り病を鎮め厄除けを願う、祇園信仰の神社だ。名前だけならば病気平癒や厄除け辺りが順当な御利益だろう。

「――つまり、長曽八坂が五穀豊穣の神とされるのは建前、ってことですか」

公用車を降り、民家の裏道のような細い坂を上りながら、美郷は長曽八坂神社を見上げる。八坂という神社は疫病封じの祇園信仰であるにもかかわらず、長曽八坂の御利益が五穀豊穣なのは改めて見てみれば奇妙だ。同行してくれた大久保が「そうじゃのォ」と頷く。

「大仙さんは農耕用の牛馬の守り神じゃし、コトの発端は飢饉で、迦倶良山の人柱も飢饉鎮めのモンじゃけぇ、五穀豊穣なんも、由来から言やあ不自然じゃあ無ァけどのォ」

たしかに、と美郷も頷く。飢饉の犠牲になった娘が祀られている神社のご利益が「五穀豊穣」というのは道理が通る。ならば逆に、なぜ「八坂神社」なのかが不思議だ。

美郷は神道系の術者である大久保と共に、八坂神社の御神体を確認しに来ていた。今回は田上――広瀬の母方の祖父とも待ち合わせをしており、田上は集会所で待っているはずだ。

「でも名前どおり、疫病鎮めの機能も持ってるはず、ってことですよね。そして、鎮められている行疫神は迦倶良へ立てられたはずの人柱だろう、と……」

今まで分かったことをまとめると、長曽の小豆にまつわる禁忌と祟りは、複数の伝承に分割して隠されたことが推測できる。ひとつは長曽八坂の由来、ひとつは小学校で受け継がれる鬼ごっこ、そして最後に小豆研ぎの祟りだ。

「小豆研ぎの祟り」が、八坂の由来の裏に隠された疫病の祟りを示唆するものであれば、八坂を調べれば小豆研ぎの正体――つまり、祟りを起こしている本体と目される「人柱」の情報を得られる可能性がある。

人柱というものは、現在の倫理観に照らして容認できるような祭祀ではないが、呪術的な機能は存在する。人柱はそこに在る荒ぶる神への「供物」であり、同時に、人柱本人が「神」となって、山の霊力を御して里の恵みへと還す存在でもある。すなわち、本当に人柱が成功していたなら、人柱が祟ることはないし、わざわざ、既にある迦倶良神社の足下に、別の神社を建てて人柱を祀る必要もないのだ。

今日朝一番で、美郷は係長の芳田から呼ばれた。内容は「杉原一家に関わる迦倶良山の件について、もう一度緊急対応が必要」というものだ。

『宮澤君。緊急で杉原さんに、もういっぺん電話をして貰うてもエエですか。他じゃあありませんが小豆の件で、杉原さん本人らにも障りが出とるかもしれません』

芳田はそう切り出した。

『公文書に残すにゃあ具合の悪《わり》ぃ「小豆を食うたら何が起こるんか」の部分は口伝にして、身内だけに伝えてきたいうことでしょう。子供の方にホンマに「鬼ごっこ」が起きたんなら、大人の方にも「小豆研ぎ」の障りが出とる可能性が高い。杉原の家《うち》に誰も小豆の禁忌を知らんで、晴人くんが餡餅を食べとってんですけえ、よっぽど嫌いじゃあない限りご両親も一緒に食べとってでしょう。杉原さんの様子を聞いてみて、もし何ぞ異変があるようでしたら、中央病院の皮膚科を押さえますけえ、受診するように案内してください』

指示を受けた美郷は、すぐにこのみへ電話を入れた。すると案の定、痛痒い発疹と微熱に悩まされているという。

ちょうど今日、皮膚科を受診するため午前休をとったというこのみに美郷は、まず市役所へ来てもらうお願いと、午後に中央病院で診察の手配をするので一日休んでほしいというお願いをした。そして、すんなり了承してくれたこのみへの聞き取りと診察の同伴は辻本・朝賀に任せ、美郷は大久保と共に、一歩踏み込んだ八坂神社の調査をしに来たのだ。

鍵を管理している田上に神社に入れてもらい、本殿まで上がって御神体を確認する予定だ。長曽八坂には専従の神職がおらず、祭日にだけ近くの神社の宮司を招いて祝詞を上げてもらうらしい。持ち回りで世話役を務めている田上も御神体を見たことはなく、御神体が何なのかも知らないという。

細く勾配のきつい坂道を数十メートル上り、山裾にかじりつくような集会所の広場に辿り着く。時刻は十時を少し回った頃、巴盆地の空に蓋をする霧が細かな雨粒となり、ぱらぱらと落ちてき始めていた。今日の予報は午後から雨だったが、午前中を持ちこたえてくれるか怪しい暗さだ。

集会所の軒下に立つ、ダウンジャケットを着込んだ人影があった。美郷らの足音を聞きつけて広場へと出てくる。田上だ。額の涼しげな白髪を綺麗に撫でつけ、しっかりとした仕立ての黒のダウンジャケットに落ち着いた色のスラックスと革靴を合わせた、紳士然とした出で立ちである。年齢は八十近いというが、伸びた背筋もまだまだ頑丈そうな体つきもその年齢を感じさせない。そして意識してみればなるほど、広瀬と眉の辺りが似ている。

「おはようございます、お世話になります」

ぺこりと頭を下げた美郷と大久保に、いやいやこちらこそ、と田上も頭を下げる。三人ともこれが初対面ではない。美郷も晴人の件で一度話を聞いているし、同じ巴町の別地区で宮司をやっている大久保も、田上とは面識があった。天気や気温、年末行事など軽い世間話をしながら社殿へ移動し、鍵を開けてもらう。念のため、と、社殿の周りにぐるりと結界を張ってきた大久保が言った。

「雪にならにゃあエエですなあ」

その言葉に、田上が同意する。

「年内は雪は降らんでもエエですわ、そろそろタイヤは換えにゃいけん思うとるんですが」

「宮澤君はもう換えたんじゃろう、アンタん所の方はまた寒《さび》ィけえ」

そういえば、といった様子で大久保が美郷に話を振る。美郷はそれに頷いた。

「あ、はい。先週買って、その場で換えて貰いました。峠がやばいって聞いたんで……」

この地方は冬用タイヤ必須だという。広島北部と島根の県境にはいくつもスキー場があり、県内でも、最も雪の積もる場所は一メートルを超える。巴市内にそこまで積もる地域はないが、年に数度は圧雪の上を走ることになるらしい。狩野家から巴市街地に出るには峠をひとつ越えねばならず、その峠は積雪・路面凍結の名所だった。

しかしタイヤというものは高い。あまりケチって、スタッドレス効果がなくては本末転倒という思いもあり、それなりの出費をすることになった。おかげで、家賃支払いは冬のボーナス支給を待ってもらっている。

本殿の戸を開けてもらい、靴を脱いで中へ入る。雨戸を閉ざされた社殿の中は、一層暗い。田上が慣れた様子で蛍光灯のスイッチを入れた。手前にほんの四畳半程度の、横長の外陣《げじん》と呼ばれる参拝用の区画があり、一段上がった内陣の奥には神饌台《しんせんだい》や三方、金幣《きんぺい》が御簾《みす》越しに透かし見える。

三人揃って一度丁寧に礼拝し、御簾を上げて内陣へ入る。最奥の祭壇には、大きな長方形の木箱が鎮座していた。古びた木箱は簡素で、蓋は釘を打ち付けてある。大きさは子供一人が横たわれる程度だ。

（なんか……まるで棺桶だな……）

窓のない社殿の中、外陣の蛍光灯と、遠い外の光にぼんやりと照らされた御神体は、えもいわれぬ陰鬱な空気を纏《まと》っている。

腸《はらわた》の内側を、ざらりと蛇の鱗が這う。美郷は眉をしかめ、口元を引き結んだ。白蛇からの警鐘だ。好物の「おやつ」――もののけを見つけた時の反応とは異なる、機嫌の悪そうな様子が引っかかる。

（白太《しろた》さんも随分気に入らないみたいだけど――外も、かなり暗かったな……寒くなりそうだけど、克樹、無事なんだろうか………）

気を抜けば、すぐに思考は弟を案じて浮遊する。昨夜は一昨日よりは眠れたものの、やはり弟のことが常に頭から離れない。

田上が持参していた工具で、釘を抜いていく。白蟻《しろあり》に食い荒らされた木箱が揺れて、祭壇の上に白く粉を吹いた。桐箱だろうか、釘を抜かれた蓋が軽々とずれる。

「元は、七年にいっぺんくらいで換えよったらしいんですが、儂が子供の頃にはハァしよらんかったですな」

「どがなことをしよっちゃったんか、何ぞ聞いとってんないですか」

田上と大久保が会話しながら、蓋を開ける体勢を整える。

「こないだから思い出そうゆうて考えよるんですが、大したことは覚えとりませんのお……」

申し訳なさそうに首を振る田上に頷いて、大久保が美郷に蓋の片側を持つよう指示をする。

「そうですか。宮澤君、行くで！」

頷いて、美郷は蓋の両端に手をかけた。大久保のかけ声で蓋を縦にずらす。闇の澱む木箱の手前側、ぼんやりと青白く丸いものが美郷の目に映った。

顔だ。

木箱にちょうど収まる背丈の、あどけない少年が横たわっている。小学校の制服らしい白のポロシャツと黒い半ズボンは、思いもかけず現代的な服装だ。

(――男の子？　確か、殺されて、祀られてるのは女の子だったはず……)

ぱちり、と少年が目を開く。その白く丸い頬と目鼻立ちに、酷い既視感と違和感を覚えた。

少年が、美郷と視線を合わせる。まだ変声期前の、高く澄んだ声が歌うように訊いた。

「もーいいかい？」

反射的に飛び退こうとして、気付く。

(これは、おれ……!?)

見つめてくるその顔は、幼少期の美郷だ。

次の瞬間、一気に世界が遠のいた。


「いーち、にーい、さーん、――……もういいかい？」

「まーだだよー」

幼い声が、遠くで返す。二人で隠れんぼをするときは、必ず年長の自分が「鬼」だった。

「……――じゅうはち、じゅーきゅー、にーじゅう！　もーいいかーい？」

うふふ、きゃはは、と遠く漏れ聞こえるはしゃぎ声。弟は決して、見つからないような場所には隠れない。いつでも美郷が見つけるのを待っている。

「――まーだだよォ……」

声が遠ざかる。気付けば、隠れんぼの舞台はいつもの鳴神家の広い屋敷ではなく、山の中だった。木の幹に伏せていた顔を上げれば、粗末な継ぎ当てだらけの着物の袖と、くたびれた草履の爪先が映る。

背後を振り返る。広がるのは、冬枯れた山の落ち葉に埋め尽くされた地面と、灰色の木々の枝ばかりだ。

「――？」

かつき、と呼ぼうとして、誰か全く別の名を呼んだ。

（どうして）

疑問が二重にぶれる。

どうして――は、自分を置いて行った？

（ずっと、お前のために心を砕いて来たのに。ずっと、お前は慕ってくれていたのに）

――のために我慢して、――の遊び相手をして、ずっとずっと可愛がってきたのだから。

『だから、お前は。一生……私のもののはずなのに』


「――君！　宮澤君!!」

はっ、と美郷は現実に立ち戻った。がんがんと耳元で鼓動が響く。酸欠の魚のように、肩で荒い息を繰り返した。

引きずり込まれた。

美郷の肩を掴んで揺さぶっていた大久保が、やれやれと手を離す。

「どがしたんな、シャンとせえ」

若干厳しい声音に、すみません、と美郷は謝った。視界はいっそう薄暗く、昼間とは思えないほどの闇が社殿の中を満たしている。

（まずい……おれが『出口』になったのか）

八坂に鎮められた、「祟り」をもたらすモノの気と共鳴してしまったのだ。

美郷は目の前の棺桶をもう一度見下ろす。安置されているのは、朽ちた大きな藁人形だ。

迦倶良山に奉納されていたというものだろう。人形の周りにはぱらぱらと小豆らしき粒がこぼれて散らばっていた。

「暗い、ですね……」

動揺を誤魔化して美郷は言う。こたえるように、背後の蛍光灯が明滅した。身体を揺さぶるように、いまだ鼓動が騒いでいる。

ジ――、ピンッ。ジ――……ピンッ。

耳障りなノイズをたてて、不機嫌に蛍光灯が瞬く。

不規則に暗転する視界の片隅で、闇が蠢《うごめ》いた。

ジジジジジジジ、ピンッ。ジジジジジジジジジジジジッ、ピンッ。

暗転するたびに、ノイズが音量を増す。木箱の中で、闇がノイズを増幅させる。

「宮澤君」

大久保の目配せに頷いて、美郷は浄《きよ》めの結界を張るため印を組んだ。

「オン　キリキリバザラバジリ……！」

ジジジジジッ。木箱の中から溢れ出した闇――夥《おびただ》しい数の黒い小さな甲虫の群が、社殿内いっぱいに羽音を響かせる。

「――ホラマンダマンダ　ウンハッタ！」

ぱんっ、と大きく家鳴《やな》りが弾け、静寂が落ちた。

「社殿周りにゃあ結界を張っとりますけえ、外へ出て戸を閉めてしまやあ、みなこの神社ん中へ封印できます。田上さん、ひとまず蓋を閉めましょう」

　田上に呼びかけて、大久保が木箱の蓋を持ち上げる。古びた藁人形の腹部からは、小豆を詰めた小さな巾着がいくつもはみ出していた。虫に食われた巾着から、小豆がこぼれ出て箱の底に散らばっている。

　蓋が閉められる。美郷は印を組んで結界を保持したまま、「御神体」を見つめる。

　藁人形が蓋の影に沈む一瞬。

　再び、白く丸い頬が闇の中に見えた。

　ガタン！

　閉められた瞬間、蓋が大きく上に跳ねる。大久保と田上が慌てて押さえ込んだ。

　だんっ！　だん！　だん！　だんっ!!

　何かが箱の中から蓋を殴る。殴って、蹴って、閉じこめられた棺桶から出ようともがく。

　男二人が押さえつける木箱の蓋が、小さく跳ねては障気をこぼす。

「宮澤君！　儂の封じ符を渡しとったじゃろう、貼ってくれ！」

「はい！」

　作業用のヒップバッグから、美郷は渡されていた霊符を取り出した。

「神火清明《しんかせいめい》、神水《しんすい》清明、神風《しんぷう》清明、急々如律令《きゅうきゅうにょりつりょう》！」

　手早く霊符の裏に貼られた両面テープの剥離紙をはがし、蓋と箱に封をする。とたんに箱は大人しくなった。念のため、もう三か所、四方を封じるように符を貼る。両面テープが革命的か間抜けかは意見の分かれるところだが、とりあえず霊符の効力に影響はない。

「……抑え込めたか」

言って、慎重に木箱の様子を窺いながら大久保が立ち上がる。田上も血の気の退いた顔で木箱から距離をとった。

ジジジジジッ。

なおも内陣の隅にたぐまる闇が、美郷の浄め結界から解放されて羽音を鳴らす。外では本格的に雨が降り始め、屋根を叩く雨音がノイズを重ねた。ぷつり、と蛍光灯が事切れて、社殿の中が薄闇に沈む。

「箱から出たんが残っとるな」

「……すみません」

動揺が術に響いて、いつもの力が出せていなかった。吐息のような声で謝る美郷に、返る声はない。

美郷は拳を握る。

――きちんと祓えなかったこと以上に、この闇を呼び込んだのは美郷だ。

「まだ、ここで調べにゃいけんことがある。宮澤君、あれをみな祓えるか」

「やります」

腹の内側では、白蛇がやたらに騒いでいる。――少しだけ、先ほどまでとニュアンスが違う気もするが、今は悠長に聞いてやれる状況ではない。

（いい加減にしろ！　今はやらなきゃいけないことがあるんだから、後で！）

集中力を削ぐそれを心の中で一喝して黙らせ、美郷は改めて呼吸を整えた。

「掛巻《かけまく》も畏《かしこ》き伊邪那岐《いざなぎ》の大神《おおかみ》、筑紫《つくし》の日向《ひむか》の橘《たちばな》の小戸《おど》の阿波岐原《あわぎはら》に、禊《みそ》ぎ祓《はら》え給《たま》いし時《とき》に生《な》り坐《ま》せる祓戸《はらえど》の大神たち、諸々《もろもろ》の禍事《まがごと》、罪《つみ》、穢《けがれ》あらんをば、祓え給い清《きよ》め給えと、白《もう》すことを聞食《きこしめ》せと、恐《かしこ》み恐みも白す――！」

ぱんっ！　と高らかに柏手《かしわで》を鳴らす。突風が観音開きの戸を叩いて、風雨が内陣まで吹き込んだ。冬の冷たい空気が中に凝る闇を吹き払い、空の彼方へと連れ去ってゆく。

突風に舞い上がった黒髪が背中に落ちて揺れる。伏せていた目を開き、美郷はひとつ大きく深呼吸した。一拍の間を置いて、思い出したように蛍光灯が再点灯する。

「消えたのォ」

周囲の気配を探って、大久保が言った。はい、と美郷は頷く。

「宮澤君。さっき一瞬引っ張られたじゃろう」

「……はい」

普段は闊達《かったつ》で明るい口調の大久保が、美郷の正面から静かに問うた。叱責を覚悟して大久保の顔を見た美郷に、静かな声が続ける。

「油断することは誰にでもある。じゃけえこそ、現場に出る時はできるだけ二人一組にするんじゃ。けどな、自己管理とメンタルコントロールも覚えにゃいけんで。儂らの仕事は、そこが生命線じゃ」

「はい」

「プライベートに口出しする気は無ァよ。ただ、現場に持ち込んだら事故に繋がるけえ。次から気をつけるんで」

　はい。と美郷は改めて頭を下げる。

　睡眠不足や頭を離れない心配事で、意識が散漫になっていた。怪異は遭遇する者の精神に働きかけてくる。対峙するときは気持ちを引き締めて、精神を落ち着かせておくべきだ。分かっていたのに、油断した。

　いくら身内が心配と言っても、今の美郷にできることなどない。気を取られて、敵に付け入られるなど論外だ。自己嫌悪で更に落ち込みそうになる心を、どうにか奮い立たせる。

「今後注意します。すみませんでした」

　顔を上げて、まっすぐ大久保を見て言った美郷の肩を、表情を緩めた大久保がぽんぽんと叩く。

「頼りにしとるんじゃけえな。頼むで」

　はい、と苦笑いした美郷に頷いて、大久保が辺りを見回した。

「はァあの『御神体』は開けられんが、他に何ぞ資料が無ァか探してみましょう。宮澤君も田上さんも、何ぞ見つけたら儂に言うてください。絶対に一人でいじらんように」

　静観していた田上が、了解して動き出す。美郷も大久保と手分けして、内陣の奥に設えられた祭壇とその周りの検分を始めた。

「田上さんの言われた、七年に一度の作り替えの資料というか、帳簿みたいなのとかあるといいですよね」

七年単位で遡り、飢饉の記録と照合すれば「始まり」の年が分かる。美郷の言葉に同意した大久保が、天井を見上げて田上に問いかけた。

「そういやあ、田上さん。今は長曽の小豆はどうしょってんです？　育てるのは育てよってんでしょう。さっき見た御神体に小豆が入っとったいうことは、元は収穫した小豆は、あの藁人形に入れよったんじゃろう思うんですが」

巴小学校まで長曽小豆の種豆が渡ってしまったということは、まだ小豆が栽培されているということだ。種は普通、そう何十年も生きながらえるものではない。

「あの小豆は、長曽の組内で持ち回りで栽培しよりました。収穫した小豆はここへ供えて、次の年のとんどで焚きよったですな。そうそう、アレも七年ごとの当番でしたなあ。はァ今は植えられる家が少のうなりましたけえ、ここ二十年くらいはひとつの家がずっと管理しよるはずですが」

探索の手を止めて、田上が記憶を探るように天井を睨みながら言った。美郷と大久保は視線を合わせる。

「その家を、教えて貰えやァせんでしょうか」

大久保が田上に頼む。ええですよ、と田上が快諾した。

「わたしから連絡してみましょう。天気も悪いですし、今なら家に居《お》ってじゃろう思いますが、どうされますか？」

田上の言葉に、周囲を見回し、時計を確認した大久保が頷く。

「お願いします。ここにゃあ何も無さげなですけえな」

大久保の言うとおり、本殿の中に祭壇の神饌と御神体以外に、目に付く物はない。得られそうな情報から集めていく方が得策に思える。

時刻はもう少しで昼だ。午後一時から訪問したい旨を田上に伝え、美郷たちは長曽八坂神社の社殿を出る。

その時。

――ぷわり、と一匹の小さな黒い甲虫が飛んで、美郷の影に吸い込まれて消えた。


時を少し遡って、時計の短針が十一を少し過ぎた頃。特自災害の事務室に珍しく来客があった。

「おっじゃましまーす。芳田係長いるー？」

まるで常連のように気安く入ってきたのは、金髪ツンツン頭にサングラスのチンピラだった。辻本は意外な客に目を丸くする。

「狩野君。どしたん？」

宮澤美郷の大家で、先々月辺りに特自災害を賑わした人物、狩野怜路である。あの後何度か、後始末のためにここにも顔を出していたが、それももうとっくに片づいたはずだ。

「ちょっと調べ物があってさ。昨日電話したんだけど」

昨日夕方の電話は、どうやら彼からだったらしい。芳田が戻って来てからしばらくして、再びかかってきた電話は直接芳田が応対していた。

「おお、狩野君。書類を用意しとりますけえ、先に申請を書いといててください。辻本君、これを」

事務室の奥にパーティションで設えてある相談室から、ひょっこり出てきた芳田が狩野をみとめて椅子を勧める。気持ちばかりのカウンターに置かれたパイプ椅子に、モッズコート姿の狩野が腰掛けた。芳田が辻本に申請書を預ける。

「では、これに必要事項を記入して……、住所名前と連絡先、それから、身分証明と印鑑をお願いします」

芳田から預かった申請書を狩野の前に置き、辻本は記入の説明をしてボールペンを渡した。

身分証明、という単語に怜路が、ニヤッといたずらっぽい笑みを浮かべる。

「ホイこれ、運転免許証！　取りたてホヤホヤだぜ」

そう手渡されたのは、有効期限の記載枠が緑色に塗りつぶされた自動車の運転免許証だ。

狩野はほんの一か月前まで戸籍がなかったため、実は無免許運転だったのである。本人曰く、それゆえ運転には最大限の注意を払い、優良ドライビングを心がけてきたそうだ。

「おお、おめでとう。今までの色々は全部、目を瞑《つぶ》ってもらったんじゃってね」

「そうそう。カカリチョーの人脈？　すげぇなぁ」

　あまり大きな声で言える話ではないが、狩野の場合は理由があまりにも特殊だ。犯罪に加担する意図はなく、幼少期の環境のせいで正当な権利を得られなかったことが理由であるとして、戸籍の復活——認定死亡の取り消しに際して、ドサクサ紛れに彼の犯罪歴となりそうな事柄は、全て芳田が手を回して抹消した。

　狩野の場合、現状で、今ここに居る彼が「狩野怜路」であることを証明する物事や証人が、彼は記憶喪失であるため、本人を含めて誰もいない。証明、ないし証言したのは、今は白蛇の腹の中に居る巴人形だけだ。その時点で、特自災害係が首を突っ込まざるを得ない案件だったのである。こういった、人外のモノだけが証人という場合の警察や裁判所との交渉も、レアケースではあるが特自災害の仕事のうちだった。

「この申請理由っての、書かなきゃダメ？」

　申請書を埋めていた狩野の問いに、自分のデスクから紙束を取り上げながら芳田が答える。

「書いて貰わにゃいけんのんですが、詳しゅうのうてもエエですよ。『業務上の調査のため』やらそがなんで大丈夫です」

　ほうほう、と頷いて狩野がボールペンを握る。好奇心に負けて、辻本は横から覗き込んだ。

「ンだよ辻本サンのエッチ」

　書類を退こうとする狩野に、ごめんごめんと謝る。

「依頼の関係なん？」

「そだよ。さすがに美郷パシるワケにいかねーだろ、こういう申請書要るやつって。昨日電話して、係長が今日すぐデータ閲覧させてくれるつったから。ちょっと急ぎの案件でさあ」

言いながら、狩野がすいすいと申請書を埋めていく。以前、狗神《いぬがみ》の件の後始末で戸籍回復の申し立てを書いてもらったときも思ったが、彼は義務教育を修了していないとはとても思えない。漢字も確かで、文章自体を書き慣れているのが分かる。

「市内の、縄目ができやすい霊場一覧……行方不明者とかなん？」

辻本自身が狩野と話すのはこれで数度目程度だが、宮澤からしょっちゅう話を聞くので、よく知った相手のように思えてしまう。辻本に苦笑を返した狩野が、薄く色の入ったサングラス越しに目を細めて肩を揺らした。

「まあね。一応、顧客のプライバシー保護があるんでアレなんだけど」

市内の行方不明者で警察に届出があれば、こちらにも情報が回ってくるはずである。芳田に視線を移すと、芳田も目顔で頷いて思案げに顎をつまんだ。

「――狩野君。書類には残しませんけえ、情報提供をお願いできませんか。話を聞いておけば、こちらに何ぞ手がかりが来りゃあ連絡できます」

芳田の言葉に、今度は狩野が手を止めて唸る。狩野の申請した情報閲覧は、彼の巴市民としての権利だ。彼自身の信用問題に関わることなので無理強いもできないが、全く宮澤を介していないのが気になった。

学歴に文句なしとはいえ、まだ社会人一年生の宮澤には、伏せたいような案件を抱えたのかもしれない。狩野は宮澤と違い、長くアングラに近い場所で実戦経験を積んでいる様子だ。当然、その伝手で舞い込む話も、穏やかなものばかりではないだろう。

「んあーーー、どうしたモンかねェ……」

懊悩《おうのう》の声を上げながらも申請書を書き終え、狩野がボールペンを放って資料を受け取る。特自災害の持つデータを一覧表に印刷した紙を、ホチキス留めしたものだ。

パイプ椅子に深く沈み込み、眉根を寄せて数枚眺めた狩野が、不意に手を止めた。

「……そういやあ、迦倶良山も縄目筋か。イヤしかし……んーー……」

再び、しばらく金髪を掻き回しながらウンウン唸った後、狩野は諦めたように脱力した。

「まあ、あんな野郎相手に信用もクソも無ェんだけどよ。そういやあ今、美郷外勤？」

サングラスを上げて、狩野が予定表の黒板を覗き込む。宮澤は大久保と共に、八坂神社の調査に出ていた。恐らく昼まで戻らないだろうと伝えると、まあいいか、と狩野は頷く。

「俺ァしがない個人営業の拝み屋なんでね、もし悪い噂が立っちまえばおまんまの食い上げだ。迂闊《うかつ》なことは言えねェが……。おたくの新人君の面倒見てる大家として、いっこ情報提供しとくわ。アイツ昨日か一昨日辺りから変だろ。あれさあ、実家絡みなんだよね」

だらしなく椅子に沈み込んだまま、ポイと資料をカウンターに放り、両の手をポケットに突っ込んだ狩野がニヤリと笑った。

「弟君が家出して、行方不明なんだとよ。アイツ、とんだブラコンでさあ。弟君が心配で夜も眠れねェみてーでよ。そうそう、それから。俺ンとこに依頼かけてきた連中、アンタらの存在も知ってて、わざわざ俺にカネ積んでンだぜ？　メンツだか何だか知らねェけど、やってらんねェよなァ。——ンなところでオーケーかい？」

明後日の方向へ向けて滔々《とうとう》と語ってから、あとは察しろ、と狩野が席を立つ。拾い上げた資料を三つ折りにしてポケットに突っ込み、雑にパイプ椅子を寄せて「んじゃ、」と軽く右手を挙げた。

「美郷が帰ってきたら、くれぐれもテメェの職務に集中しやがれっつって、係長からも注意しといてよ。資料サンキュー」

言ってくるりと踵《きびす》を返す。モッズコートの立派なフードファーがふわりと揺れた。

「いえいえ、こちらこそありがとうございます。狩野君にゃあ迷惑がかからんようにしますけえ」

にこりと笑って芳田が見送る。開いた引き戸から廊下の冷気が事務室に流れ込み、建付けの悪そうな音と共にそれが止まった。狩野が事務室を去った後、辻本と芳田は顔を見合わせる。

「鳴神の……宮澤君の弟ゆうたら、次期当主でしょうなァ。この方《ほう》で行方不明になっとって、いうことでしょうか」

これはこれは、と腕を組んだ芳田に、眼鏡の曇りを拭きながら辻本も頷いた。

「まあ、お家としては公にはしたくないでしょうね。宮澤君のことも含めたら、直系の息子が二人とも家出いうことになりますし……しかし、大変ですね」

宮澤にしたところで、まだ自分のことで手一杯だろう。特に今は、迦倶良山という重たい案件を抱えてもらっている。

「まあそれでも、狩野君が居ってくれてな分だけ助かっとりましょう。私らじゃあ流石に、ああいうプライベートの立ち入った話はなかなかできませんけぇな」

「ですねぇ」

狗神の件では、己の命を粗末にしかけた狩野を宮澤の熱意が救った。今回は宮澤の抱えるトラブルを、狩野が気にかけている。同業者同士でひとつ屋根の下、持ちつ持たれつでやっているのだろう。

「なんか、羨ましいですねぇ」

ぽろりと辻本の口からこぼれた言葉に、芳田があっはっは、と笑った。

7. 絆

不意に、どうと山が轟《とどろ》いた。

突風に舞った木っ端から顔を庇《かば》い、克樹は目を細める。

「何だ――ああっ。あにう――！」

え、と言う間もなく、克樹が追っていた水引の式神はどこかへ飛ばされてしまう。せっかく見つけたのに、と肩を落とし、克樹は諦めて道を引き返すことにした。

（今、一瞬山の結界が解けかかった……あの子に何かあったのか？）

この山に住まう、粗末な身なりの少女を思う。

縄目を辿り、兄の気配を追って辿り着いたこの山で、克樹は痩せた少女と出会った。どうやら山に封じられているらしい彼女の呼びかけに、うっかり返事をしてしまったのが運の尽き。以来、全く時間経過の分からない山の中で、恐らく数日間過ごしている。

全く腹も減らない、眠くもならない。暑くも寒くもない。山も自分も、完全に時が止まっていた。見上げる空は白い闇に蓋をされ、暗くも明るくもならない世界には己の影すら落ちない。まさしく、うつし世とは隔絶した場所だ。

「克樹！」

目指す山の上から、少女の声が降ってくる。膝下までしかない、裾の擦り切れた着物を蹴立てて、小柄な体が駆け下りてきた。

「ああ、今のは何だ？」

「近くに見つけたの、わたしたちと同じ鬼！」

「『鬼』を？」

この場合の「鬼」とは、「誰かを捜して、追いかけている者」という意味合いだろう。

嬉しそうにはしゃぐ少女の年頃は十二と聞いた。この閉じられた山の中で、独り「鬼ごっこ」の始まりを待っているという。私たち、と克樹も一緒に括られてしまっているのは、最初声をかけられた時、咄嗟《とっさ》に「自分も追う側だ」と力説してしまったからだ。

半分は本音、もう半分は状況からして、「追われる側」と認識されてはまずいと思ったからだ。そして、恐らくその判断は正解だった。少女に仲間と認識された克樹はこの山から出られもしないが、彼女には歓迎され、飢えも凍えもせず共に過ごしている。

少女はずっと、鬼ごっこの相手を捜していた。彼女を鬼にして山の上に待たせたまま、消えてしまった妹を。

「そう。これできっと、おふさを見つけられる」

くすくすと無邪気に喜ぶ彼女は一見、何の害もない、あどけない少女だ。

（だが、この子は恐らく、妹の『おふさ』を呼んでは、人間を山に引きずり込んでいる……

兄上の式は、引っ張られてしまった者の身代わりだろう）

兄が山の裾に泳がせている式神は、身代わり人形の役目を果たすものだ。つまり、うつし世の側に、少女に呼ばれてしまい、害を被っている者が居る。

克樹は、痛ましい気持ちで少女を見遣った。本人には害意どころか、己が既にうつし世の時間に置いて行かれている自覚すらないのだろう。山の異界に閉じ込められた、彼女の時は止まっていた。――隠れ鬼の「鬼」としておふさを待つ「姉」のまま。

『わたし？　わたしはね……ええと、おふさの姉ちゃんよ。隠れんぼ鬼ごっこするから、おふさが隠れるのを待ってるの。でも、おふさが全然「もういいよ」って言ってくれないし、呼んでも出てきてくれないから困ってるの』

それが、少女の名を問うた克樹への返答だった。思い返して、ぎゅっと胸の奥を掴まれる心地がする。彼女は、己の名を忘れていた。

（名はその者の存在を定義する、ひとつの呪《しゅ》だ。この子は、自分自身の名を失ってしまっている……）

彼女に残っている、彼女自身の定義は「おふさの姉」と「隠れ鬼の鬼」の二つだけだ。空間が歪み、時間も止まった異界の中、彼女を観測し定義する「他者」も存在しない状態で、少女は自分に残された存在の定義を守り続け――おそらくは、おふさの代わりとなる外界の者を、山へと引っ張っている。

先ほど逃してしまった、鳴神秘術の式神を思い返す。使われている水引には術者の――兄の髪が包まれているはずだ。

(アレを手に入れられれば、入っている髪から兄上の所在を追える。だが不用意な真似をして、兄上の仕事の邪魔をするわけにはいかない)

克樹の兄は、鳴神を追われた後も鳴神の術を使い、呪術者として生計を立てている。そのことに克樹は安堵していた。暮らす土地は変わっても、克樹の敬愛する兄はその才で、克樹と同じ世界に生きている。

(あの式をずっと見張っていれば、どこかで兄上と会えるはずだ)

少女に仲間と認識されてしまった克樹は、少女同様、山の結界に阻まれて外に出ることができない。力ずくでの突破は可能かもしれないが、同時に少女も山から解放されてしまう。妹を捜して、うつし世の者を山へ引っ張り続ける彼女は、うつし世の側から「祟る神」として封じられているのだろう。

「お社に帰って遊びましょう」

克樹の手を引いて、少女が山の斜面を上り始める。すると、ほんの十数歩も柴木を掻き分けた先に、山の頂上付近に佇むはずの磐座《いわくら》が見えてきた。先ほどまで麓近くにいたのだが、うつし世の理屈は通用しない空間なのだ。

(この山の異界を自在に操っている。実質、山の主だな。だが――)

つらつらとした思考は、目まぐるしく変わる風景に遮断される。

ある場所を境に、突然足元の雑草や柴木が消えた。地面を覆うのはただ枯葉ばかりになり、目の前では、山頂に近い風情のなだらかな傾斜の途中に、灰茶色の巨岩が突き出して見えた。風化によって、山そのものが洗い出されたような磐座には、苔や雑木がまとわりついている。大きく傾いで重なり合う巨岩は、雨筋を肌に刻んで奇怪な曲線を描き、その下腹部に低く深く岩窟を抱いていた。磐座の頭には古びた注連縄《しめなわ》が巻かれ、岩窟の手前には小さな社が置かれている。——ここが、鬼の少女の家だ。

ほんの子供一人入れるか否かの、祠と呼ぶ方がふさわしいような、慎ましい社である。克樹がいくら歳のわりに小柄といっても、少女と二人で入れるはずもない大きさだ。しかし、まるでにじり口のような丈の低い戸をくぐり抜けると、中には八畳ほどの板間が広がっている。少女は始まらない鬼ごっこに飽きるとここで休み、部屋に無造作に散らばる玩具で遊んで時を過ごしているようだった。

(この子は、妹と隠れ鬼をしに山に入ったと言っているし、その時には既にこの社はあったらしいが……)

社の周囲や内部も検分してみたが、どうやらここは元々、山に人柱として奉げられた子供を祀る社のようだ。散らばる玩具は人柱の慰めに、と供えられたものだろう。それらは、もはや資料館でもお目には掛かれなさそうな、随分古い時代のもののように見える。

仮に、この社を家としている少女が人柱だったとして、大切に祀られている風情ではない。

(そして本人にも、人柱に上げられた自覚はない、か)

考えを巡らせる克樹の前で、少女が板の床を蹴る軽やかな音が響く。玩具を探しに走った様子の小さな背中に、克樹は声をかけた。

「今度は何をするんだ？　またあやとりか？　指相撲か？」

およそ、克樹が知っている「遊び」はそろそろ出し尽くしたが、少女がそれらに飽きた様子はない。克樹を仲間と歓迎し、嬉々として遊びをねだる姿の向こうに、克樹は少女の孤独を垣間《かいま》見る心地でいた。

（そんなに簡単に、私一人でこの子を鎮められるとは思わないが……。兄上ならば、きっと話を聞いてくれる）

克樹の兄は、柔らかく笑う優しい人だ。きっと、この哀れな少女にも親身になってくれるはずだった。

少女があやとり糸を掴む。二人以上で初めて成立する「遊び」は多い。これまで一人ぼっちだった少女ができなかった遊び、克樹は兄とやって覚えた遊びを、記憶の奥から引っ張り出して克樹は少女と遊んでいた。

さあ、やるぞ、と克樹は板間に胡坐をかいた。兄の式神を追うための仕掛けを、折を見て山の麓部分にいくつも置いてきた。克樹の居る山の異界と、うつし世の狭間をふらりふらりと漂っている式神は、風に流されて一定のルートを周回しているようだ。

克樹が少女の相手をしている間は、少女がうつし世の人間を引っ張ることはない。何とか彼女の意識を己に向けた状態で、式神を捕えれば兄は異変に気づくだろう。

（年下の相手は慣れていないが、存外どうにかなるものだ。兄上も、散々私に付き合ったの

だろうな）

五歳年上の兄は、克樹の記憶が繋がるか否かのごく幼い頃に鳴神にやって来た。それ以降、克樹の小さな頃の思い出の中には、常に優しい兄が居る。

（まあ、常に完璧に優しいばかりの人でもなかったが……五つも年下の子供に振り回されていれば、多少の憂さ晴らしはしたくなっただろう）

稀に、気付くと克樹の菓子がひとつ減っていたり、何かのゲームの最中で、明らかなズルをされたこともあった。その場は上手く誤魔化されて、今更思い返してあるいは、と思うこともあるし、その場で癇癪を起こして大泣きして、結局兄の方が散々克樹を慰める破目になったこともある。それらも含めて、克樹にとっては大切な思い出で、克樹の幼少期の全てだ。

「おふさともね、こうやって遊んであげてたの。おふさは全然あやとりがへたっぴだから、すぐ糸をぐちゃぐちゃにして泣きだしてね、わたしが糸をほどいてね……」

細い指を器用に動かしながら、少女は徒然《つれづれ》と思い出を語る。その大半は、幼い妹に手を焼かされた話だ。思い当たる節のあるエピソードの数々が、ちくちくと胸を刺す。

「いっつもね、おふさがわがままを言って、わたしが怒られるのよ。母さんはわたしがキライなの」

憤懣《ふんまん》やるかたなし、といった雰囲気の言葉が、ずきりとひときわ罪悪感を刺激した。

「わたしだってお餅食べたかったし、風車も欲しかったのにね、ぜんぶ我慢なの。ぜんぶ、おふさのもの。わたしはおふさの姉ちゃんだから、おふさが泣かないように相手をして、守って、我慢するの」

姉だから、という理由で少女が強いられたのは、まるで暴君である妹の、召使いであるような忍従だ。

「――だが、おふさは沢山遊んでくれる……お姉ちゃん、が、大好きだったのではないか？」

少し躊躇いながら、克樹は言った。「お姉ちゃん」そして「鬼」――役割だけが、この少女を定義している。克樹は少女の名を知らない。少女もまた覚えていない。

兄を散々わがままで振り回した覚えは、自分にもある。だが時に困った顔をしながらも、兄は根気よく克樹に付き合ってくれた。窮屈な生活の中で唯一、克樹の思いに耳を傾けてくれる人だった。

（兄上……美郷、兄さん）

実母の朱美が失踪した頃と前後して、「宮澤」と名乗ることに拘り始めた克樹の兄が、何を思っていたのか。直接聞いたことはない。

（あの人にとっての私も、自分を「兄」という役割に縛る鎖だったのかもしれない……）

そう思ったことは、これまでにもあった。最後に見た時の、真っ白に凍てついた横顔が忘れられない。あの時、兄はすれ違う克樹を一瞥もしなかった。

（それどころか、もしかしたら）

少女の語る思い出話は、ずきりずきりと克樹の恐れや罪悪感を刺激していた。

今更会いに行ったところで、拒絶されるかもしれない。もう彼にとっては、鳴神のことも、克樹のことも闇に葬ってしまいたい過去かもしれないのだ。

(いや。鳴神は、私が変えてみせる。そのために、兄上を迎えるためだけに、私は鳴神を継ぐ。絶対に、あの人に苦痛を強いたりしない)

それは、兄が出て行ったあの日誓った決意であり、あの日以降色をなくした世界で、唯一の克樹の生きる目的だ。――だから克樹は、今日も恐ろしい可能性からそっと目を背ける。取り戻せば全てが返ってくると、自分に言い聞かせる。

「そうよね。おふさは隠れんぼ鬼ごっこが大好きだったもの。また、絶対わたしに見つからないような場所を、必死に探してるのね」

ざわり、と社の中の空気が動く。軒下すぐのほんの小さな窓から、光源も分からぬ明かりを取る室内は薄暗い。四隅にたぐまる闇が蠢いたような気がした。

(昏い、昏い闇の気配だ……)

「ああ。だから今は、私とあやとりでもして待っていてやろう」

――おふさもきっと、見つけてもらえるのを待っているから。

喉元まで出かかった慰めの嘘を、克樹はぐっと呑み込んだ。

――半年前。怜路が見たソレは、じっとりと湿度と粘度の高い、生ぬるい闇が絡み付くような真夏の夜の悪夢だった。

ひょうひょうと、寒々しく熱帯夜を震わせた笛の音が止まる。

岩笛を持つ美郷の両の手が、力なく膝に落ちた。

手からこぼれ落ちた岩笛は、寝乱れた布団の上に転がった。俯く美郷の表情は見えない。

汗に湿った黒髪が、頬に流れて白い顔を隠している。

かたり、と中庭に面した掃き出しの網戸が鳴った。隙間から、這い出して来るものがある。真珠色の鱗が、てらりと蛍光灯の光に波打った。

白蛇だ。

岩笛に呼び戻された白蛇が、真白い胴をくねらせ畳を這い、布団に乗り上げ、美郷に取り付く。項垂れたまま動かなかった美郷が、小さく囁いた。

「おかえり」

乱れて大きく割れた裾から、白い腿が覗いている。腿を這った蛇が、寝巻を上る。はだけた合わせから汗に湿る肌を辿り、するりと首に巻き付いた。美郷は動かない。傍らで一部始終を見守る怜路を、認識しているかすら分からない。

黒絹越しに見える形の良い唇は、うっすらと笑んで見えた。

それが喜びや安堵の笑みなのか、それとも諦観のそれなのか。怜路からは分からない。

白蛇の頭が、美郷の首元から背中へ突っ込む。びくり、とひとつ美郷が痙攣した。色の薄い唇が僅かに開く。蛇に背を差し出すように前屈みになり、少しばかり荒い呼吸を漏らした。

蛇はずるずると美郷の中へ消えていく。

美郷は、俯いてそれに耐えている。寝巻の肩が落ちて、背が剥き出しになる。蛇の潜り込む場所が、辛気臭く黄ばんだ蛍光灯の下に晒け出された。

ああ。これは、他人が見てはいけないものだ。

息を殺して怜路は見詰める。美郷が、蛇に侵されてゆく。何を思ったか、形の良い長い指が、そろりと蛇の胴を撫でた。

長い黒髪が前に落ち掛かり、ますます表情は見えない。美郷が蛇を疎んでいるのか、受け入れているのか。ただ屈辱に耐え甘んじているのか、多少の情はあるのか、怜路には分からない。

恐ろしく、しかし妖艶で美しい。そして、酷く哀しい光景だった。

――長い、長い侵食が終わる。

終始無言でそれに耐えた美郷が、億劫《おっくう》げに寝巻を整えた。初めて怜路を思い出したように頭を上げる。

「おつかれさん、笛は返しとけよ」

何か美郷が言う前に、できるだけ優しい口調で声をかけて立ち上がった。返事はない。それ以上相手を窺うこともせず、怜路は部屋を立ち去ることにした。

多分、今後も美郷はなにも言わないだろう。怜路も自分から、その夜の光景について口にする日は来ないだろう。

引き戸の閉まる音が、夏の廊下に響いた。

少なくとも現在、怜路から見る限り美郷と白蛇――「白太さん」の関係は、そう悪いものではない。美郷はぶつくさ言いながらも白蛇を受け入れ、時折夜中の狩野家を好きなように散歩させている。特段、怜路のもとへやって来ることもないのだが、たまに裏庭でゴソゴソと物音を立てるので、散歩がてらおやつを狩って食べているのだろう。定期的に敷地のもののけが掃除されて、大変結構なことである。

午前中に市役所で入手した縄目のリストは、既に若竹の元へ提供してある。どの候補地から攻めるか大まかな打ち合わせもして、明日に備えるため早々に解散した。あまり長く一緒に居たい相手でもない。

美郷はと言えばだいぶお疲れモードのようで、午後八時頃に帰宅すると怜路の元へ来ることすらなく、いつの間にか離れの灯りは落ちていた。

時計を見ればもう深夜だ。いつものようにネットに入り浸って夜更かしをしてしまった怜路は、やれやれと頭を掻いて寝支度を始めた。明日は朝が早い。

「しかし、何か落ち着かねェな」

虫の知らせとでもいうのか、どうにも心がざわついて眠る気分にならない。とりあえず歯を磨こうと、洗面台のある脱衣場へ行くため怜路は茶の間の引き戸を開けた。途端に、広い土間と面した廊下から、冬の深夜の冷気が部屋へとなだれ込む。

廊下へと足を踏み出せば、冷え切った床板の軋《きし》む音が響いた。以前白蛇と遭遇した納戸の前を抜けて、水回りの集まる家の北側を怜路は目指す。

不意に、がたりと遠くサッシの揺れる音がした。

恐らく縁側、それも離れに近い辺りだ。また白蛇が散歩しているのか、と、怜路は何とはなしそちらへ足を向ける。あの散歩はもしかしたら、白蛇の放牧と同時に、美郷のストレス解消なのかもしれない。最初は気付かなかったが、白蛇がゴソゴソするのは大抵、宿主の美郷が疲れ果てている時である。

単に美郷が疲れすぎて、蛇を封じておく気力がないだけなのか、それとも美郷のストレス発散を蛇が肩代わりしているのかは分からない。どちらにせよ、今、蛇が散歩なり脱走なりしているのならば、それだけ美郷に余裕がないということだ。

(分かりやすいっちゃそうだが……なーにガタガタやってんだウルセーぞ)

執拗に揺さ出し窓を揺らす音がする。どうにかこじ開けようと暴れている風情だが、この真冬に家のガラスを割られてはたまらない。散歩に出すなら、いつものように最初から外に放り出しておけば良いものを、と怜路は溜息を吐いた。

「おおい、白太さん。ウチ壊すんじゃねーぞお前、調伏すっぞ」

怜路の実力で、調伏できるかどうかは知らないが。怜路が「ごっくん」されて終わりのような気もする。

広い土間に面した板間を渡って、声をかけながら縁側を覗く。

すると目の前に、廊下の幅一杯を使って体をうねらせ、突進してくる白い大蛇があった。

「うおおおお!?」

思わず驚きの悲鳴を上げる。白蛇はある程度自由にサイズ変更できるようだが、今回は完全捕食モードの最大サイズだ。真っ白い体と紅い双眸が目の前に迫る。――と言って、恐ろしさに震えるようなモノでもない。

アオダイショウ系の丸い頭に、ちょこんとつぶらな紅い目が二ついている。いかにも撫でれば金運が上がりそうだが、残念ながら宿主は貧乏人だ。そう笑い話にできるような、愛嬌のある顔をしていた。

怜路の目の前に辿り着いた白蛇は、鎌首をもたげて怜路と視線を合わせてきた。

「……えっ、何？　なんか俺に用？」

真正面で、ちろちろと二股の舌が舞う。だが流石の天狗眼にも、無言で訴えかけて来る深紅の双眸から、爬虫類の意思を汲み取る能力はない。少し考えて、もしかして窓を開けろと言っているのか、と怜路は掃き出し窓へ近寄った。

白蛇はそれを大人しく見ている。カーテンを寄せ、アルミサッシの鍵を開ける。窓を引けば、十二月の冷たい夜気が縁側になだれ込んできた。

「おら、開けてやったぞ。散歩して来い。朝まで大人しく外にいろよ」

ぺちり、とその場の勢いで、怜路は蛇の白い胴を叩く。さらりと冷たい鱗の感触が怜路の掌に返った。と、同時に、何か意思が脳裏に響く。

――行くの。

「は?」

それは間違いなく、目の前の白蛇の思念だった。もう一度触ってみる。

「待て待て、どこ行くって? まーた迷子になったら面倒だぞお前」

季節からして、真夏ほど酷いことにはならないであろうが。現状でこれ以上の厄介事は御免だ。

――やま。かつき。

「はァ!?」

思わず頓狂な声を上げる。白蛇は外に出ようとする動きを止めて、怜路の方を向き直っていた。

「……つか、お前さん喋れるのね……?」

一番のビックリポイントはそこだが、とりあえず今確認すべきは他にある。随分と聞き捨てならない単語が出てきた。

「克樹を、見つけたってのか? どこだ、お前――美郷が、昼間に行った場所か? なんで美郷に言わなかった」

――みさと、白太さんきかない。

推測するしかないが、おおかた業務中に騒いで黙殺を食らったのだろう。

「で、だからお前が行こうってか？」

——うん。

思わず顔が引きつる。サングラスを外して眉間を押さえ、怜路は深々と溜息を吐いた。どうしてくれようか、と金髪頭を掻き回す。

(本体が理性で抑圧してる部分を解消しに、蛇が勝手に出て来てやがんのか……？)

本当に、今すぐ捜しに行きたいのは美郷のはずだ。克樹のことは自分に任せて職務に集中しろ、と言ったのは怜路だが、あまりに生真面目に私情を殺しすぎた挙げ句、蛇に脱走されては元も子もない。全く世話の焼ける下宿人である。

(そんなんなる前に、愚痴のひとつくらいこぼしに来いってんだ)

美郷は、あまり自分のことを喋りたがらない。かれこれ半年以上、共に過ごして感じるのは、それが秘密主義や孤独主義ゆえのものではないということだ。

「よし分かった落ち着け。克樹の居場所を俺に教えろ。そんで、お前はいっぺん飼い主ん所に帰れ。克樹は俺が迎えに行く」

蛇を室内に押し戻して、再び窓を閉める。大人しく従う蛇に、改めて怜路は尋ねた。

「で。どこの山に克樹がいたって？」

——やま。

「ナニ山？」

——……。

どれだけ待っても返事は来ない。どうやら、山の固有名詞まで認識はできていないらしい。

「あーーー、じゃあ、何してる時に気付いた」

——じんじゃ。やま、つながってる。

くりくりした、紅玉の目が怜路を見ている。触れる胴から伝わってくる意思は、かなり片言の簡潔なものだ。恐らく、そもそも複雑な思考はしないのだろう。諦めた怜路はうんうん、と頷いた。

「なるほどな。じゃあ一旦美郷の部屋に戻るぞ。運んでやるから縮め」

言って、存外大人しく聞き分けの良い白蛇の胴をぺちぺち叩くと、了承の意思と共にみるみる白蛇が縮む。普通のアオダイショウサイズになったところで、怜路はその胴をむんずと掴んで無造作に肩に乗せた。

「よしよし。じゃあ本体の方に、詳しい話をさせような」

まずは、家賃滞納だんまり下宿人を叩き起こすところからだ。


遠くから、幼い声が聞こえた。

——あにうえ！

時代錯誤の、年齢にそぐわぬ堅苦しい言葉遣いだ。

「克樹？」

声のした方へ、美郷は小走りに向かった。家の勝手口から裏山へ分け入る。視界を遮る雑木の向こうから、小さな影が飛び出してきた。

「克樹！　どこに行ってたんだ全く！」

「あにうえ！」

ぴょこんと跳ねて抱き付いてくる、小さく温かい体を抱きしめる。自分と違い天然栗色の、柔らかく波打つ髪をかき混ぜる。しゃがみ込んで腕の中に閉じ込め、美郷はほっと安堵の息を吐いた。

「心配したんだぞ……無事で良かった……」

この子を守るのは自分の役目だ。目を離してはいけなかったのに。

「ごめんな、おれが――」

「あにうえを迎えにきました！　家に帰りましょう！」

美郷の服を小さな両手で掴んで、克樹が得意満面に顔を上げる。

「家に……？」

自分は今しがた、克樹を迎えに家から出てきた。家は美郷のすぐ背後にあるはずだ。だが、幼い弟は力いっぱい頷く。

「あにうえが帰ってきてくださらないから、捜しにきたんです！　……あにうえがいなければわたしは……」

幼い眉間にしわが寄って、長い睫毛に縁どられた丸い目に、みるみる涙の膜が張る。

「ああ、ごめん、本当にごめん」

これは小さく、か弱く、温かい生き物だ。美郷が守ってやらなければ、冷たい大人たちの中で凍えてしまう。美郷だけを恃む、美郷の手の中の小鳥だ。

「かえりましょう?」

美郷の服を離し、腕の囲いから逃れた克樹が美郷の手を引く。頷いて、美郷は立ち上がった。純粋な眼が、美郷だけを映している。

(――まだ、おれを覚えててくれたんだな……まだ、克樹はおれが傍に居なくちゃ駄目なんだ……)

これは美郷を必要とする存在。その生殺与奪《せいさつよだつ》を美郷が握る、愛おしい相手。同時に、美郷の唯一の存在価値であり、生涯尽くすことを強いられる相手だ。この子供にかしずく以外に、美郷に生きる道はない。この子供の「兄」としてしか、美郷は世界に必要とされない。

克樹に必要とされなくなれば、あの「家」の中で美郷という存在の値打ちはなくなる。

――世の一般人に視えぬモノを視て、彼らの感知できぬモノに振り回され、彼らの信じぬモノを相手に生きる。怪異を、闇を視る異能を持って生まれた自分は、端《はな》からこの世のはみ出し者だ。同じ異能を持つ仲間から蹴り出されれば、たった独り朽ちるしかない。

(克樹……お前だけが、おれの……)

引き返そうとする克樹について一歩踏み出そうとし、美郷はガクリとつんのめって足許を見た。足が、全く動かない。

「なっ……！」

地を這い絡み付いた蔦《つた》が、美郷の足を雁字搦《がんじがら》めに捕えている。幾重にも巻き付く蔦は脚を這いのぼるにつれて縒《よ》り合わさって太くなり、大蛇となって美郷の胴を締め上げ鎌首をもたげた。

「あにうえ？」

引っ張っても動かない美郷に焦《じ》れて、克樹が振り向く。

蛇が這う。いつものように、肩口から首筋、背中へと這って、中へ潜り込んでくる。

「やめろ」

おぞましい光景を、幼い弟はぽかんと見ている。

「見るな」

小さな手が、美郷から離れる。一歩、二歩と後ずさる。呆然とした幼い顔が、恐怖に歪み始める。

「待っ――！」

咄嗟に目いっぱい手を伸ばし、美郷は克樹の腕を右手に掴んだ。力まかせに引き寄せる。

怯える子供が、逃れようと暴れた。美郷は無我夢中でそれを捻じ伏せる。

（お前は、おれのものだ）

左手が細い首を掴む。この子供は自分のものだ。自分に忍耐と辛苦を強いて、だが自分に値打ちを与える、か弱く、横暴で愛おしい生き物。

両手の指を首にかけた。逃げられるくらいならば、いっそ。

（もう、おれは帰れない。だから、お前も）

「いやだっ！　はなせ!!」

全身の力で克樹が美郷を振り払う。一歩向こうへ逃げられてしまえば、縫い止められた美郷の手は届かない。克樹は美郷を振り向くことすらせず、まろぶように走り去る。

「克樹！　克樹――!!」

小さな影が雑木の向こうへ消える。

（どうして）

なぜ、克樹は自分を置いて行ってしまったのか。

ずっと克樹のために我慢をして、心を砕いてきたのに。ずっとずっと可愛がってきたのに。

「追わなくちゃ……そう、きっと――」

きっと克樹はいつものように、美郷が見つけるのを待っている。

――ぷわりと一匹、小さな黒い甲虫が、美郷の視界を舞った。

——絆《きずな》。

一、人と人との断つことのできないつながり。離れがたい結びつき。二、馬などの動物をつないでおく綱。

——絆《ほだ》す。

一、つなぎとめる。二、自由を束縛する。

8・鎖

「臨兵闘者皆陳列在前《りんぴょうとうしゃかいじんれつざいぜん》！」

ばしん！　と怜路の気が、離れの引き戸を叩く。戸にびっしりとたかっていた、小さな黒い甲虫が弾き飛ばされて散った。

「俺ァキショいのは嫌ェなんだよ!!」

言って戸を開け放ち、怜路は白蛇を巻き付けたまま、不動明王《ふどうみょうおう》の火焔《かえん》を召喚する。

「ノウマク　サンマンダ　バザラダン　カン！」

和室の中を白い幻炎が舐めて、布団に横たわる美郷に群がっていた黒い靄《もや》を灼き尽くした。酷く邪悪で陰鬱な気配は、もののけの妖気とも人の怨念とも違う。どろりと澱みすえた水のような、収納の奥に忘れ去られていた食料品の放つ臭気のような、掴み所のない邪気だ。

――みさと！

「待て待て落ち着け、人間は燃えねェよ。あと、お前は燃えッから、まだ俺から降りンなー」

ぎゅう、と慌てた白蛇が絞めつけてくるのを宥《なだ》め、怜路は和室に踏み込んだ。

「起きろ美郷ォ！　邪気に喰われてる場合じゃねーぞ！」

どこで拾ってきたのかは知らないが、随分なものに取り憑かれている。妖魔の類に対して最高の護りである白蛇が突破されたということは、余程厄介な相手であるか、あるいは美郷自身が引き込んでしまったのだろう。

(まあ、今のコイツは心の隙なんざ、ガバガバに空いてやがるだろうしな)

身も蓋もないことを考えながら、怜路は魘《うな》され丸まっている美郷から布団をひん剥いた。

「おい、目ェ覚ませ！」

はっ、と美郷が目を開ける。混乱し、怯えた瞳が怜路を見上げた。

「――っ！　りょう、じ……？」

肩へと伸ばしかけていた怜路の手を振り払って、美郷は身構えるように蹲《うずくま》る。ほどかれた長い黒髪が、ざんばらに乱れて顔にかかっていた。まるで手負いの獣だ。

「……白太、さん？」

怜路に乗っかったままの白蛇をみとめ、美郷の表情に困惑の色合いが濃くなる。ゆっくりと構えを崩し、美郷が半身を起こした。

「おう、脱走してたから返しに来たんだがな。お前、代わりに何連れ帰ってやがった」

するすると怜路から降りて、白蛇が美郷の中に帰ろうとする。

蛇が膝に乗り上げた瞬間、美郷が悲鳴を上げて白蛇を払い飛ばした。蛇を拒絶するように両腕で己を抱き、来るな、と再び蹲る。

「おいおい」

驚き呆れた怜路に答えず、美郷は肩で息をする。驚いたのは蛇も同じらしく、撥ね飛ばされた場所で戸惑ったように鎌首を揺らした。

なんと声をかけたものかしばし悩み、怜路は結局、白蛇を回収して再び肩に乗せる。触れる白い蛇体からは、戸惑いばかりが伝わってきた。

「──部屋の周りに結界張っとくぞ。頭が冷えたら出てこい。白太さんは借りとくぜ」

言って、来た道を引き返す。和室を出て引き戸を閉めると、ショックに固まったままの白蛇を撫でた。

「意外とお前、今まで拒絶されたことなかったのな？　……泣くなよ、アイツも多分、悪い夢でも見ただけだぜ」

自分は何を励ましているんだ。先ほどとは別の理由で、ぎゅうぎゅうと首に巻き付いてくる白蛇を慰めながら、怜路は深夜の天井を仰いだ。

追わなくては。

心の底をじりじりと焦がす感情にせき立てられて、夢の中で美郷は闇の中を走っていた。

だが、夢の中では明瞭だった「追う」理由は、起きた瞬間に輪郭を溶かす。

「……やられた……」

悔しさと情けなさに、美郷は拳を握った。八坂神社から持ち帰ってしまったのだ。弟への感情に付け入られた。無理矢理掘り返されて目の前に晒された、暗い感情にざわざわと全身が粟立《あわだ》つ。

心の奥底に巣食うそれに、全く気付かずいたわけではない。どうにか飼い慣らして「良い兄」で居続けようとした。成功したとは思わないし、結局、最後は全て投げ出して逃げてきた。その罪悪感で、今まで固く封じてきた感情だ。もう、鳴神美郷はどこにもいない。

意識がはっきりとしてきて、周囲の状況を思い出す。背中を探る指先に、蛇の鱗は触れない。怜路が連れてきて、再び連れて出て行ってしまったのだったか。当たり前のように肩に白蛇を乗せていた大家を思い出し、美郷は苦笑いする。

最近は、美郷の白蛇はすっかりペット扱いで日常に馴染んでいる。宮澤美郷という人間は蛇を憑けている、というのがいつの間にか暮らしの中で、当たり前の共通認識になっていた。隠さなければ、見られたくない――そんな恐怖も久しぶりだ。

「派手に荒らされたな」

自嘲の笑みがこぼれる。まるで子供が無邪気におもちゃを掴んで投げ散らかすように、いいように蹂躙《じゅうりん》していった相手と、それを許した己の不甲斐なさと、両方にふつふつと怒りが湧き上がる。

ざわつく心をなんとか宥めすかし、美郷はのろのろと寝巻を整えた。とんだ醜態を晒してしまった。正直、今怜路の顔を見るのは怖いが、布団を被っていても眠れるわけはないし、何も良いことはない。そう、腰紐を締め直して気合いを入れる。

冬の夜の冷え切った空気にひとつ身震いし、枕元のどてらを羽織って美郷は立ち上がった。障子越しに、淡く月明かりが室内を照らしている。暗闇に慣れた目ならば、照明を点けずとも部屋を出られそうだ。

縁側へ続く引き戸を開ける。カーテンを引かれた縁側は和室よりも暗い。既に体が覚えている照明スイッチの位置へ手を伸ばすと、古めかしい白熱灯の仄朱い光が廊下を照らした。冷たく、たまにささくれが触れる板張りの床を踏んでいるうちに、気持ちも落ち着いてきた。乱暴に引っ掻き回されて、輪郭を崩していた「宮澤美郷」が徐々に形を取り戻す。狩野家の古民家に下宿し、巴市役所に勤務する、今の美郷だ。

寝乱れていた髪をざっと手櫛で梳《す》いて、手首にひっかけていたヘアゴムでひとつに束ねる。縁側の突き当たりを左に折れて、広い土間に面した板間を歩く。軋む床板と、土の匂いを帯びて深々と冷え切った土間のうら寂しさの向こうに、茶の間の戸が明かりをこぼしていた。

時刻は丑三《うしみ》つ時に近いが、煌々《こうこう》と灯りのついた茶の間からはテレビの音と光が漏れている。美郷は磨りガラスの嵌《は》め込まれた、飴色の木枠をした戸の前に立ち止まった。

「――怜路、いい？」

ひとつ呼吸を整え、美郷は中へと呼びかけた。

返事の代わりにテレビの光と音が途切れ、畳の上を立ち上がって歩く床の軋みが聞こえる。がたり、と音を立てて目の前のガラス戸が開いた。

「落ち着いたか」

眠たそうに目を細めながら尋ねる怜路の肩には、白いものが幾重にも巻き付いている。

「うん、ごめん……」

「俺の前にコイツに謝ってやれ。いたくご傷心だぜ」

そう言って目の前に突き出されたのは白蛇の頭で、しかし見慣れた白蛇は嫌々するように怜路に戻ろうと、美郷から顔を背ける。

「……嫌われた？」

「拗《す》ねてんだろ」

「えっ、白太さん……お前、そんな感情豊かだったっけ……」

知らんわ、と呆れながら怜路が戸口から退き、美郷を茶の間に招き入れた。怜路の私室——というより、ねぐらや根城と呼ぶ方がしっくりくる部屋だ。傍らに延べられた万年床の周囲には漫画雑誌や衣類が積み上がり、中央に鎮座するコタツの上は空き缶や食品トレイ類でとっちらかっている。

いつ来ても乱雑な部屋だ。日頃、挨拶代わりに「片付けろよ」と言っているその部屋の生活感に、今は酷く安堵する。

「延々と肩の上でぐずられても、俺はコイツの飼い主にゃなれねーからな。早く引き取って慰めろ」

言って、怜路が白蛇を己から引っ剥がして美郷に巻き付けた。

蛇が肌に触れた途端、「叩《はた》かれた、避けられた」と拗ねる感情が伝わってくる。それにゴメンゴメンと苦笑いして、美郷は白い胴をさらりと撫でた。

「おれが悪かったよ。けど、先に怜路と話をしたいから、中に帰ってくるのはちょっと待ってくれ」

白蛇を受け入れるのには多少時間がかかる。明日もお互い仕事だ、できれば先に怜路と話しておきたい。

「マジな話、白太さんってそんなよく喋るのな」

横で見ていた怜路が、なんとも言えない顔で腕を組む。

「喋るっていうほど、語彙はないと思うけど……普段こんなに自己主張しないし」

普段、白蛇が美郷に伝えようとするのは霊的なものへの警鐘――というよりも、主に「おやつがいる」という主張だけだ。大抵、美郷の意識が起きている間の白蛇は微睡《まどろ》んでいる。蛇が起きて美郷から抜け出すのは、基本的に美郷が眠っている間なので、両者が起きた状態で相対するのは珍しいのだ。怜路が失踪した時のように率先して協力してくれることは稀で、美郷自身も白蛇を「使役」しようとしたのもあれが初めてだった。

「そうなの？　メッチャ喋ったぞコイツ。まあ確かに語彙はなさそうだったが……とりあえず座れよ」

どこに、と訊きたくなるような散らかり具合で、空いているのは怜路の布団の上だけだったが、さすがに他人様の布団の上は躊躇われる。適当に物を寄せて座る場所を作った美郷に、怜路が座布団をよこした。

　そこそこ頻繁に美郷はこの部屋にやってくるのだが、前回来たときに自分のために空けた場所が、次に来てそのまま空いていたためしはない。電気コタツに足を突っ込んで一息吐いた美郷に、布団の上で胡座をかいた怜路が「で、」と切り出す。

「とりあえず、単刀直入に俺の用件から言うんだが、白太さんがどうも克樹を見つけたみてーだぜ。昼間お前に無視られたとかで、白太さん一匹で迎えに行きに、ゴソゴソしてたのを俺が捕獲した。何か心当たりはあるか？」

　ぽかん、と美郷は目を瞬《しばたた》いた。

「えっ？　どういうこと？」

　唐突な話に頭が追いつかず、思い切り眉根を寄せて問い返す。ついさっきまで、夢の中で美郷は必死に克樹を捜していた。それは美郷が八坂神社に巣喰う邪気に付け入られた結果で、美郷は確かに心の中で克樹の行方を気にしていたが、実際に捜して歩いていたわけではない。まだ、夢の続きに居るのだろうか。寝惚けて混乱している美郷に、首元の蛇が思念を伝えてきた。

　――克樹、見つけた。神社の奥。美郷、うるさいって。

「……ああ、あの時か……！　イヤ、ゴメン……余裕なくて……」

　せっかく教えたのに叱られた、と白蛇のご不満がダイレクトに伝わってくる。何か騒いだのは分かった。しかし、うっかり八坂の御神体に引っ張られた直後だった美郷は、これ以上私情に気を取られまいと、自分の感情ごと蛇の思念も捻じ伏せたのだ。

「お前が今日行ってたっつったら、やっぱ迦倶良山か」

コタツの上に投げられていたA4用紙の紙束を拾い上げ、数枚めくって怜路が美郷に寄越す。何かと紙面に目を落とせば、美郷の職場が作ったデータベースだった。

「お前、いつウチに」

「オメーが出てる間にな。鳴神の連中と違って俺ァ、市民税払ってる巴市民だからな。申請書けば見せてくれるって係長に聞いてさ。写しはもう若竹に渡した。明日早朝から、手分けして候補地を潰してく話にしてたんだが……その必要は無ェみてーだな」

大きく欠伸をしながら怜路が説明する。もう仮眠程度の時間しかない、と時計を見てぼやく大家の仕事の速さに美郷は感服した。

「迦倶良山もリストにあったのか。まあ当然だよな……にしても、そんな偶然ってアリなの」

昼間行った場所の、すぐ目の前に弟がいたと思えば、言いようのない脱力感に襲われる。それに気付かず、気付いていた白蛇《どうきょにん》の言葉にも耳を貸さず、挙げ句、その弟を追う悪夢を見ていた自分が随分な道化に思えた。がっくり項垂れる美郷の斜め横で、ペットボトルの炭酸飲料を呷りながら怜路が「どうだろうなあ」と返す。

「俺は縄目渡りなんぞやろうと思ったことも無ェが、何の目印もなしにホイホイ思い通りの場所に行けるようなモンじゃねえだろ？　迦倶良山にゃお前の式神がいた。そいつに克樹が引っ張られた可能性もあると思うがね」

確かに、迦倶良山には晴人の身代わりとして置いてきた美郷の式が居る。

「でもそんなの、克樹は別におれを捜してたワケじゃ……」

「若竹はそう踏んでたぜ。克樹が家出するとして、お前以外に理由は見当たらないみてーな口振りだった」

明後日の方向に言う怜路の目元は、サングラスが照明を反射していて見えない。なんと返すべきか迷い、美郷はしばらく黙り込んだ。

(克樹が、おれを)

それこそ、悪夢の再演だ。フラッシュバックする醜悪な感情に、美郷は口元を押さえる。美郷に用件を伝えて満足したらしく、首元の白蛇は眠ってしまって動かない。沈黙の落ちる室内に、コッチコッチと壁掛け時計の秒針が音を刻む。

「つまり、全部おれのせいか」

気力を振り絞って発した声は、それでもガス欠のスプレーのように無様に掠れていた。

「なんでそうなる」

若干面倒臭そうないらえが返る。だが今夜はもう、「だって」と理由を語る気力も残っていない。

「つか、お兄ちゃん恋しさにここまで来たんだぜ、いじらしいじゃねーの。俺も仕事だから若竹連れて行くが、それよかお前が迎えに行ってやった方が、克樹も喜ぶんじゃねえ？

散々心配させられたんだ、直接叱り飛ばしてこいよ」

気の抜けた口調で怜路が続ける。第三者からはそう映るのか、と美郷はぼんやり考えた。

「そんな良い話じゃない。もう、おれが鳴神を出てから五年も経ってるのに、あいつがこんな無茶をしてまでおれを捜すなんて、家の連中とうまく行ってない証拠だ」

「だからお兄ちゃんを頼って出てきたんだろ」

そう頷く怜路に、美郷の言わんとすることを伝えるのは難しいだろう。

（違う、そうじゃない……）

克樹が今孤独を味わっているならば、それは克樹に自分だけを頼らせようとした美郷のせいだ。本当に彼自身のことを思うならば、もっと他の繋がりを作っておいてやるべきだった。

（でも、そんなこと怜路に言って何になるんだ。おれの負い目なんて、怜路の知ったことじゃない。これ以上、面倒なことを言って迷惑もかけたくない。どうすれば、どう言えば、お互い面倒な思いをせずに済むだろう）

情けない。こうして黙り込むしかできないこと自体が、申し訳なく恥ずかしい。気持ちを上手く立て直せない己に歯噛みする。

「……俺ァ、羨ましいけどな。おめーみたいな『お兄ちゃん』が居ンのはよ」

沈黙に耐えかねたような怜路の呟きが、ぽつりと深夜の茶の間に落ちた。

狩野怜路の記憶の中に、「血縁」というものは存在しない。

それは怜路の記憶が始まった瞬間から、巴市で死亡消除を取り消し、戸籍を回復した今でもずっと変わらないことだ。全く顔も形も覚えていない肉親はとうに絶えた後で、怜路やその姉、両親の遺品は綺麗に整理されて残ってはいなかった。十五年前、川に流されて失踪した子供が一人生きていたという事実に関心を払う人間も、いわんやそれを喜び迎える人間も、もうこの世には存在しないだろう。

そして怜路を拾った養い親も真人間とは言い難く――本人は「天狗」を自称していたし、それは多分嘘ではないと怜路も思っているが、見た目は年甲斐のない派手な格好をした、万年アロハシャツに無精髭の胡散臭い根無し草だった。その養父は幼い怜路に山と街で生きる術を全て叩き込んだが、容赦のないスパルタの目標は常に「怜路が一日でも早く一人で生きてゆけるようになるため」だったように思う。

養父は自分で怜路を拾った割には、すぐにでも置いて行きたそうであったし、実際、年の何割かは知人の元へ怜路を置いて、ふらりと一人で消えていた。とうとう帰ってこなくなった時分には、怜路も「まあそろそろ潮時だったな」と特に感慨もなく受け入れたものである。

そんな、血を分けた家族の絆とは無縁に生きてきた怜路から見れば、美郷と克樹の「絆」はひどく眩《まぶ》しい。

絆の語原は家畜を繋ぎ止めた「頸綱《くびつな》」「引綱《ひきつな》」だという。本人たちの否応なしに人と人を括り付けるそれは、血の鎖とも呼べる束縛なのかもしれない。だが怜路はそれを持たぬ者として、浅ましくも憧れを捨てられずにいる。

「……そんな、綺麗なものじゃない。おれはただ、あの家で居場所を確保するために、克樹を囲い込んでただけだ」

怜路がこぼした「羨ましい」の言葉に、悲愴な顔で黙り込んでいた美郷が、戸惑いと自嘲の混じった笑みを浮かべる。

「それでもだよ。なんだかんだ言って、現に克樹を心配してんじゃねーか。こんだけ想ってくれる肉親なんて、後から欲しいっつって手に入れれるモンでもねーじゃん」

無論、良いばかりの物でもないのだろう。先ほどまでつけていたテレビでは、機能不全家族とやらで育った女性が、「親」を断ち切るまでの苦闘を追っていた。少しでも歯車が狂えば毒となり刃となる、なのに生まれ落ちる瞬間に選べもしない不条理な関係性だ。

それでも、この世は「絆」を礼賛する物語に溢れている。

清く麗しい、全きそれなど幻想に過ぎないとしても、一度も手にしたことのない人間にとっては同じ「己は一生手にできないもの」だ。きっと憧れをぬぐい去ることなど無理だろう。

「でも、お前にだって拾ってくれた親父さんとか……もう亡くなってるにしても、ご両親もお姉さんもいたんだよ?」

「つっても、あのオッサンは野良の雄猫と大差ねぇような、アテになんねぇ大人だったたし、もうどこにも居ねぇ家族を、今更無理矢理思い出したいとも思わねぇし」

唯一残されていた「この家に生まれ育った狩野怜路」の物は、怜路と姉の千夏《ちなつ》、二人に贈られていた節句人形だ。しかしそれも、怜路が連れて帰った狗神を肩代わりして護り人形としての役目を全うし、白蛇の腹の中である。

招き猫は吐き出していたので、美郷の襟巻きになっているあの白蛇を逆さに振れば、あるいは出てくるかもしれないが――そんな真似をする気にもなれない。

時計の短針は二時をとうに回り、朝から臨戦態勢で働きづめだった心身はクタクタだ。素面で言うにはどうにもくだらない、馬鹿馬鹿しい話を垂れ流すのには、ちょうど良い頭の煮え具合だった。

「俺みてェな、まっとうな繋がりなんざ何も持って無ェ人間に言わせりゃあ、こんだけ心配してくれるお兄ちゃんが居ンのは、それだけで恵まれてるって話だ」

怜路にあるのは、触れたら繋いで、遠のけば離す「縁」だけだ。怜路の記憶の中には、「親子」も「兄弟」も「恋人」も「親友」も、おおよそ、名前の付いた関係性は存在しない。

「そんなの……おれだってまっとうにできてるわけじゃない。現に鳴神を出てから、もう何年克樹の顔を見てないか……」

「だからこそ、お前が迎えに行ってやったらいいんじゃねーの、って」

心配した分だけは怒って、無事だったらそれを喜んでやればいい。そうやって「家族に心配して、捜してもらう」権利を美郷の弟はまだその手に握っている。怜路の手には端からなく、美郷は自分で破り捨ててきたものだ。怜路はそれを僻《ひが》むよりも純粋に、持っているなら使わせてやりたいと思う。

狗神を引き受けた時も思ったことだ。己に血を分けた子があると知って豹変した男はきっと、傍からは見苦しく卑怯に映っただろう。だがそれが、怜路にはひどく眩しく見えたのだ。

美郷はまた、物思いに沈んでいる。

怜路は手持ち無沙汰に、コタツの上にあった空けさしのペットボトルを手に取った。キャップを捻ると室温にぬるまった炭酸飲料が、ぷしゅり、と音を立てる。とはいえコタツが温かいだけで、ファンヒーターを切ったままの室内温度は十度そこそこだ。甘ったるい液体を喉に流し込めば、それなりの冷たさが清涼感を残す。

「……全部が全部、綺麗事だけの関係なんて存在しねえだろ。特にガキの頃なんざ、付き合う相手も生きる場所も、自分じゃ選べねーんだし」

美郷は克樹に対して、なにやらひどく罪悪感を抱いている。弟の苦境の責任を一人で背負い込んでいるようだが、怜路から見れば、どう考えても周囲の大人の責任だ。克樹を孤独に追い込んだのも、美郷がそれを自分のせいだと錯覚するまで追い詰められたのも、周りの連中が無能だったせいだろう。美郷とて所詮、まだ十代の子供だったのだ。幼い弟の保護者、あるいは養育係であることを強いられた環境が、健全だとは到底思えない。

（根掘り葉掘り訊く気もねえが、若竹の野郎を見りゃ、ロクでもねえ場所なのは分からァ）

生き残りをかけて「兄という役割」を演じざるを得なかった美郷もまた、犠牲者のはずだ。

「うん……」

美郷の返事は煮え切らない。これ以上のかける言葉も思いつかず、怜路は小さく嘆息する。

しばらくの間を置いて、美郷がぽつりと言った。

「夢を――見てたんだ。八坂神社の邪気に、色々……引っ張り出された。忘れてた、忘れようとしてたものを」

「ンなもん、敵意ありきの精神攻撃だろうが。真に受けてどうすんだ」

見せられたものは美郷の心を抉《えぐ》るために、故意に歪められた記憶や感情の可能性が高い。呪術者としては、そんなものは撥ね除けてナンボである。

そうかな、と曖昧に頷きかけた美郷が、ふと何か気付いたように動きを止めた。

「いや、違う……敵意じゃなかった。おれを同調させたかったんだ。同調させて、操りたかったのか……？」

ぽつりぽつりと喋り始めていた美郷が、今までとは別の「思案する」顔で黙り込んだ。長い指が、男としては華奢な顎に触れる。どちらにしろ悪意には変わりない。そう言いかけて、怜路も思い直す。もしも美郷を「利用」しようとしたならば、分析すればある程度敵の意図が読めるはずだ。

「誰かを、捜して……追いかけて捕まえに行きたかったんだ。捕まえて……もう、自分は戻れないから、相手も一緒にって……おれは克樹を追ってたはずだ。でも、八坂神社、いや、迦倶良山の奴が追いかけて、捕まえたがってる相手は別に居るのか……」

指の背を唇に当てながら、美郷が目を細める。多少覇気の戻ってきた表情に、怜路はそっと安堵した。

「捜して、追いかけて、捕まえにか。なるほど『鬼』だな」

問題はその「鬼」の正体と、捜している相手だ。鬼の正体は迦倶良山に人柱に立てられた少女のはずだ。江戸時代まで遡り、その少女を特定して鬼となった理由を割り出さなければならないが、手掛かりの少なさゆえに膨大な範囲の資料を当たる羽目になり、時間を食っているらしい。

「長曽八坂には七年に一度、氏子の厄を移した小豆を詰めて、大きな藁人形を作る祭りが少し前まであったんだ。藁人形は木箱に封じられて、御神体として八坂神社に祀られる。それに使われてた小豆が流出して、巴小学校に渡ったみたいだった。おれに付いてきたのは、昼間に開けたその御神体から出てきたモノだろうけど……」

「なるほど、小豆ね。確かにアレは小豆虫だったな……うえっ、キッショ」

正式名称はアズキゾウムシ、小豆の豆粒に産卵する害虫である。産卵された豆に気付かず他の豆と一緒に保存すると、保存容器の中で繁殖して豆全体を食害してしまう体長二、三ミリの小さな甲虫だった。引き戸や美郷の周りに群がっていた様子を思い出して、怜路は身震いする。職業柄、滅多なものには怖じ気付《おけづ》かないが、生理的嫌悪感だけはどうにもならない。

「で、その藁人形は何っつーか、誰っつーか……そういうのはなんか分かったのか」

元々は、飢饉の折に人柱の代わりとして、山に上げられていたものだろう。だが、迦倶良山に鬼が住み始めてから作られたものは、意図が違うはずだ。厄落としに、布でくるんだ小豆を使う風習は他にもある。怜路や美郷も使う、撫物《なでもの》の一種だ。

「とりあえず、小豆を栽培してた家の人に話を聞いたり色々確認して、七年サイクルの『最初』がどこだったのか調べたんだ。やっぱり、江戸時代の大飢饉が始まりだった。年を特定して当時の過去帳を調べたら、まあ、大飢饉のさなかだから、かなりの人が亡くなってたんだけど……」

過去帳とは、寺院にて、所属している檀家で亡くなった者の戒名（ないしは法名）、死亡年月日、享年などを記録した帳簿である。

大量の餓死者を出したからこその「大飢饉」の呼び名だ。過去帳にも多くの死亡、逃亡が記されていたという。その中から特自災害は、藁人形の代わりとなったであろう、数え七歳以下の子供をリストアップしたそうだ。どうやら美郷は、職場の先輩連中に早めの時間に追い出されたらしく、最終的にどこまで調査が進んだかは知らないようである。

「長曽の集落の檀那寺は結構大きくて、年を特定して探したら当時の記録が過去帳以外にも詳しく残ってた。飢饉が一段落した直後に、集落で疫病が蔓延してまた大量の死者を出してるんだ。多分この時に長曽八坂が建てられてるんだろうね。この時の様子を伝えてるのが、小豆研ぎの祟り伝承なんだろうけど」

長曽八坂は、大飢饉直後に起こった疫病を鎮める目的で建てられた。そしてその御神体は、小豆を詰められた藁人形――つまり、迦倶良山に立てられた「人柱」である。その腹に、村人に降りかかった疫病という名の「厄」を移した小豆を詰めた。つまりこれは、祟る神となってしまった人柱から降りかかる厄を、人柱に返してそれを祀ることで鎮めようとしたのだろう。祇園信仰をはじめ、日本の神社はこうして「祟るモノ」を崇《あが》め奉り、慰めることでその怒りを鎮めるものが多くある。

しんしんと夜は更けてゆく。蛙や虫たちの眠っている冬の夜は静かだ。時間を切り刻む秒針と、台所からガラス戸をかすかに震わす冷蔵庫のモーター、時折カチン、と作動する電気コタツのサーモスタットと、身の回りに散らばる人工物の音だけが辺りを満たしている。生き物の気配がしない、当然人の気配などない、死と眠りの季節の只中だった。

美郷は完全に目が冴えたらしく、しっかりした顔つきで手元を睨んでいる。ちらりと横目で時計を確認した怜路は、このまま完徹かと腹を括った。美郷には、明日は午前だけでも休めと言っておいた方が良いだろう。

「――ともかく、迦倶良山の鬼になってしまった人柱は、誰かを捜して数え七歳以下の子供を山に引っ張ってるんだろうと思う。なんできちんと神を降ろせず鬼になってしまったのか……その辺が分かればまたスッキリするんだろうけど。怜路、明日……っていうか、今日、お前と若竹さんだけで山に入るのか？」

「そのつもりだがね。……つまりそうか、俺ァその鬼の懐に野郎と突っ込むことになんのかい。つーか、その鬼と克樹は……ああ、いや、行ってみりゃ分かるこったなウン」

言いさして、改めて事態の厄介さに頭を抱える。克樹の居場所が分かったのは喜ばしいことだ。しかし、その克樹は現在巴市を――というと大袈裟かもしれないが、美郷ら特自災害係を震撼させている「鬼」と同じ場所に迷い込んでいる可能性が高いのだ。

「朝イチでおれから係長に連絡して、こっちも同行できるか確認してみるよ。迦倶良山に入るなら、ウチも傍観はできないだろうし。……っていうか、そうか、まず克樹のことを係長に報告するところからか」

「あー、その手間は無ぇと思うぜ。俺が昼に行ったときそれとなーく伝えといたから。それと、お前が同行すんならせめて昼からの方がいいかもな。どうせ場所はもう絞れたんだ、俺もお前も、とりあえず寝てからの方が安全だろうよ」

考えるほどに厄介なように思えるが、ひとまず目的地はひとつに定まり、ついでに美郷と同じ場所に揃った。精神攻撃を食らった美郷は興奮して眠れないかもしれないが、怜路はそろそろ限界である。思わずこぼれた大欠伸に、はっと顔を上げた美郷が時計を確認した。

「げっ。こんな時間か！　ゴメン怜路……付き合わせて。じゃあ、とりあえず一旦」

そう言って、美郷がそそくさとコタツを出る。おう、と返して怜路は散らかった衣類を跨いでいく背中を見送った。


翌未明。若竹伸一は迦倶良山の麓、道のアスファルト舗装が途切れた場所に車を停めた。彼の「主」である鳴神克樹の所在が判明したと、捜索依頼をしていた地元の修験者から連絡があったのだ。

迦倶良山は現在、巴市が対応中のトラブルを抱えており、克樹のこともそちらの調査から判明したという。市への断りなしに入山するのは難しいと修験者——狩野と名乗る、いかにも堅気でなさそうな姿の若い男は言った。

狩野はあの見た目や態度にもかかわらず、地元では信頼も厚く、市役所との親交も深い男らしい。依頼の翌日には契約書類一式と共に、候補地の資料を持ってきた。やくざ者と区別の付かないような土建業者が幅を利かす田舎と、水の合うタイプの人種なのだろう。

冬至も近いこの時期、太陽が地平から顔を出すのは二時間以上後だ。若竹はエンジンはかけたまま、ライトを切って一度車を降りる。空には暁の星が光り、空気はしんと凍てついていた。吐息は白く煙り、革靴が踏む枯れ草はぴき、ぱき、と薄氷の割れる音を立てる。辺りに人の気配は感じない。二十四時間、職員が張っているわけではなさそうだ。

悠長に、役所の開庁を待っているわけにはいかない。

連絡を入れてきた狩野に、市役所との折衝は一任してきた。狩野は別行動に難色を示したが、元よりこれは鳴神家の問題である。狩野には情報提供を依頼しただけだ。怒声交じりの電話は、市に報告する場合、絶対に鳴神の名を伏せるよう念を押して切った。その後何度かしつこく着信があったので今は携帯電話の電源を切っている。

「全く、なぜこんな厄介なことを」

鳴神克樹は難しい主だ。持って生まれた呪術の才と霊力に何の不足もないが、将来大きな一門を率いるには、思慮深さや落ち着きが足りない少年である。なぜもっと、鳴神の継嗣としての立場を考えて行動しないのか理解に苦しむ若竹に、克樹の行動を予測するのは酷く困難だった。

それでも、克樹を迎えに行くのは若竹の仕事だ。若竹は克樹の教育係であり、将来的には当主の補佐として、克樹と鳴神を支えなければならない。

（そう、私が……私が次期当主の補佐だ。決して……）

他の者に譲ってはならない。そう強く念じる若竹の脳裏を、秀麗な面の少年がよぎった。

それを振り払った若竹は車のエンジンを切り、小さなハンドライトを手に落ち葉の積もる山道へ足を踏み入れる。獣道より幾分マシ程度の、細い未舗装の道を登った先に山を祀る小さな神社があるという。そこまでの道のりを、万一縄目に迷い込んだとき用の標をつけながら捜索するつもりだった。

本当ならば、克樹の居場所が判明した以上、鳴神から応援を呼びたいところだ。しかし、夜が明けてしまえば市役所が本格的に動き出す。呼んだ応援を待つ時間も惜しい。

鳴神はここ数代、派手な醜聞が続いている。現当主は元々継嗣ではない。先代の跡を継ぐ予定だった人物の事故死により、急遽鳴神に帰されたのだ。現当主が鳴神を継ぐに当たり、強制的に別れさせられた女性の子が美郷である。そして美郷が呪詛を返し失踪した一件は、業界に知れ渡る有名なスキャンダルとなった。

（これ以上、内輪の騒動を、外の人間に知られるわけには行かん）

まだ暁闇《ぎょうあん》に沈む迦倶良山に分け入った若竹の視線の先、重なる柴木の向こうをふわりと、白い式神が流れた。

9. 夜明け前

深夜、午前三時を回ろうかという頃に怜路の部屋から撤収した美郷は、午前五時前に再び叩き起こされた。若竹が怜路の言葉を聞かず、勝手に迦倶良山に入ってしまったという。芳田の個人携帯番号を尋ねられ、知っていたので美郷から電話をかけた。

ひととおり、美郷と怜路の話を芳田に伝え終わった頃にはそろそろ空は白み始めており、午前休を言い渡されたが眠れそうにもない。このまま迦倶良山の鬼と対峙するのは避けられないならば非常事態と割り切って、美郷は休養や回復よりも精神統一を優先することにした。

生地の厚い冬用の寝巻から、白い木綿で仕立てられた行衣《ぎょうえ》という薄い着物に着替える。着替えやタオルを調え、風呂場からプラ製の風呂桶を持ってきた美郷は、和室の内障子と掃出し窓を開け放した。目の前のこぢんまりとした中庭は、奥に小さな池が設えられている。

木製の桶ならもう少し風情が出るだろう、と苦笑しながら、美郷は裸足のまま中庭に踏み出した。昼間の重い雲は綺麗に払われており、まだ夜空と呼んでよさそうな濃藍の中に星が光っている。

冷え切って、刺すように凍てつく冬の夜明けの空気が美郷の体温を奪う。裸足に触れる土も草も、まるで氷を踏むようだった。美郷は眼を伏せ、呼吸を深く、ゆっくりと整える。

「高天原《たかまがはら》に神留《かむづ》まり坐《ま》す、皇《すめら》が親神漏岐《むつかむろぎ》、神漏美《かむろみ》の命《みこと》を以ちて、天つ祝詞の太祝詞事《ふとのりとごと》を宣《の》れ」

祓詞《はらえことば》を唱えながら、池に片足を浸す。水面に張っていた薄氷がぱきりと割れた。続けてもう一方の足も踏み入れ、美郷は池の中に膝を折った。

「此《か》く宣らば、罪と云う罪、咎《とが》と云う咎は在らじ物をと、祓い給い清め給うと申す事の由《よし》を、八百萬《やおよろず》所の神諸共《かみたちとも》に、左男鹿《さおしか》の八つの耳を振り立てて聞食せと白す」

足の指の又に、池底の泥が入り込む。ぬるりとした感触を気にする暇もなく、痛みに近い冷たさが水に浸った下半身を刺した。一気に心拍が上がり、呼吸が震えそうになる。逃げたい、今すぐにも飛び出したい思いをこらえ、美郷は一心に最要祓《さいようはらえ》の祝詞を唱え続ける。

美郷にかき乱されて濁った水を風呂桶に掬《すく》い、肩からかける。終わればもう一方の肩に。声が震える。勝手に浅くなる呼吸を、意識して、意識して深く整える。

「祓い給い、清め給え。神火清明、神水清明、神心清明」

寒さに震える美郷の体と裏腹に、陰の気を好み暑さを苦手とする白蛇が、喜ぶ気配が腹の内側から伝わってきた。

「ごめんな、昨日は無視して」

特定の言葉にまで形を結ばない、ただ『是』という感覚が内側から返ってくる。

山がようやく目覚める時刻、山から池に下りてきていた小さな闇の気配は、徐々に消えていく。ばしゃり、と今度は頭から水を被る。感じるのは体を苛む寒さ冷たさと、それに抗おうとする己のみになる。

自分の鼓動が、全身を震わせている。

美郷と、美郷の内側に居る蛇だけが、ちっぽけで貧相な、美郷の身体の中で向かい合う。寒さに凍える美郷と、真冬の冷気にはしゃぐ蛇は全く別の存在で、しかし、意識の根底で癒合した同じ存在だ。

「白太さん。おれに力を貸してくれ」

眼を閉じて、目の前に白い大蛇を思い浮かべて語りかける。

瞼《まぶた》の裏に映る蛇はとぐろを巻き、鎌首をもたげて正面から美郷を見ていた。この大蛇は美郷自身だ。美郷を喰らおうとした蛇蠱――呪術のために壺の中で喰い合いをさせられ、他の蛇を喰って最後に残った一匹であると同時に、他人に喰われることを断固拒否した、美郷自身の「生」への執着の塊だ。

白蛇を無視することは美郷自身から目を背けることで、それはすぐさま今回のように、己を見失うことに繋がる。

「おれは、色んなものに振り回されて、惑わされる。職場の心証だとか、仕事の出来だとか、友人関係だとか、家族関係だとか。これから先、狐狸妖魔《こりようま》の類の相手をしてれば、いくらでもそれに付け入られると思う。でも、白太さんはソレに惑わされたりしない。白太さんは……おれの根っこの部分は、いつだって『生きたい』と思ってる。それだけだ。今までちゃんと向かい合ってこなくてゴメン。これから先、白太さんからのシグナルは全部きちんと受け取る。お前のことを、他の何より信じるから」

相対する白い大蛇は、ただじっと、紅い双眸で正面から美郷を見ている。ぱくぱくと口を開いて喋るわけではない。時々ちろりと二股に裂けた舌が覗く。美郷はその鼻っ面にそっと手を伸ばした。真珠色の鱗が光る蛇体に触れる。伝わる意思は「いいよ」の一言のみ。

美郷の体はいつ、どんな時でもただ、「生きる」ことだけを望んでいる。

いつでも美郷の意思に従い、美郷のためだけに存在する。美郷の体が、本当の意味で美郷の存在を拒絶し、否定することはない。美郷自身だけは、いついかなる時も絶対に美郷の味方だ。

ともすれば、日々の悩みに振り回されてすぐに忘れてしまうそのことを、目の前に示して思い出させてくれる。――白蛇は、そんな存在かもしれない。

「これからもよろしく、白太さん」

笑いかけた美郷に白蛇がすり寄り、そのまま美郷の体に溶け込んで消えた。


午前六時。市役所の始業時間よりも二時間以上早く、特自災害の緊急会議が行われていた。顔ぶれは係長の芳田と、迦倶良山の件を担当している大久保、辻本、朝賀、そして協力者として狩野怜路である。この一件の主担当である宮澤には、コンディション不良の報告を受けて芳田が自宅待機の指示を出した。

「皆さんおはようございます。朝早うに出ていただいてありがとうございます。連絡しました通り、迦倶良山の件が大きく動きました。まず全体の情報共有をして、対応に当たりたいと思います。狩野君、君の方の話を先に、詳しゅう聞かせてくれてですか」

約一時間前、宮澤の携帯番号から連絡を受けた芳田は即、職員の召集をかけた。大久保と辻本は巴市街地に住んでおり市役所まで車で十分もかからないが、朝賀は合併した旧町の職員であるため、通勤に四十分はかかる。よくこの時間に間に合わせてくれたものだと芳田は感心していた。おそらく本人に訊けば、「朝の田舎道は車も信号も少ない」と笑い飛ばすだろう。事故にだけは気を付けて欲しいものだ。

「了解。どうも、今更だけど宮澤クンの大家の狩野怜路でぇっす。今回の迦倶良山の件についちゃ、昨日の夕方時点までのことなら大体把握してる。それとは別件で、俺が請けてた人捜しの依頼があったんだが、その相手がどうも迦倶良山に迷い込んでるらしいと判明した。行方不明になってんのは鳴神克樹、宮澤クンの弟だ。俺は鳴神家の人間から『内々に』って話で捜索依頼を請けてたが、割とヤバい話になってきたんで、俺の判断で情報共有することにした」

いつもと似たようなやんちゃな服装で現れた狩野はしかし、よく見れば既に戦闘服である。頑丈そうで丈の合ったカーゴパンツに山中でも目立つオレンジ色のダウンジャケットを着込み、靴は登山用のトレッキングだ。

他に明かりのない市役所庁舎の本館三階、まだ外は曙光《しょこう》も差さぬ薄闇の中だ。活動を始めた人々の物音が遠く響く中で、事務室の中央にある島の席を五人が埋めて向かい合っている。

宮澤の席に座った狩野が、昨夜の顛末と今朝の話をひと通り報告した。八坂神社の御神体から湧き立った小豆虫の魔物、それに憑かれた宮澤の悪夢、そこから宮澤が感じ取った、迦倶良山の「鬼」の気配。更に、宮澤の飼う蛇が感知したという鳴神克樹の気配と、それを報告した際の、克樹捜索の依頼主・若竹の対応についてだ。芳田はあらかじめ、第一報の電話で宮澤自身からもある程度話を聞いている。

宮澤が迦倶良山に式神を置いて「鬼」の相手をしており、直接やりとりをした杉原家の信頼も得ている以上、彼を今日完全に休ませてはやれない。だが、狩野の引き受けた件も含めれば宮澤自身が当事者の一人だ。昨夜のことも含め、できる限り心身の状態を整える時間を用意したいと芳田は考えていた。

「若竹はもう携帯の電源切ってやがるらしくて、どれだけかけても繋がらねェ。鳴神克樹の件はアンタらには伏せろと言われたが、そりゃあ野郎がここに、『鳴神美郷』が居るとは露とも知らねーからだろうよ。俺も美郷の友人として、美郷の存在を若竹に教えるつもりは無ェ。アイツは美郷が克樹を唆して誘い出したとか思ってやがる。美郷がここに居ンのを知られて、ロクなことになんねーのは目に見えてるからな」

トントンと宮澤の机を指で叩きながら、怒気を抑えきれていない声で狩野が言う。それに、芳田は賛同を込めて頷いた。出身がどこであれ、現在の宮澤は芳田の部下であり、特自災害の将来を担う、巴市の市職員だ。

若竹という男は狩野の言葉を聞かず、一方的に指示をして電話を切ったようだ。相手は現在、迦倶良山で起きているトラブルの内容を全く知らない。何をしでかすか分からないということで、一、二時間前にようやく寝入った辺りの宮澤を叩き起こして芳田へ繋いだという。

狩野の手前で辻本が、軽く溜息を吐いて眼鏡を外し、眉間を揉んだ。宮澤を後輩として可愛がっている辻本にしてみれば、宮澤が「鳴神家」に引っかき回されるのが気の毒で仕方ないのだろう。

昨日の昼間に、狩野からうっすらと事情を聞いた状態で宮澤の顔色を見た芳田は、彼だけ早めに帰らせて(と言っても十九時は回っていたが)休んでもらうことにした。その時、既に宮澤が八坂神社の邪気に憑かれていたのに誰も気付かなかったことは、本人だけの油断ではない。芳田ら、周囲の職員の落ち度でもある。

「分かりました。ありがとうございます。それじゃあ今度は、昨日宮澤君が帰ってからこっちで整理できたことを中心にお話ししましょう」

狩野に礼を込めて頷き、芳田は姿勢を正した。

「狩野君も知っとっての通り、結局藁人形の代わりの人柱が誰で、その人柱に何の不都合があって祟る鬼になってしもうたんかが問題なわけですが。人柱が立てられたと推定される年の記録を整理して、その人柱になったと思われる子供は一人特定できました。『おふさ』いう名前の、数えで六歳の女の子で、この記録じゃあ特別、人柱が失敗した理由は見当たりません」

「それはナニ、過去帳？　に、特別に記録があったってことか？」

事務椅子に深く身を預けて、腕を組んでいた狩野が尋ねる。

「いえ、過去帳たァ別の所でしたが、当時の長曽の庄屋と、過去帳を持っとる檀那寺のやりとりした書簡にありました。表向きじゃあまあ、今で言う行方不明の扱いじゃああります が、山に上がって観音様になったけえ、お経を上げて欲しいいう内容でしたな。ただこれが妙なことに、実際におふさが人柱に立ったと思われる日付より、数か月後のことなんです。それと同時に、誰か疫病鎮めの得意な行者を紹介してくれともありましたし、日付から言うても疫病が蔓延した時の話なんでしょう。それから――」

ここまでの内容に、大して目新しい部分はない。せいぜい、人柱の名が判明した程度だ。無論それは十分な収穫だが、本題はこの先だった。

「そいで、この『おふさ』は、人柱に立った日付の少し後に、もういっぺん死亡記録があるんです。こちらは、全く別の場所から寺に届いたものでして。その寺が発行した往来手形の持ち主が、客死した旨の書簡でした」

話の途中で頬杖に姿勢を変えていた狩野が、へぇ、とずれたサングラスを上げる。往来手形は江戸時代に、檀那寺が村を出て旅をする檀徒に発行した、ある種の身分証明だ。

「どういうこった。身代わりを立てて逃げたってことか？」

狩野が思い切り眉を寄せる。腕を組んで首を傾げた青年に、芳田は苦笑い気味で頷いた。

「そうでしょうな。単におふさが逃げて、ホンマは人柱に上がった者は誰もおらんかった……いうんだったら、まだ良《え》かったんでしょうが。どうもそうは見えませんからな」

どうやらおふさは、人柱になったフリをして誰かに逃がされたのだと推察できる。そして、現在山に居る「鬼」は、おふさの身代わりである可能性が高い。詳しい事情を史料から割り出すのは難しいが、同じ寺に二つとも記録が残っていた以上、寺側にも入れ替わりを把握する機会はあったはずだ。村の中でも権力を持つ者が、おふさを逃がすことに協力していた可能性もある。

「今、山に居る人柱はおふさじゃねェ誰か、ってコトか。じゃあ本当は誰なのか、その辺は？」

肝心のそこについては、芳田らの調査では結論が出ていない。

うーん、と、難しい顔をした狩野が、再び腕を組んで右足で貧乏揺すりをする。薄く色の入ったサングラスの向こうで、淡い色の眼が中空を睨んでいた。しばらく唸った後、おもむろに口を開いた。

「――なあ。そのおふさに、兄弟……つーか、兄か姉はいたか？　美郷は、迦倶良山の鬼も誰かを捜して、追ってるつってた。おふさの話をあわせりゃ、鬼が捜してるのはおふさじゃねえかと俺は思う。迦倶良山の鬼はおふさの身代わりに人柱にされて、ソイツを恨んで本来人柱になるはずだったおふさを追ってる……っつーのが、一番自然な成り行きだが、どうも引っかかるのが、なんで美郷があそこまで同調しちまったかなんだ。アイツもプロの術者だ、克樹のことで参ってたとして、そう簡単に、あんな酷く入り込まれちまうのはちょっと妙に思えてな。その辺は本人も自覚があるらしくて、美郷曰く『迦倶良山の鬼は、自分とかなり近い立場や状況だろう』っつーて――」

ピリリリリ、と高く電子音が狩野の言葉を遮った。慌てて狩野がポケットを探る。着信画面を確認して「美郷からだ」と表情を険しくした。目顔で芳田に「出ても良いか」と確認してきたので、芳田はそれに頷く。

「もしもし、どうした。――ああ。今お前のデスク借りてるわ。みんなで打ち合わせ中だ。ンだと!?　ああ、とりあえず係長に代わる。ホイ、カカリチョー」

まるで自分も職員のような顔をして電話を差し出す狩野に少し笑って、芳田は電話を受け取った。もしもし、どうされましたか、と電話口に問いかける。

『すみません係長、報告です。迦倶良山に置いてた僕の式神が、何者かに破られました。破った相手が誰なのかは分かりませんが、至急、晴人くんの安否を確認してください。それと……僕の出勤を許可してください。自分で行きたいんです』

今、迦倶良山には特自災害が相手をしている鬼の他に、鳴神克樹と若竹が居る。誰かが式神を捕えて破ったのだろうと宮澤は言った。一旦宮澤に断って電話口を離れ、芳田は朝賀に杉原家に連絡を入れるよう指示を出す。見守りの付き添いくらいならば、一般事務職員の朝賀でも可能だ。

「お待たせしました。そいで、宮澤君。こうなった以上は私としても、宮澤君にも出て貰うた方がエエとは思いますが、大丈夫ですか」

迦倶良山の事態が本格的に動き始めてしまったのであれば、宮澤にゆっくり寝ていてもらうのも難しい。だが、心身のコンディションが整わないうちに現場に出ては、再び敵に呑まれてしまう危険性も大いにある。判断に悩みながらの芳田の問いに、電話の向こうで宮澤がはっきりと答えた。

『大丈夫です。――おれは、多分迦倶良山の「鬼」と何か共通点を持ってるんだと思います。昨晩の接触で感じました。あの山には弟もいます。あいつを迎えに行ってやりたいし、多分……おれなら、迦倶良山でおれが克樹を捜してれば、あの鬼はもう一度おれの所に来ると思うんです。次は、こちらから相手を読み取ります』

芳田は目を伏せ、注意深く電話越しの宮澤の声を聴いていた。内容もだが、それ以上に口調から精神状態を読み取るために、声音や語調に耳を傾けた。結果として、宮澤の声は非常に落ち着いているように聞こえる。

「ふむ。ところで宮澤君、五時前に電話してから後、何をされとりましたか」

おそらくこれは、寝ていたのではない。確信をもって尋ねた問いに、概ね予想通りの言葉が返ってきた。

『あっ、ええと……しばらく水垢離《みずごり》を』

「それで、気持ちは落ち着いちゃったですか」

はい、と迷いのない返事が響く。

「では、安全運転に気を付けて、できるだけ早く市役所に来てください。晴人くんについては先に朝賀さんに頼んで、見守りに行ってもらいます」

最後に短く挨拶を交わして通話を切る。礼と共に狩野に電話を返す時、狩野が不思議そうに芳田を覗き込んだ。

「係長、何か美郷の奴面白いこと言ったか？」

どうやら口元が緩んでいたらしい。いえ、と否定して芳田は続けた。

「ただ、流石に蛇蠱を喰うた、ゆうだけのことはありますなァ思うて。鬼に憑かれて、荒らされて、それで凹むタイプの子じゃあ無ァですな」

自分の中を踏み荒らす相手には、絶対に屈しない。普段の温和で頼りなさそうな雰囲気とは裏腹の、生きることに貪欲で誇り高い、彼の「蛇喰い」としての一面だ。その、他人に己を明け渡さない強い意志は、必ず力になる。

「ンだよ突然。まあそうだよなー、アレでなかなか気位の高い奴だよ、美郷は」

そう笑い返してくる狩野はどこか、自分のことを褒められたように得意そうだった。


――水垢離を終え、冷え切った体をシャワーで温めていた美郷の脳裏に、不意に紐の千切れるような感覚がよぎった。式神を落とされたのだ。

「来たか」

頭の上から浴びていたシャワーを止め、濡れた長い髪を掻き上げる。手首にかけていたヘアゴムで括って絞れば、ばたばたと足元に水気が滴った。

十分体は温まった。すぐに市役所へ一報を入れるため風呂場を出て、脱衣場で手早く体を拭きながら、持って来ていたスマートフォンを手に取る。市役所の電話は時間外は繋がらないので、少し考えて怜路の携帯番号を呼び出した。

予想通り、特自災害の事務室に全員集まっていたので、式神を落とされた旨を報告する。係長の芳田から出勤の許可を得て、美郷は一旦通話を切った。

「共通点、か……」

スマホのホーム画面をぼんやりと眺める。デフォルト設定のままの背景は、満天の星空を望む丘だ。

美郷が、自ら望んで夜空の星を観察した記憶はおそらくない。星空と共に思い出すのは、いつも傍ら、頭ひとつ以上低い場所から星の講義をする幼い声だ。そして、美郷の指を容赦なく握る小さく温かな手と、上ばかり見て歩く子供が転ばないよう、足下に気を遣っていた思い出と。真冬には風邪を引かないように、真夏には虫に刺されないように。様々な雑念が、美郷の中では「星空」の記憶と同居している。

(もう帰れないから、お前も一緒に……そうか、あの時の感覚に似てたんだ)

うつし世に嫌気が差して常世を恋しんだ日、美郷は星を見たいとねだる幼い弟の手を引いて、帰る便のないバスに乗った。弟のわがままにかこつけて家を抜け出し、弟もろとも消えてしまおうと思った。その当時の昏い感情と、鬼の見せた悪夢はよく似ている。

——自分を恃み、自分を振り回す小さな暴君。己が支配しているようでもあり、支配されているようでもある相手。

(あの「鬼」も誰か、そういう相手を捜して……って、とりあえず服着ないと)

髪から滴る雫の冷たさに、我に返る。

脱衣籠の隣に設えられている洗面台の、大きな鏡に映る己と目が合った。多少目元に隈が浮いて、顔色が悪いかと苦笑いする。だがこの騒動も、もうそう長くは続かないはずだ。服を着る前に、もう一度髪をほどいて絞る。

揺れる湿った髪が一筋、背中の上で擦れた。

普通の肌とは違う、引っ掛かるような感覚は、鱗に触れた時のものだ。体を捻り、擦れたあたりを確認すると、左の肩甲骨の上に、白く半透明の鱗が整然と並んで細い菱形の格子を作っている。指先を伸ばせば、薄い爪の上を撫でるような淡い硬さが触れた。

人ならざるモノの鱗を持つ、己の背中を鏡に映す。

長い髪と、蛇の鱗を持つ、これが「宮澤美郷」だ。

普通からはほど遠く、人間の範囲すら逸脱しかねない。曖昧で不安定な今の自分だ。それでも「鳴神美郷」としてあの家に縊《くび》り殺されて果てるよりも、別の道を選んだことに悔いはない。

この背に何を負って、何者と名乗るのか。

まだ、何者となら名乗れるのか、はっきり自信を持って言うことはできない。

では、自分はこれから、誰として、何として迦倶良山へ向かうのか。

「おれは、巴市役所の職員。そして、克樹の……」

——あにうえ、と。まだそう呼んでくれるのかは分からないが。あの家の一員であることは捨てても、克樹の兄である自分を捨てたいと思ったことは一度もない。

(本当は、ずっと一緒に居てやりたかった。お前を手放したくなかったんだ……だからあの時、お前を連れて行こうとした。でも結局、お前を鳴神に残して、おれは別の場所で生きてる。きっとそれで正しかったんだ。もう、一緒には居られない。だけど)

「待ってろ克樹。お兄ちゃんが助けに行くから」

嫌われても、今までの行いを誹《そし》られても、弟をあの山からうつし世へ取り戻す。どんな打算や依存に裏打ちされた、昏く歪んだ感情だったとしても、美郷が克樹の「お兄ちゃん」でありたいことに間違いはない。それは、誰に強いられたわけでもなく。

(全部、おれが、おれのために望むことだ。だから、曲げない)

美郷は、美郷が望むものを守り、取り返すためにその力を使う。揮う力の理由を、他人に押し付けるつもりはない。

最後の夜が、ようやく明けようとしていた。

早朝、非常識な時間に家の電話が鳴り響いた時、杉原このみは外で洗濯物を干している真っ最中だった。冬の早朝、比較的寒い地域である巴では、干した洗濯物が端から凍っていくような日もある。空になった洗濯籠を抱え、かじかむ両手をこすり合わせてから勝手口のドアを開けたこのみが、ようやく電話の音に気付いたのは最後のワンコールだった。

早朝や深夜の電話に、あまり良いイメージはない。非常識な時間にかかって来る電話は、基本的に非常事態を告げるものだからだ。焦ったこのみは慌ただしく洗濯籠を脱衣場へ戻し、電話機のあるリビングダイニングへ向かう。本当に何か用事があっての電話ならば、間を置かず再度かかって来るはずだ。

薄暗いリビングダイニングの隅で、電話がＬＥＤライトを点滅させている。液晶画面を覗き込むと、留守録が一件登録されていた。留守番電話機能は普段滅多に使われない。受話器片手にどうやって再生するのかしばらく手間取るはめになった。

『こちらは巴市役所、特殊自然災害係の朝賀と申します。早朝から申し訳ありません、至急、確認させて頂きたいことがありますので、今からお宅に伺おうと思います。私どもが着くまで、晴人くんの居場所を確認して、見守って頂けますか？　よろしくお願いいたします、失礼します――以上、一件、です』

まさか、そんな。と、不吉な予感を頭が拒絶する。一気に胸の鼓動が騒がしくなる。やっとの思いで受話器を置いたこのみは、弾かれたように寝室へ向かった。途中、先ほどおざなりに閉めた勝手口に、隙間が見えて更にぞくりと悪寒がする。

（とにかく、まずベッドを――）

最初そう思い、しかし結局このみは進路を変えた。今なら、まだ間に合うかもしれない、小さな背中が見えるかもしれない。願望に押されて家を飛び出す。

いつも息子が引き寄せられていた山の方へ歩く。しかし、晴人の姿は見えない。家の周りをぐるりと一周、走りながら名を呼んで、このみは呆然と勝手口の前に立ち尽くした。

（一体、いつ。さっきまで私が外にいたのに……閉めそこねた勝手口から？　だとしたらまだ近くに、いえ、とりあえず家の中を……）

口元を押さえ、ふらふらと家に上がったこのみを、寝間着姿の夫が迎え入れた。

「どしたん、朝早よから……」

「あっ、パパ、ねえハル君は？　一緒に寝てなかったの？」

一縷《いちる》の希望に縋って尋ねたこのみに、夫の俊輔《しゅんすけ》はいいや、と怪訝そうに首を振った。

「お前が呼びよったんじゃないんか――まさか、」

そこで勘付いたのか、目の前の俊輔の顔色も変わる。もう一度夫婦で家を飛び出し、それぞれが近所の目も顧みず、大声で晴人を呼んで歩く。だが、あの短い足でどうやって、と思うほど、もう辺りに晴人の姿は見えなかった。

一番可能性があるのは、住宅地の裏から小さな神社に出る細い道だ。山の斜面にかじりつくような場所の、小さな集会所と社を見上げてこのみは考える。俊輔は反対方向を捜して歩いている。一度引き返して、二人で登るべきか。そろそろ、市役所の職員が来る頃かもしれない。待って、指示を仰げばよいのか。

　ぐっと拳を握る。

「なんで……」

　どうして自分が、自分たちがこんな目に遭うのか。聞かされた理屈はあまりに不条理で、到底納得できるものではなかった。それでも、終わったならいいと思っていたのに。自分はともあれ、何よりも息子から危険が去ったのならば、と。

　サンダルのまま駆け出す。

　部屋着の上に冬用エプロンだけの薄着だが、羽織る物を取りに帰る余裕はもうなかった。

　住宅街の直線的な道を抜け、古い民家の前を通る細い坂道を駆け上がる。集会所の前を横切り、段差の大きな石段を這うように上れば、謂れも良く知らない小さな神社が建っている。

　祭りに参加したこともない、そもそも、いつ祭りをやっているかもよく知らない。

　手前に賽銭箱を置いただけの、飾り気のない小さな社だ。

　真冬の早朝。常駐する神主など居るはずはないのに、社は誘うようにその扉を開いている。

(晴人は、この奥だ――！)

　断言する直感に従い、このみは躊躇いなく土足で社に踏み込んだ。

10・鬼ごっこ

逃げられた、と、少女はふて腐れていた。どうやら外に見つけた「鬼」を操ろうとして振り切られたらしい。本人に見せないよう気を付けながら、克樹はそっと安堵する。少女の操る山の気は禍々しい。憑かれた者が無事に済むとは思えないからだ。その辺り、当人には自覚も悪意もないのが厄介で、もの悲しく克樹には思えた。いつも社の四隅にたぐまっている闇は、少女の無邪気さに不釣り合いなほどどす黒い。

「――呼んで、どうする気だったのだ?」

克樹は少女に尋ねてみた。これまでにも、山の封印をすり抜けて、外の人間に干渉していたのだろうか。

「いくらわたしが呼んでもおふさは出てこないし、勝手に一人でうちに帰ってるかもしれない。だけどわたしは下りられないから……」

少女は、自分が山から下りられないことに気付いている。そして、彼女自身の中でその理由は「自分が鬼だから」なのだ。だが、実際には少々違うはずだと克樹は考えていた。

(どんな事情かははっきり分からないが、恐らくこの子は今、実質的にこの山の主なのだ。

もとより、人柱の子供のために、山中に社があった。ということは、山に子供を供えて祀り、山の神とする慣習が麓の地域にあったのだろう）

本人は「鬼ごっこの鬼」でいると思っているが、実際には山の霊力を宿した人柱――この山の主として、山を結界することで封じられている可能性が高い。

（人柱であれば、本当は山と同一化して自我は消えるはず。だが、この子の場合は事故という可能性もある……）

人柱であれば、肉体は土へ還り、魂魄《こんぱく》は山に呑まれて同一化して、この山そのものとなるはずだ。しかしこの娘は、鬼ごっこの「鬼」として形を残してしまっている。

「よく、そうして外の人間……『鬼』を見つけて、動かしているのか？」

「ううん、全然。あんな風におんなじ『鬼』を感じたのって、初めてだった。とっても入りやすかったのに……」

かなり近くに、少女とシンクロできる状態の者、つまり、誰かを捜している者が来ていたということとか。

（悪気はないのだ……この子自身は、そこまで悪いモノでもない。どうにか、自分の名前を思い出せたら……）

少女を支配している「鬼である」という定義を、「彼女自身」に書き換えることができたら。少なくとも、鬼ごっこを終わらせられて、おふさを呼び続ける必要はなくなるだろう。

そうすれば、本来の姿――この山の神として、穏やかに過ごせる可能性もあるのではないか。

（鬼だとか、姉だとか……それがこの子の本質なわけではない）

それにしても、本人の無邪気さの割に、操る気が酷く禍々しいのは気になるところだ。そして、狙われた相手はよく振り切れたものだと克樹は思う。

（いや、兄上が動いているということは、兄上を含め、術者がこの子の存在を知って、対応しているということか。外への干渉が発覚していれば、これから何か動きがあるかもしれん……）

となれば、克樹がこの山から出られるチャンスも巡ってくるはずだ。ただ、そのチャンスが巡ってきた時どうするべきか、克樹は迷っていた。

（――問答無用で封じられても、不思議はない）

この少女のやっていることは、うつし世の者からしたらかなりの脅威だ。今よりももっと徹底的に、少女そのものを捕え、呪物に封じ込める作戦が立てられているかもしれない。あるいは、彼女を呪力の本体である山と切り離し、少女の消滅を狙う可能性もある。

だがどうにか克樹は、少女を慰めて鎮めるよう、山の外に居るはずの術者を説得したいと考えていた。独りぼっちで、百年以上の時を「鬼」として過ごしてきた――ずっと、始まらない鬼ごっこを待ち続けていただけの哀れな娘を、その「鬼」のまま、封じ込めたり滅したりするのは、あまりにも残酷すぎる。

鳴神家の教育係らには感情的になりすぎるだとか、短慮に動きすぎると注意を受けることが多い。だが、こうして孤独や不遇に荒んで「魔」と化してしまう者たちを、敵と切って捨てることがどうしても克樹は苦手なのである。

それは克樹自身が、常に彼らと紙一重の場所にいるからだ。たとえば兄の美郷が幼い頃の克樹に冷たく当たっていたら。これから先もう二度と、兄にも、他の誰にも顧みてもらえぬ人生を歩むとしたら。——そんな、荒み果てた己の姿を、克樹は容易に想像できる。

外の鬼を呼ぶことを諦めた少女が、祠の外に出ておふさを呼び始めた。ついて祠を出た克樹は空を見上げる。

相変わらず白い闇に蓋をされた空は、昼とも夕とも判別がつかない。そして、どうやら夜が来ることもないらしい。今、克樹がこの山に迷い込んでから何日が経過しているのか、克樹自身の体感時間と、外の世界で流れる時間が同じなのか違うのかも、全く分からない。だが、克樹はそのことに大して焦りを感じていなかった。

式神さえ追えていれば、兄との再会は果たせる。それまで生きていられるならば、早く家に帰りたいという気持ちもない。親や教育係の叱責を恐れるつもりもなかった。克樹がどんなポンコツであろうと素行不良であろうと、彼らは「鳴神家の次期当主」が必要なのだ。その「中身」である克樹については、あれやこれや注文を付けては来るが、結局のところ重要視はされていない。

少女がおふさを呼んで出歩いている間に、克樹も兄の式神を捜そうと意識を研ぐ。式神の巡回ルートは一定だ。ある程度、体感時間から場所に目星をつけて様子を窺っていれば大抵捉えられた。

目星をつけた方向へ、緩やかな斜面を下りる。

——ふとした違和感に立ち止まり、克樹は周囲を見回した。

「なんだ……？」

捉え損ねた違和感を追って、克樹は視線を巡らせる。しかし、これと言った変化は見当たらない。気のせいか、と再び歩を進めようとして、頬を撫でる微風に気づいた。閉じられた山の中には流れることのない、ひんやりと冷たい冬の空気だ。

「どこか綻んでいるのか」

あるいは「誰か」が開いたのか。逸《はや》る気持ちを抑えて、まずは式神を追った克樹だったが、その式神がいくら待っても捜しても見つからない。

——もういいかーい。

少女の声が響いている。

——まーだだよー……。

それに返す幼い声が、冬の空気の流れ込む方角から聞こえた。

高い子供の声だ。だが今、式神は見当たらない。

「……まずいぞ！」

慌てて克樹はとって返す。何かの理由で、式神があちらの方角へ流されていたのかもしれない。だが、もしかしたら元々呼ばれていた子供の声かもしれないのだ。

「おおい！　どこだ、少し私に付き合ってくれ！」

鬼の少女を呼びながら、その声がする方へ急いで山を登る。しばらく大声で呼んでいると克樹に気づいたのか、鬼ごっこの声が止んで少女が姿を現した。

「克樹？　どうしたの？」

何も気づいていない様子の少女が、山の途中にある小さな崖の上から不思議そうに克樹を見下ろす。その姿に安堵した克樹は、改めて「用件」を探そうと焦って頭を回転させた。

「そ、そうだな、ええと……そうだ、祠の中に忘れ物をしたんだ。あそこに一人で入るのはどうも苦手なのだ、一緒に取りに戻ってくれないか」

あたふたとポケットの中を探るフリをしながら、克樹は少女に乞う。少し首を傾げた少女はしかし、いいよ、と頷いて踵を返した。ここしばらく、少女は大半の時間を克樹と遊んで過ごしている。相手をしてくれぬ「妹」を捜す時間より、徐々に克樹と居る時間が長くなっていた。それだけ、心を許してもらえているのかもしれない。

（できるだけ、『隠れんぼの鬼』でない時間を作ってやりたい……）

その程度で、少女を縛る「鬼である」という呪縛が緩むのかは、克樹にも分からないが。

わざとポケットに突っ込んだ手に、厚紙の端が当たる。兄の気配を追うために持ってきたポストカードだ。だがここは一旦、兄を追うのは後回しにしなければならない。どうかもう一度、と祈り、克樹はポストカードを撫でた。

「着いたよ」

ほんの数歩で、岩窟と祠が目の前に現れる。頷いた克樹は、少女と共に社に入ろうとして、ふと気になったことを尋ねた。

「なあ。今もおふさを呼んでいたが、あれが今まで、鬼ごっこを始めたことはあったのか？」

おそらくはあるはずだ。でなければ、里の側に「対策」が作られている理由がない。では、そのとき返事をしてしまった子供はどうなったのだろうか。

「うん……あったけど、捜して、見つけても消えてしまうの」

少女は、粗末な草履の足下に視線を落として言った。

「消える？」

克樹の言葉に、少女がコクリと小さく頷く。

「うん。見つけて、捕まえようと思って触ったら、さぁーって。溶けて消えちゃうの」

「……そうか」

なるほどな、と、胸の中だけで克樹は呟く。今の彼女は「山の主」だ。そして、呼ばれてやって来るのはおそらく、おふさと同年代の子供である。「七歳までは神のうち」という言葉があるように、呪術の世界では幼い子供はまだ「うつし世の存在」ではないとされていた。そんな子供たちは、うつし世の存在としてはあやふやで、自我も幼く淡い。少女に触れられた瞬間、少女に、この山に同化して消えてしまうのだろう。

「なあ。私の話を、落ち着いて聞いてくれないか」

祠の中に誘いながら、克樹は意を決して言った。少女が不思議そうに克樹を見上げる。痩せて、お世辞にも発育が良いと言えぬ娘は、纏めたその髪も荒れ果て、着物も粗末だ。飢餓や貧困と、不遇の果てにここに居ることは、見ればすぐに分かる。誰に、どんな理由があった結果だとしても、今の状況は彼女にとって「理不尽」以外のなにものでもないはずだ。

　これ以上、少女を失望させるような現実を押しつけるのは躊躇われる。

（だが、被害者は減らさなければ……）

　子供を山に呼んで、捕らえて取り込んで、少女が得るものも何もない。

「聞いてくれ。お前が呼んで、それに答えている相手はおふさではない。おふさはもう、お前と鬼ごっこをできる場所にはいないんだ」

　二人で祠の中へ上がり込んだところで、少女に向き直った克樹はゆっくりと言った。正面から見つめる克樹に、少女は怪訝げに眉根を寄せる。何を言われたのか分からない、という表情だ。

「お前がこの山でおふさと鬼ごっこを始めてから、もう山の外は百年以上時間が経っている。おふさはもう、この世にはいない」

「なんで？　おふさは、わたしと鬼ごっこをするのよ」

　少し怒りを孕んだ声が反論する。ざわり、と祠の中にたぐまる闇が蠢いた。少女の怒りに呼応しているのだ。

「だが、もう山から下りてしまっているのは、お前も気付いているのだろう。山の外は、ことは時間の流れが違う。お前は、長い間ここで一人だったただろう。どれくらい長いのか、もう分からないかもしれないが……とうの昔に、人間が一生を終えるよりも長い時間が経ってしまっているんだ。おふさももう、亡くなっている」

この山の中を「この世」と表現するのが適切かは分からないが。眼を逸らさず言い切り、少女を覗き込んだ克樹に、少女が怯えたように一歩退いた。

「なに言ってるの。おふさが鬼ごっこしようって言い出したのよ。隠れるから待ってて、って。いつもわたしが鬼なの。いつもおふさが言い出して、わたしがそれに付き合って、おふさはわがままだけど、わたしがお姉ちゃんだからおふさと遊んでやるの。かあさんがそうしなさいって、おふさを見てなさいって言うから」

幼い声が感情的に尖り始める。ざわ、ざわ、と闇が蠢く。

「だから、なのに、」

「落ち着いてくれ、頼む」

小さな子供に辛い思いをさせる罪悪感と、闇に狙われている危機感が克樹を責め立てる。だが、今、目を逸らすわけにはいかない。視線を合わせるため膝をついて、克樹はそっと少女に両手を伸ばす。

（——そうじゃないんだ。お前は『鬼』じゃない、『おふさの姉』でもない。思い出してくれ……）

せめて、名前を呼んでやれたら。そう克樹は、どうしようもないことを悔やんだ。

克樹の指先が、少女の肩に触れる。

弾かれたように飛び退いた少女が、じりじりと後退して祠の扉を開けた。裸足のまま身を翻す。

「――待て！」

追って祠を出た克樹の背後から、社をどうと揺らして闇の塊が飛び出し少女を追う。真っ黒な靄がまるで生き物の群のように宙を舞い、克樹の頭上を追い越したそれは、二つに割れてそれぞれ別の方向へ飛び去った。

「どちらを……」

追うべきか。迷って克樹は立ち尽くす。傷つき、混乱した少女の顔が脳裏をよぎった。

「一方通行の鬼ごっこか……」

――追われる者の、待つ者の居ない鬼ごっこ。決して他人事でないその虚しさに、じくりと鳩尾《みぞおち》が痛む。兄は、美郷は――「克樹の兄」であることを望んでいただろうか。自分が押しつけたその役割が、彼を縛り、苦しめたのではないか。

（――ッ、立ち止まっている場合か!!　今は、あの子を……！）

勢いよく頭を振って迷いを払い、克樹は外気の流れてくる方へ走り出した。

まだ暁闇に沈む視界の中で、遠く柴木の向こうをよぎった白は、間違いなく呪術者の使う式神だった。

必死にそれを追いかけ、若竹は山中に分け入った。感覚を研ぎ澄ませて辿る気配は最初、身に馴染んだ克樹のものかと思われた。しかし注意深く気配を追ううち、別人のものだと若竹は確信する。

躍動的で力強く、悪く言えばムラの激しい克樹の気とは異なる、もっと静かで冷たい気配だったからだ。

（これは……美郷様のものに違いない……！）

己の推測は間違っていなかったと、若竹は確信する。克樹失踪に関して裏で糸を引いていたのは、五年前に失踪した外腹の長男、美郷だったのだ。

決して、あの式神を逃してはいけない。気合を入れ直し、山歩きには不向きな服装のまま若竹は懸命に式神の気配を手繰った。ふらりふらりと宙を流れるそれの行く先を読んで、邪魔をする岩や木々を避けて回る。足場は整備されておらず、革靴は簡単に木の葉の上を滑って歩きづらい。そうこうしているうちに、徐々に辺りは明るくなりはじめた。

ようやく式神の間近まで辿り着いた若竹は、何のための式神かその「型」を見ようと目を凝らした。鳴神一族の使う式神は、己の髪を芯に和紙を巻いた水引を、決まった形に結んで作られる。結びの「型」は様々で、それによって多彩な機能を持たせて操ることができる、鳴神直系のみに許された呪術だ。

（そう、本来ならば、当主となる者だけに許されるべき術のはず……家を継ぐことのできぬ美郷様が扱うことが、許されるとは思えん）

喉の奥に這いのぼる苦味を飲み下し、若竹は目の前の式神に集中した。どうやら人の形をしている。それが一体何を目的としているか分からぬうちに、不意に、その小さな水引人形がゆらりと陽炎《かげろう》のように揺らいだ。

「縄目か……！」

うつし世の破れ目、異界への入り口だ。この縄目の先に、恐らく美郷が克樹を隠している。逃すまじ、と若竹は式神の消えた場所へ突っ込んだ。ジャケットの袖が小枝にひっかかり、びっ、と裂ける音がする。足元にも棘のある蔓が絡み、若竹の行く先を邪魔した。

「逃がさん！」

空間の歪みの向こうへ、思わず式神を追って手を伸ばす。何か掴んだ感触と共に、辺りの空気が変わった。真冬の早朝の冷気の中にいたはずが、突然ぬるま湯のような生暖かい空気に押し包まれる。縄目を抜け、異界に入ったのだ。

「しまったか……」

式神を追って掴んだ手のひらを開く。そこには、握り潰された式神がひしゃげていた。これでは恐らく、美郷に若竹の存在を気付かれただろう。――追いかける目標も消えてしまったが、異界の中に入れたならば克樹か美郷、どちらかの気配を探ることができるはずだ。

辺りの視界は明瞭だった。見上げる空は霧がかかったような白に塗り潰されて、夜の明け具合は確認できない。空気も澱んだ生暖かさで、時刻も季節も全て失われたような場所だ。辺りの木々だけは外界と変わらず冬枯れており、足元には朽葉が厚く降り積もっている。

まずは、克樹を捜すことが何より先決だ。

若竹は上着の胸ポケットを探り、手のひら大の羅盤を取り出した。羅盤とは通常は風水のために使われる道具で、中央に方位磁針が埋め込まれ、周囲に詳細な方位を記した盤が設置されている。しかし若竹が取り出した盤は、人捜しのための占具だった。盤の下には克樹の氏名生年月日を書いた紙が仕舞われている。磁針の指す先は克樹の居る場所のはずだ。

若竹は自身でも意識を研いで克樹の気を手繰りながら、慎重に異界の山の中を進んだ。

磁針の端は斜面の上を指している。それに従って登り始めたが、整備されていない山の中を、目的地に向かって直進するのは不可能だ。木や岩、沢や崖など様々なものが行く手を阻む。この程度ならば踏み分けて、と思えるような蔓や柴木の類であっても、小枝や棘の多い物にかかれば、すぐに身動きが取れなくなる。服装も相俟ってなかなか思うように前に進めない。

上へ下へ、右へ左へ遠回りをしながら進めばその度に目指す方向は変わり、果たしてどの程度目的地に近づいたのかも判断がつかない。じりじりと焦りを感じながらも、若竹はひたすら山を分け入ってゆく。

そしてふと、足元が暗いことに気付いた。

ここは異界だ。明るくも暗くもなく、光源の方角すら知れず、影も出来ぬ場所のはず。

不審に思って立ち止まり、それまで必死に足元と目先だけを睨んでいた若竹は視線を上げた。傍らには大きな松が立っている。冬なお黒々と緑の葉を茂らす枝は、若竹の頭二つ分くらい上で大きく二股に分かれて、高く高く伸びていた。その、二股の間に何かがたぐまり影を落としている。

黒く、薄気味悪くぬらりと光る巨大なナガモノが松の枝に巻き付いていた。

それは鎌首をもたげて揺らしながら、四肢の存在しない、長い長い胴と尾だけの、不気味で醜悪な体をうねらせ枝の上を這う。黒々とした胴に斑模様《まだら》を浮かせ、微細な鱗が濡れたように鈍く光りながら蠢いていた。生理的な嫌悪感が、若竹の背筋を駆け上がる。

蛇だ。

一歩退きかけて、若竹はどうにか踏みとどまる。ここで退くわけにはいかない。こうして「蛇」が迎え撃つということは、克樹の居場所はもうすぐ先ということだ。

「やはり貴方か、美郷様……！」

蠱毒の蛇を喰らい、己が物として取り込んだ化物。存在するだけで、鳴神家を掻き回した鬼子。それが鳴神美郷だ。

（なぜあの時、当主はコレをみすみす外に逃してしまったのか……！）

愛した女への情であろうか。冷めるどころか、温まったためしすらない正妻との間の子である克樹よりも、よほど外腹の美郷のほうが可愛かったのか。

ちろちろと、黒い二股の舌を絶え間なく出しながら、逆三角に尖る大きな頭が上から若竹を狙う。針のように細く縦に裂けた瞳が一対、真っ赤に燃える両目で若竹を見下ろしていた。頭を中空に固定したまま、太い胴がぞろりと松の枝を這う。

チチチチチ、と甲高く、高速で硬い物を弾くような音が響き始める。同時に松の片方の枝が細かく揺れ始め、枯葉や松ぼっくりを落とし始めた。次第にざわざわと、周囲の木々全体が騒ぎ始める。黒い大蛇が、その尾で幹を叩いて威嚇していた。

「——ッ、臨兵闘者皆陣列在前っ！」

羅盤を仕舞い、上着の下に装着したホルスターから一対の短刀を抜き出す。若竹は片方の刀で素早く九字を切った。

パンッと乾いた音を立て、若竹を狙っていた蛇の頭が弾かれた。怒りを露わに蛇が首を大きく撓《たわ》める。攻撃に備え、若竹は両の短刀を構えて蛇を睨み据えた。

「結局、魔物と成り果てたか……」

シャッ！　と鋭い吐息と共に、牙に毒を迸《ほとばし》らせた巨大な口が迫る。

「オン　マユラ　キランディ　ソワカ！」

紙一重でそれを躱《かわ》し、横にステップを踏んだ若竹は右手の短刀で蛇の片目を狙った。気合一閃で、短刀を炯々《けいけい》と燃える目に突き立てる。が、完全に刺さりきらないうちに、前方から鞭のようにしなる尾が襲った。両の刀と腕でガードするも、その剛力に若竹は吹っ飛ばされた。

近くの岩に叩きつけられながらも何とか受け身をとって、痛みに痺れる体を若竹は起こした。松の枝を降りるつもりはないのか、大蛇は変わらず首だけを若竹の方へ伸ばして様子を窺っている。その様子に少し気を抜いた次の瞬間、辺りの地面が一斉にぼこりと波打った。

朽葉の下から何か現れる。

（木の根!?　いや、蛇だ!!）

濃密な、黴《かび》のような山の土の臭いを纏い、木の根が変じた蛇が十四近く一斉に若竹に襲いかかる。両手の刀でその首を刎《は》ねながら、若竹はちらりと本体である大蛇を見遣った。若竹に届かぬ場所で蛇は、何度も巨大な口を開け、毒牙を剥き出しに威嚇している。その度にまた地面が蠢き、新たな蛇が若竹を襲う。

（キリがない……！）

焦りに集中力が途切れた瞬間、背後から躍りかかった蛇が若竹の顔に巻き付いた。

「うわっ！」

視界を奪われ、若竹はバランスを崩す。顔から首へと冷たい鱗の這うおぞましい感覚に、咄嗟に蛇を毟《むし》り取ろうとして右の短刀が手から離れる。固く巻き付いた蛇を引き剥がすこともできぬ間に、次々に他の蛇が若竹の四肢に取り付いて動きを封じ始めた。

ズボンの裾から、襟元から、うねる鱗が若竹の体を這いずり回る。ちくりと脇腹に痛みを感じた直後、そこから灼熱感が体に迸った。毒だ。焦りと恐怖に思考が鈍る。

（こんな、結局私は失敗するのか）

身に迫る死の恐怖よりも先に、失望と苛立ちの溜息を漏らす両親の顔が浮かんだ。己が克樹の第一の側近としての地位を固められるか否かで、若竹家の浮沈は決まる。それを「役割」として自分は育てられてきた。

(美郷様さえ、いなければ)

——否、本当は分かっている。子供の扱い方が分からぬ若竹は、常に克樹を持て余していた。最初は幼子の遊び相手をしてくれる美郷の存在に、救われたと思ったのだ。美郷が姿を消してからも決して克樹が若竹に心を開かないのは、克樹と若竹の間の問題だ。

(だが、あの方は鳴神には邪魔だった。それは事実だ。事実なんだ……)

だから美郷は呪詛を喰らい、鳴神から排除された。それは鳴神家のために、正しいことだ。

(どれだけ貴方が私たちを恨み呪おうと、悪いのは貴方だ。貴方の存在そのものだ！)

目隠しをされた視界は真っ黒に塗り潰されたままだ。四肢は灼熱の痺れで感覚をなくし、己の動悸だけが頭の中に鳴り響く。

(私は、悪くない!!)

闇の中。学生服の少年が立って若竹を見ている。

父親譲りの癖のない漆黒の髪と、透き通るような白い頬を若竹は知っている。

冷たく、全てを見透かすような黒曜石の双眸が、冴え冴えと凍てつく霊気を孕んで若竹を見据えた。

少年が何か口を開く。

その先に待つ全てを拒絶して、閉ざされた目を固く閉じ、塞がれている耳を更に塞いで蹲った瞬間。

若竹の意識は、闇に溶けた。

はっ、と目を覚ました若竹は文字通り飛び起きた。がさり、と辺りの木の葉が舞う。

見回す周囲は光源も分からぬ、薄ぼんやりとした明かりに照らされて、空は白い闇が蓋をしている。迦倶良山の異界に入ったのだ。

「……入り込んだ拍子に転んだのか」

――たしか、縄目を抜けようとする式神を、咄嗟に掴んだ。

そう思って開いてみた右手の中に、式神は存在しない。結局逃してしまったのだろう。

(頭が重い……何か、酷く悪い夢を見たような。いや、そんな馬鹿な、こんな場所で悠長に寝ていたはずはない)

克樹の居るという山へ入って、美郷の式神を見つけた。迷わずそれを追って、若竹は縄目を抜け、今しがた異界に入ったところだ。――その、はずだ。

立ち上がって、身体に付いた枯葉やごみを払う。

「このどこかに、克樹様と美郷様が……」

若竹は己の主であり、鳴神家の将来を担う次期当主である克樹を、この山から救い出して帰らねばならない。そのためにはまず、ここへ克樹を呼び寄せ、閉じ込めた元凶を倒す必要がある。

「美郷様……」

鳴神家を恨み、妖魔と成り果てた少年の名を呟く。その気配を捜して、若竹は中空を睨んだ。妙に冴えた感覚が、敵の居場所を知らせる。

若竹は、美郷の気配を追って歩き始めた。その身に黒々とした靄が、蛇のように巻き付いている。――若竹の目に、その靄は映っていなかった。


八坂神社の小さな社に駆け込んだこのみは、社殿の中を一通り捜してから裏手に開いた出口から山へと出た。むわりと湿っぽく生暖かい空気に少し違和感を覚えたが、そのまま目に付いた獣道を駆け出す。

晴人を呼んで、しばらくしゃにむに山の中を走りつづけたこのみは、とうとう息を切らせて立ち止まった。膝に手を突き、肩で息をする。ぜえぜえと気管が悲鳴を上げて、酷使された喉が痛み咳込んだ。

「つっ……！」

引きつれるように痛む腹周りを押さえる。火照った全身のそこかしこが、かきむしりたくなる痒みを訴えていた。原因不明の湿疹を中心に、びりびりと電流のような痛みが末梢まで走る。

「なんで、こんな」

悔しさと情けなさに声を絞り出す。一体自分たちが何をしたというのか。ただ、息子が小学校で作ったという餅を分け合って食べただけだ。小豆の謂われなど知らなかった。元々この土地の人間でないこのみにとっては、知りようもなかったことだ。

　酸欠と発熱で、がんがんと頭が痛み始める。気分も悪くなり、そのまま崩れ落ちるようにこのみはしゃがみ込んだ。サンダルを突っかけて出てきただけの足元は、枯れ草や小枝、草の実にまみれて汚れている。体の至る所をちくちくと刺す痛みが、湿疹によるものか体に絡んだ草の切れ端によるものかもよく分からない。

　汗が滴り落ちる。乱れた髪が首元に貼り付いて気持ち悪い。だが、そんなことよりも重大なのは晴人の行方だ。このまま闇雲に捜し回っても、まともに道すらない山の中で見つけるのは不可能に思われた。

「なにか、どうしよう、なにか……」

　ぐるぐると思考が空転する。掴んで、たぐり寄せられる糸でもあればよいのにと妄想する。いっそ紐に繋いでおこうかと、晴人がふらりと消えるたび何度も思った。

(親子の絆とか、母親だから、とか。普段好きに言われるくせに……いざこうやって離ればなれになった時に分かるような、そんな特別な力なんてホントはどこにもない……)

　訳の分からないトラブルに引っかかってからこちら、何度も自分の落ち度がなかったか思い返した。どうしても「母親の自分が」という責め句が頭の隅にちらついて離れないのだ。世間から言われているような気がした。父母や義父母に言われているような気もした。意味深な態度の隣人が、噂しているようにも思えた。

（市役所の人も捜してくれるはずだけど）

昨日突然連絡を入れてきた市役所は、このみの体調不良を把握していた。前回の髪の長い青年とは違う、壮年の男性職員と年輩の女性職員の聞き取りを受け、特別に予約をしてもらっていた市立中央病院で診察を受けた。体調不良の原因が分かった安堵感が三割、まだ続いていたのか、と辟易した気持ちが七割だった。それでも、晴人ではなくこのみのトラブルならば、このみが市役所の職員の話を聞けば済むと思っていたのだ。この、現実に本当に起こっているとは思えない奇っ怪なトラブルも、彼らは何とかしてくれるのだと。

どうにか気持ちを奮い立たせて立ち上がる。

拍子に、エプロンのポケットで何かがかさりと音を立てた。手を突っ込むと、折り畳まれた紙が入っている。

「これ、パパが持ってたやつだ」

取り出して開いたそれは、以前家に訪ねてきた髪の長い青年職員がくれたプリントだった。結局その日に青年職員が対処してくれて以来、今まで晴人の放浪は止まっていたので出番はなかったが、プリントを目にした夫の俊輔が気に入って持ち歩いていたのだ。

『確かにオカルトじゃけど、ホンマに起こっとることもオカルトなら、何か効くかもしれんし』

などと言って呪文を覚えようとしていた。だが結局、洗濯物のポケットの中に忘れられていたので、このみに回収されてここにある。

（こんなの、私たちみたいな凡人がやったって……）

このみはあまり、オカルトの類を信じていない。こうして己の身に起こっても、呪術だの魔力だのの理屈は胡散臭くて信じる気にはなれなかった。祈り願うだけで何かが解決するならば、この世はもっと平和だ。

たとえそんな不思議な力がこの世に存在するのだとしても、扱えるのはあの不思議な雰囲気を纏っていた青年職員のような、特別な人間だけだろう。

――今現在、何か『生身の人間』以外のモノに困らされている方へ。

プリントの冒頭にはそう書いてあった。

――トラブルに関することは、特殊自然災害係になんでもご相談ください。専門職員が問題解決に取り組みます。皆さんは冷静に職員の指示を聞いて、身の安全を第一に行動してください。何より大切なのは、市民の皆さんの生活、身体、生命の安全です。自分自身と、大切な人を守るために、以下のことを心がけ、常に念頭においておきましょう。

1、生身の人間が一番強い。
トラブルを仕掛けてくる相手が生身の人間として裁けないモノの場合、これを強く自分に言い聞かせましょう。今、この場所で、生身の体を持って息をしている「意志」に勝るものはありません。安全確保は重要ですが、闇雲に恐れすぎては逆効果です。しっかりと自分を見失わないよう心がけましょう。

2、他人にとっては「他人事」。

皆さんが巻き込まれたトラブルについて、部外者が勝手な憶測で非難やアドバイスをする場合があります。よかれと思って、と言われて困惑したり、傷つくこともあります。ですが、たとえ相手が親しい肉親や夫婦であっても「他人」は「他人」です。

科学で観測できない特殊自然災害は、他のトラブル以上に「本人にしか分からない」部分が多くあります。一番苦しみ、辛い思いをしているのは皆さん自身です。しょせんは「他人事」に対して向けられる無責任な言葉に惑わされず、身の安全を第一に行動しましょう。

もうひとつ大切なことは、皆さんを巻き込んでいるトラブルそのものも、皆さんにとってはしょせん「他人事」だということです。気の毒に思える事情や、もっともらしい言い分が相手にあった場合でも、今、ここに生きている皆さん自身がトラブルによって、生活や身体の安全を脅かされていることは何の変わりもありません。皆さんが守るべきものは、皆さん自身の生活と身体の安全です。それを忘れないようにしましょう。

3、理不尽は存在する、ということを受け入れる。

特殊自然災害に巻き込まれると「悪い人探し」を始めてしまいがちです。自分を責める場合も、他人を非難する場合もありますが、その底にあるのは「物事には因果があるはずだ」という思いです。

何か原因となる「悪いこと」があったから「悪いことが起こる」と人間は考えがちですが、実際には、誰にも何の非もない場合でもトラブルは発生します。もしもトラブルに遭った時は、一旦「原因探し」は止めましょう。原因の検証は事態が終息した後、専門職員も交えて冷静に、「再発防止のため」に行います。

突然降りかかる「理不尽」は世の中に存在します。その事実を冷静に受け止め、無闇に誰かを責めるのは止めましょう。

4、皆さんの「意志」が解決への何よりの原動力です。
トラブルの解決は、特殊自然災害係の専門職員が対応します。皆さんは職員の指示に従い、まず身の安全を第一に行動してください。その上で、「解決したい」という意志と、トラブルが解決して得られる、回復される状態をできるだけ具体的に、強く思い描いてください。姿やかたちを持たないモノが引き起こす特殊自然災害への最大の武器は、生身の人間の強い意志です。


ぽたり、とプリントの上に滴が落ちて染みを作った。ふたつ、みっつ、と紙を濡らす滴は汗ではない。ぐすっ、とこのみはひとつはなを啜る。

「他人にとっては、他人事……ホントそう……」

一番辛い思いをしているのは自分たち家族であって、他の誰かではない。改めてそれを認められた気がして、こぼれ落ちる涙が止まらなくなった。

(辛いですよね、って。最初に真正面から受け止めてくれたの、あの髪の長いお兄さんだったな……)

何もできないのが辛い時のために、とあの青年は言って、このプリントを手渡してくれたのではなかったか。開いた面にはトラブル対処の心構えが書かれており、末尾に『裏面に簡単なまじないを紹介しています』とあった。涙を拭って、このみはプリントを裏返す。人返しのまじない、と書かれた項目を探して読んだ。

「ええと……は、はし、り、びと、そのゆくさきはしんのやみ、あとへもどれよあびらうんけん。はしりびと、そのゆくさきはしんのやみ……」

目を閉じ、両手を握り込んで一心に唱える。瞼の裏の闇に、ふらふらと歩いてゆく小さく幼い背を思い浮かべた。克明に思い出せる背中だ。毎日、何度も、他の誰より見てきたと、自信を持って言える。その背に呼びかける。

(帰ってきて！　立ち止まって、こっちを振り向いて！　必ず迎えに行くから!!)

不意に、闇の中の晴人が立ち止まった。口には呪《まじな》いを唱え続けながら、このみは心の中で大きく我が子の名を呼ぶ。

(はるとくん!!)

『ママ……？』

呼びかけに、幼い声がこたえる。瞼の裏の姿を追って、このみは両腕を伸ばした。

かっ、と目を見開く。眼前には草を踏み分けた、障害物のない道が拓《ひら》いていた。木立ひとつ、その先を阻んでいない。

――晴人へと繋がる道だ。確信を持ってこのみは土を蹴った。

(他人にとっては、他人事。私が守りたいものを守るために、本気になれるのは私だけ。他の誰かのことも、私にとっては他人事。私は、私の守りたいものを守るだけだ!)

しっかりと見えた幼い背中を追って駆け出す。いつの間にか頭痛も体の痒みや重怠さも消えている。

このみの目の前には、ただ一本の道がまっすぐ延びていた。

11・再会

　緩やかに上る真っ直ぐな坂を、このみは一心不乱に駆け上がる。前方に坂の途切れる場所が見え始め、このみは一段ギアを上げた。この先には平坦な場所があって、晴人が居る。不思議なほどそう確信していた。

　徐々に上り坂の終わりが近づいて、向こうの景色が見え始めた。逸る気持ちに突き動かされて、このみは全力疾走で坂を上り詰める。その先は少し開けた平地で、膝丈の草や柴木が冬枯れていた。

　はると、と名を呼ぼうとして、もう声も出ないことに気付いた。しばらくかがみ込んで肩で息をする。ぜー、ひゅー、と完全に限界を超えた気管が悲鳴を上げている。口を閉じることもできない。

　それでも、一秒でも早く晴人の姿を確認したいと、このみは無理矢理顔を上げた。枯れ草が視界の邪魔をする。一瞬、誰もいないかもしれないと恐怖が掠める。振り払うように、このみは大きく息子の名を呼んだ。

「晴人ぉぉぉ!!　はるとくん！　はるくん!!」

居るか居ないかではない。呼び寄せるのだ。

がさり、と視界の奥で立ち枯れた草が揺れた。

「はるくん!?」

気力だけで足を動かし、このみはふらふらと草むらへ踏み込む。向こうから、明らかに意図を持って草むらをかき分ける音が響き、次第にそれが近づいてきた。

「ママ!!」

きん、と高い、幼児特有の声が響き渡る。

「晴人！」

無事な晴人の姿をその目に映し、このみはくずおれるように膝をついた。どうにか広げた両腕の中に、小さな体が飛び込んでくる。その実在を確かめるように、このみは頭、肩、胴と晴人の体を抱きしめた。温かな体と伝わる鼓動、首元に触れる吐息で、確かに腕の中に今、自分以外の生き物が存在すると実感する。

「はるくん、良かった……。痛いところない？　おうち帰ろうね」

何度も何度も丸い後ろ頭を撫でながら、噛みしめるように語りかける。小さな両手がこのみのエプロンを掴んで、胸元に頭を力一杯押しつけてきた。

震え始めた小さな体から、堰を切ったように泣き声と嗚咽が響き渡った。

有らん限りの声を張り上げて、至近距離からこのみを呼んで泣き叫ぶ。両手にこのみを掴まえたまま、体を捩って泣く子供に苦笑いして、このみは何とかその両手を引き剥がした。

立ち上がって、しっかりと手を繋ぐ。

「よし、よし。帰ろう、帰ろう」

まだまだ泣き足りない子供は、容赦なくこのみの脚にかじりつく。「いたた、痛い、痛いよはるくん、ちょっとこっち、ほら、」と宥めすかして自由を確保しつつ、このみは来た道を引き返そうと方向転換した。今度は下り坂だ。足場も悪いし、晴人に合わせて下りるのはなかなか骨が折れる。

なぜか行きと違って視界が悪く、曲がりくねった坂を何歩か下りたところで、ひらりひらりと白い蝶がこのみに近づいて来た。こんな山の中に紋白蝶か、と少し不思議に思いながら通り過ぎようとしたこのみに、蝶は近くを飛び回りながらついてくる。

少し不気味に思い始めたところで、坂の下から男性の声が響いた。

「――らさん！　杉原さーん!!」

「このみー！」

夫の声ともう一人、若い男性の声は、あの青年職員かもしれない。心からの安堵と共に、このみも声を張り上げた。紋白蝶はひらりひらりと、声のした先へ坂を下ってゆく。

「パパー！　ほら、はるくんもパパ呼んで？　パパー！　こっちー!!」

遠く、口々に「居た」と叫ぶ声が聞こえ、慌ただしく複数の足音が近づいてきた。木立の向こうに人影が見える。晴人と二人、何度も夫を呼びながら、このみは一歩一歩坂を下りる。

ぷわん、と今度は一匹、小さな黒い虫がこのみの顔の前を横切った。右手を振って追い払う。更に二匹、三匹と、ごく小さな甲虫がこのみと晴人の周りを飛び始めた。気味悪さに立ち止まったこのみの視界を邪魔するように、執拗に虫は顔の周辺を飛び回る。

不意に、周囲が一段暗くなったような気がした。

辺りを見回すが、これといって変化はない。先を急ごうとして、このみは異変に気付いた。

道が消えている。そして、近づいていたはずの夫らの姿も消えていた。

「うそ……」

ぞっと背筋が冷える。

一瞬で目の前の景色が変わったことへの恐怖と、背後から近づいてくる、不気味な気配への恐怖が合わさって増大する。じくり、じくり、と唐突に、今まで忘れていた全身の疼きがよみがえった。

「ママ？」

「大丈夫、大丈夫……すぐパパが迎えに来てくれるからね」

自分に言い聞かせるように、小さく温かな手をぎゅっと握る。その繋いだ手が、ふと視界に入った。大きな赤紫色の斑点が手の甲に浮き出ている。

「ひっ……！」

思わず手を離して大きく振る。気付いたとたん、手の甲に差し込むような痛みが走って、腫れ上がるような熱感を持った。このみは、おそるおそる再び手を確認する。

赤黒く腫れた斑の真ん中が、ぷくりと水膨れのように盛り上がっている。

みるみる膨らんだ水膨れが目の前で弾け、中からコロリと粒をこぼした。

小豆だ。

「いやっ、何これっ」

首筋に、脇腹に、太股に、全身に似たような違和感と灼熱感が走る。チクリとした頬を思わず掻くと、爪の先に触れたものが手のひらに転がり落ちた。反射的に掴んだ小豆は簡単に潰れ、赤紫色の膿を吐き出す。

恐怖とおぞましさに混乱したこのみは腕をまくり、胸元を開け、次々に斑を浮かせて小豆をこぼす己の体を震えながら見る。このみの恐怖が伝播したのか、傍らでエプロンの裾を掴んだ晴人も、再び泣き出した。

「――みつけた」

背後からの暗い呟きが、妙にはっきりと耳に届いた。

振り返るこのみを見下ろす場所に、時代劇に出てくるような、粗末な着物姿の少女が立っている。咄嗟に晴人を隠そうと、このみは一歩前に出た。

「やっぱり、かあさんは私よりおふさが好きなのね」

虚ろな声が囁く。少女の周りを黒い靄が渦巻き始めた。ずくずくと疼いて全身を侵食する熱に耐えきれず、このみはその場にしゃがみこむ。

「おふさ、どうして鬼ごっこ始めないの？　なんで一人でかあさんのところに帰ったの？　ずっと待ってたのに、おふさがやりたいって言ったから、わたしが鬼になったのに……」

言いながら、少女は坂を下りてこのみに近づいてくる。少女の周りに渦巻く闇がうわん、うわん、と音を立てる。

「ち、ちがう！　人違いよ！　別の子よ！」

この少女が、山に晴人を呼んでいたのか。しゃがみ込んだまま、怯える晴人を抱き込んでこのみは少女を睨んだ。

「いつも、なんで、おふさばっかり……」

急激に少女の声が尖る。肩を怒らせ拳を握り、切り裂くように少女が叫んだ。

「おふさ!!」

ぶぁん、と黒い靄が唸りを上げる。襲いかかる黒い甲虫の大群に、このみが目を瞑る寸前。

「神火清明、神水清明、神風清明！　急々如律令!!」

涼やかな声と共に、白い燕《つばめ》が闇を切り裂いた。


少女を捜して走っていた克樹は、必死に誰かを呼ぶ女の声に立ち止まり、声の方へ進路を変えた。高い少女の声ではなく、大人の女性のものだ。切実な響きは恐らく、迷い込んだ一般人の助けを求める声だろう。克樹自身の時のように、少女がそちらへ向かう可能性は高い。

しばらく細い木立が密に生えた、下草や柴木のない深林の中を走る。緩やかに起伏する道なき道を、木々を躱しながら声のした方へ向かっていると、不意に前方から、きんと冷えた風が一陣迸った。

「これは……」

冴え冴えと蒼月のかかる冬の夜のような、冷たく澄んだ「気」だ。克樹の捜し求めた、ひんやりと静謐《せいひつ》で、だがどこまでも清らかで柔らかい――兄の、美郷の気だった。

積もる朽葉を蹴って駆け出す。眼前の丘の向こうで、ひらりと鋭く白い鳥が舞った。燕だ。二羽の燕が木立の隙間を縫って急旋回する。翼が鋭く空を裂いて、一か所をめがけて降下した。

(あの燕は攻撃用の式神だ。相手は――)

「兄上っ！　お待ちください!!　兄上っ!!」

丘の上に立った克樹の目に、少女と周囲の黒い靄が、燕に切り裂かれる様が映る。枯葉を滑るように斜面を下りながら、克樹は大きく声を張り上げた。よりにもよって兄が、美郷が少女に刃を向けている。

「――克樹!?」

先に気付いたのは美郷だった。驚いたように目を丸くして、記憶の中よりも大人になった兄が克樹を見つめる。

きっちりと纏められた癖のない黒髪が、長く伸ばされ背に揺れている。鳴神の直系にだけ許される秘術のための髪だ。克樹の知るより少し男性的に、精悍になった顔立ちと体躯。だが、美麗な日本人形のような、白い頬と涼やかな目元は変わらない。

「兄上!!」

　どこかの制服らしき赤いジャンパーと野暮ったい作業ズボンは、兄の美しさには少し不釣り合いで滑稽だ。一体どんな職について、どんな暮らしをしているのか。

（だが、一緒に家に帰れば。ふさわしいお姿で、ふさわしい暮らしを。私がご用意するんだ！）

　待ちこがれた兄との再会に、克樹は一瞬だけ、少女の存在を忘れた。

「克樹。やっぱりこの山にいたのか……！　早くこっちへ、皆お前を捜してたんだぞ」

　警戒するようにチラリと少女の様子を窺って、白燕を宙に旋回させたまま美郷が克樹に手を伸ばす。それにつられて少女を見遣った克樹は、今すべきことを思い出した。美郷の若干厳しい声音に怯みながらも「お待ちください」と、少女を庇うように美郷の前に立つ。彼女はわんわんと唸る黒い靄をまとわり付かせたまま、仁王立ちで地面を睨んでいた。

「克樹……」

　兄が怪訝げに、形の良い眉を寄せる。

「どうしたんだ？　鳴神から、若竹さんが迎えに来てる。早く家に帰りなさい」

　克樹に向けられた兄の言葉に、なぜか背後の闇がざわりと反応した。咄嗟に克樹は後ろを振り向く。闇に囚われた薄い体が、小さく肩を震わせていた。

「どうした、大丈夫か……？」

「克樹も、わたしをおいて帰るの……？」

低く怒りに震える声が、怨嗟《えんさ》を滲ませ克樹を責める。目を丸くした克樹は、慌てて少女を宥めにかかった。

「待て、落ち着いてくれ」

だが、俯いたまま両の拳を握る少女と、視線は交わらない。

「克樹はわたしとおんなじだって言ったのに……うそついたのね……克樹もおふさとおんなじ、わたしをここにおいてけぼりにして家に帰るのね……」

絞り出すような声とともに、うわん、と大きく闇がうねる。

――逃がさない。

小さく、口元だけがそう動いた。

「待っ――！」

闇が目の前に迫る。黒い小さな甲虫の大群が、克樹を押し包んだ。耳元でいくつも重なる羽音が、全て誰かの囁きに変わる。

――当主と奥方様は、克樹様をご懐妊されて以来、一度も……

――奥方様は克樹様を愛することができないのでしょう

――お可哀想に、当主はまだ外の女を

――美郷様が継嗣であれば、このような面倒など

――あのようなご気性では、将来が思いやられるな

「……やめろっ！」

胸を抉る言葉の嵐に、堪らず耳を塞いで叫んだ。襲う小虫を焼き払おうと、不動明王の幻炎を喚びかけて躊躇《ちゅうちょ》する。少女を傷つけてしまうかもしれない。

だが、背後からの凍てつく突風が、その躊躇《ためら》いごと、全てを薙《な》ぎ払って消し飛ばした。克樹すら震えるような、底冷えのする波動が辺りを満たす。

「あ……に、うえ」

「天《あめ》斬る、地《つち》斬る、八方斬る。天に八違い、地に十の文字《ふみ》、秘音——」

容赦のない、冷酷な声音が破魔降伏の呪を唱える。兄は本気で、何の容赦もなく少女を調伏する気でいるのだ。

「兄上、待ってください。私の話を、この娘は……」

「克樹。お前は向こうへ退がれ。これは、おれの仕事だ」

ひゅん、と空を切り裂く音と共に、白燕が少女に襲いかかる。咄嗟に顔を庇った少女の腕に、赤く裂筋が閃《ひらめ》いた。頭を抱えて悲鳴を上げる彼女は、やはりか弱く哀れな娘でしかない。

（どうしよう、兄上ならば、救ってくださると思ったのに……！）

清水のように柔らかな気性の、優しい人だった。家のため仕事のためと、か弱い者を切って捨てるような、冷酷で融通の利かない大人たちとは違う、克樹の味方だった。

「どうして……」

だが今、兄の纏う気は肌を刺すほど凍てついて、鋭利に冷酷に少女を切り裂こうとしている。知らない姿、知らない気配、知らない言葉遣いのまるで別人のような『兄』に、克樹は狼狽《うろた》え立ち尽くした。その横をすり抜けて、兄が少女に近づく。

「――お前がたとえ山の呪力を操るとして、お前と山を繋ぐ『へその緒』を切ることは可能だ。山の呪力なしでは、その姿も保てないだろう。このまま消されたいか」

明確な脅しに、少女が怯えた顔で後ずさった。それを追うように、兄が更に一歩踏み出す。二指を立てて刀印《とういん》を組んだ右手が高らかに掲げられ、常人の目には映らぬ氷の白刃が痩せた娘を狙う。じりじりと後退した少女が、とうとう踵を返し背を向けた。逃げる背中を隠すように、黒い靄が兄へ迫る。

「散ッ！」

刀印がまっぷたつにそれを両断した。切り裂かれた靄が散って消える。

だが、その向こうには既に少女の姿はなかった。彼女が消えた先には、追っ手を拒絶するように、密生した木々が視界を遮って深い闇を作っている。

ふ、とひとつ息を吐いて印を解いた兄が振り返った。その視線は克樹を通り過ぎて、兄は克樹の背後にいる誰かに声をかけた。

「ひとまず、もう追って来ないでしょう。もうすぐ旦那さんと僕の同僚も到着します」

視線の先には、小さな子供を守るように抱く女性がいた。恐らく、最初克樹の耳に届いた声の主だ。いまだ強ばった表情のまま、女性が僅かに頷く。それを見届けた兄がようやく克樹の方を見た。少し眉根を寄せた、厳しい表情で克樹に告げる。

「お前もすぐに山を下りて、早く鳴神に帰りなさい」

その言葉は酷く冷たく、突き放すように響いた。ぐっと拳を握り込んで、克樹は怯む心を叱咤する。まともに兄の顔を見るのも恐ろしく、俯いて声を絞り出した。

「兄上は……兄上は鳴神には、帰って来られないのですか」

一拍戸惑うような間を置いて、少し柔らかな声で兄が返す。

「おれはもう帰らないよ。今は市役所で働いてるんだ。おれはここで、『宮澤』として生きていく。鳴神とは、もう縁を切ったんだ」

はっきりとした拒絶に、弾かれたように克樹は顔を上げた。

「兄上を、お迎えに来たんです……！　私が家を継いだら、兄上を悪く言う者は絶対に許しません！　兄上をお迎えするためになんでもします！　そのためだけに、兄上に帰ってきて頂くために、私は家を継ぐと決めたんです!!」

言い募る克樹に、兄は困ったように曖昧な笑みを浮かべた。駄々っ子を見るように小首を傾げて、それからゆっくり首を振る。

「いいや。おれは帰らないよ。もう二度と、鳴神の門はくぐらない。あの家を出るときに決めたことだ。おれはもう、お前と一緒には生きられない」

「嫌です、兄上がいなければ私は――！」

「克樹。おれのことはもう、忘れなさい。おれはおれの人生を、鳴神とは別の場所で生きる。だからお前も、そんな理由で自分の道を決めるな」

無情な言葉に目の前が暗くなる。一番恐れて、必死に目を背けてきた可能性だ。

（この人の心に、もう私の居場所はないんだ……。鳴神ごと、忌まわしい過去として切り捨てられてしまった）

五年前のあの日から。

克樹もまた、一方通行の鬼ごっこをしている孤独な道化だったのだ。

兄の顔を見ていられず、克樹は再び俯く。

「克樹？」

草を踏む足音と共に、近くなった兄の声が克樹を呼んだ。こたえることもできず、克樹は俯いたまま口を引き結ぶ。こんな時に、いつも兄がかけてくれた優しい言葉が、それでも降ってこないかと待ち望む。「仕方がないね」と笑って目線を合わせ、頭を撫でてはくれないか期待する気持ちと、突き放される恐怖で鼓動が速くなる。

だが、克樹の甘い期待が叶うことはなかった。

「宮澤君！」

遠く兄の向こうから男の声が響いて、複数の足音がそれに重なった。

「このみ！　晴人！」

あっという間に場が騒々しくなる。

「辻本さん」

兄は背後を振り返り、克樹から離れていってしまう。

「晴人くんはご無事です。このみさんの症状は今は落ち着いてますが、また下で改めて確認をしてください」

「ありがとう、良かった。……彼は？」

明らかに自分を指した男の言葉に、克樹は身を硬くする。

「ああ……彼が、鳴神克樹です。この山の鬼とも会話をしていたようですし、このまま僕たちが一緒に下山して鬼のことを聞き取れればと」

酷くよそよそしい、まるで他人扱いの呼ばわり方だった。

「そうなん。じゃあとりあえず僕らは下山しましょう」

「はい。――克樹。下りよう」

遠く呼ばわる兄の声に、克樹は小さく首を振った。

「……いやです」

「克樹？」

「嫌です!!」

言い放って、克樹は兄に背を向けた。小さな背中が消えた暗がりへ飛び込む。

(『兄上』の居ない世界なんて――！)

克樹の言葉に耳を貸さず、年端もいかぬ娘を容赦なく切り捨てて、ただ「仕事」として克樹を鳴神に帰そうとする「宮澤美郷」は、もう克樹の兄ではないのだ。

「そんなもの、未練なんてない」

山の奥へ、奥へ、克樹は走る。その身を迎え入れて覆い隠すように、山の木々がざわりざわりと蠢いた。

「克樹！　どこに行くんだ、克樹!!」

拒絶の言葉と共に身を翻した弟を捕まえられず、美郷は深い暗がりを作る木立の前に立ち尽くした。

「宮澤君」

共に山に入っていた辻本に、背後から声をかけられる。美郷は、この場を指揮している先輩職員を振り向く余裕すらなく言った。

「――辻本さん、すみません」

同時に駆け出す。

「宮澤君！」

職員としては失格だろう。ちらりと頭の隅をよぎる躊躇を振り払い、美郷は克樹を追って暗がりの中へ突っ込んだ。克樹の居場所を知る術《すべ》を、美郷は持っていない。賢い選択ではないはずだと、頭では分かっている。だが、

「克樹ー!!」

声を張り上げてその名を呼ぶ。

「克樹、どこだー!?」

すぐに追ってやらなければ。それは絶対に自分がしなければならないことだ。

異界の山は変幻自在に姿を変える。ほんの数歩で明らかに周囲の景色が変わり、振り返れば来た道は消えていた。足跡を辿るのは不可能だ。

（どうする。式を飛ばすか……けど、もうキャパオーバーだ）

杉原親子探索のための蝶と、鬼を追い払うための燕が二羽、更に美郷は、八坂神社に開いていた異界の入り口を固定するための式神も、大久保に貸している。いくら気合いを入れ直してきたとは言っても、昨日までの疲労は抜けていない。無闇に式を飛ばす余裕はもう残っていなかった。

（それくらいなら、自分で「呼ぶ」方がまだ可能性があるはずだ）

もっともそれは、克樹が心のどこかで美郷に「追いかけて欲しい」と思っていればの話だ。この鬼ごっこが一方通行であれば、克樹への道は繋がらない。

（出てこいよ、克樹。おまえ、すぐに見つけて貰えないの嫌いだっただろ）

幼い頃、隠れ鬼の時にはいつも、克樹は美郷のすぐそばに隠れていた。簡単に見つかる場所ばかりを選んで、見つかった瞬間に一番はしゃぐ。たまに偶然、美郷の盲点になる場所を選んでしまい美郷がなかなかやって来ないと、泣きながら自分で出てくるような寂しん坊だった。

もう美郷に愛想を尽かしているのなら、追っても無駄だ。だが恐らく、そうではない。

「克樹ー！　返事をしなさい、克樹ー!!」

呼びながら、大きな藪椿《やぶつばき》の根本を越える。

不意に、辺りの空気が変わった。全身にまとわり付くような湿気と、腐臭混じりの黴臭さに美郷は足を止める。辺りは黄昏時のような薄暗さと、密生する杉の細い木々で視界が悪い。管理を放擲《ほうてき》され、荒廃した植樹林のようだ。空を木々の樹冠で蓋された林の中は暗く、地表は倒木と転石ばかりで足場が悪い。

「なんだ……」

鬼の棲処《すみか》にでも迷い込んでしまったのか。周囲を警戒した美郷の視界の端、杉の木立の奥で小さく何かが煌《きら》めいた。

「――っ！」

美郷は懐に手を突っ込み、今日下ろしたての護身具を掴んだ。

きぃん！

刃と、金属のぶつかる高い音がする。

美郷が護身具――鉄扇で弾き飛ばしたそれは、小さな鍔《つば》のある短刀だ。間髪を入れずもう一本、別の方角から飛来する。そちらも叩き落として、美郷は足元の一本に手を伸ばした。

「これ……鳴神の」

特徴的な拵《こしらえ》は見覚えがあった。詳しく検分しようと刀を掴みかけた瞬間、その輪郭が揺らいで黒い蛇となる。シャッ、と鋭い吐息と共に、毒牙を剥き出しに蛇が美郷に飛びかかった。

「このっ！」

もう一度、蛇と化した短刀の胴を、閉じたままの鉄扇で打ち据える。吹っ飛ばされた毒蛇は地表から突き出た岩にぶつかり、ぼたりと地面に落ちた。美郷はもう一方の蛇の気配を探りながら、再び鉄扇を構える。

鳴神一門の呪術者は主に、刃物を武具として扱う。美郷も一通り手ほどきされているが、武術全般があまり得意でないため、今まで武具は持たずにきた。しかし本格的に業務で実戦を任されるようになると、物理的な攻撃を、せめて受け流せる護身具がある方がよい。何を使うか悩んだ挙げ句、美郷が選んだのがこの鉄扇だった。

呪術のための教養として、武術と共に教えられた舞踊は、美郷にとって武術よりはマシな芸事であった。よって、今更わざわざ大きな刃物を持つよりは、手に馴染む大きさの扇の方が扱いやすいと判断したのだ。

とはいえ、本格的な品を買う財力もないため、コレも通販で買った安物である。使う人間も上手くはないので、そう大きな期待はできない。

（壊れる前に、本体を見つけないと……白太さん、何か分かるか？）

少しでも見通しの良い場所をと、転石が木々を薙ぎ倒してできた広場に出る。美郷の問いかけに、妖魔の気配に敏《さと》い白蛇《どうきょにん》が、短刀のひとつが飛んできた方向を指して警戒を促した。

白蛇の指示に従い敵の気配を探る。すると、視界を邪魔する細い木々の奥から、枯れ枝を踏み分ける足音が聞こえてきた。同時に、様々な方向から幾重にも、何かが地面を這う微かな音が聞こえ始める。

足音の方を向いて右手に鉄扇を構えたまま、美郷は左手をジャンパーのポケットに突っ込んだ。中に入れていた巾着を漁り、中の細かく刻まれた紙片を一掴みほど握り込む。切幣《きりぬさ》と呼ばれる、浄め祓いの道具だ。

(白燕は――付いて来てるな。良かった)

背後の小枝に留まった燕の気配を確認し、美郷は薄闇に目を凝らす。這い寄ってくる気配は、小豆虫のものに似ているが全く同じではない。もっと明確な敵意や悪意をもった、邪悪なものだ。

がさり、ぱきりと、ゆっくりとしたテンポで響く足音の主は二本足だ。足音の重さからして、先程の鬼の少女とは違う。美郷は鉄扇を構えたまま呼吸を整えた。どういう事情かは分からない。だがこの足音の主は――。

「お久しぶりです、若竹さん。克樹を捜しにいらしたんですよね」

足音が止まり、雲間から月が覗いたように、闇が払われ相手が姿を現す。山中にそぐわぬスーツ姿の、神経質そうな男がそこに立っていた。若竹伸一、克樹の教育係だ。スーツは枯れた枝葉にまみれ、端々が破れている。そして形相は、酷く切羽詰まった様子に歪んでいた。尋常でない顔つきで睨んでくる相手を、美郷は静かに見つめ返した。

「鳴神美郷……やはり、お前がッ……！」

叫びと同時に、痩せた杉の木立の向こうで、白刃がふたつ閃く。

――右！　それから、上。

白蛇のアシストも貰いながら、飛んできた短刀を何とか躱す。

美郷は、左手に掴んだ切幣を鋭く吹いて飛ばした。散弾と化した切幣が、木立の間をすり抜け若竹を襲う。

陽炎が立ち上るように、黒い靄が若竹の足下から湧き上がった。靄はらせんを描き、巻き付くように若竹を覆う。その様子は、とぐろを巻く蛇のようにも見えた。

黒い靄と切幣がぶつかり、幻の火花を散らす。

「臨兵闘者皆陣列在前！」

鋭く鉄扇で九字を切る。四縦五横の升の目が、黒靄の一部を吹き飛ばした。

（ミイラ取りがミイラか。ったく、この人はなんでこう……！）

本人を傷つける訳にはいかない。だが、若竹は成人したプロの呪術者だ。怨気《えんき》に呑まれたことを、同情されるような立場でもない。――変な遠慮は、必要ないであろう。

「行けっ！」

白燕が鋭く旋回し、美郷が靄に空けた穴をすり抜けた。黒靄はうねりを上げて形を変え、何本もの触手を燕に伸ばす。元々、相手は短刀を使いこなす武闘派、こちらは経験値不足のぺーぺーだ。相手が体勢を立て直す隙を与えるわけにはいかない。

（とりあえず、あの靄を散らさなきゃ話もできない）

燕の一羽が落とされた。

「高天原天つ祝詞の太祝詞を持ちて、祓え給い浄め給う。神火清明、神水清明、神風清明、急々如律令！」

鉄扇で大きく空を薙ぐ。美郷の呼び起こした突風が、周囲の杉もろとも黒い触手を切り裂き吹き飛ばした。煽りを食らった若竹が、残った燕に顔を狙われ体勢を崩す。

様子見に、美郷は手を止めた。

どさり、と若竹が尻もちをついた。美郷は耳を澄ませて、注意深く相手を観察する。

――若竹は、体勢を立て直すことすらせず俯いて、何事か呟き続けていた。その周囲には、ざわりざわりと黒い靄が取り巻き蠢いている。正しく、悪いものに憑かれた者の姿だ。

靄もろとも斬り飛ばされた、日照不足で徒長しひょろひょろの杉が、倒れて地響きを立てる。美郷は一歩一歩、慎重に若竹に近づいた。靄は、じわりと地面に溶けて消えてゆく。

「若竹さん」

鉄扇を握った右手を後ろに隠し、美郷は遠めの位置から呼びかけた。この男に、自分が好かれていないことは知っている。鳴神内において、居場所を奪い合う立場だった相手だ。

「――鳴神美郷……克樹様をどこへ隠した……」

唸るように低く、恨みがましげな声が問う。

「おれは、克樹の失踪には関与していません。確かにあいつはこの山に居ますが、さっきおれも逃げられました。それよりも貴方は一体、ここで何をしておいでですか」

知らず、返す声音にこもった非難に、ぴくりと若竹の肩が揺れる。

「私は……克樹様をお迎えに上がったのだ……お前が唆して誘い出したのだろう」

　「違うと言ってるでしょう。なぜ――」

「いいや、私は知っている……お前には前科があるからな……以前にもお前は、克樹様を拐《かどわ》かそうとした。お前は、あの方が邪魔なのだ！」

　ぶわり、と地面から湧き上がった闇が凝って、宙に短刀が現れる。幾つもの刃が四方から美郷を狙った。次々と襲ってくる白刃をどうにか躱し、受け流しながら後退する。

　死角から飛来した一本が、美郷の右腕を掠めた。利き手を傷つけられた美郷は、襲う灼熱感と焦りに顔をしかめる。

　じくりと熱を持つ腕から、生温い液体が袖を濡らす。それが禍々しい毒蛇となって、傷口から体に潜り込む感覚が美郷を襲った。

「克樹様を抹殺して、鳴神の次期当主に成り代わる魂胆だろうっ。お前の存在が全てを狂わせたんだ！　全部、皆、あるべき場所に収まって自分の役割を果たせたのに！　お前さえ、お前さえ居なければ！　この、化け物がァア……!!」

　裏返った声が叫ぶ。呼応するように、体内に入った毒蛇が美郷の心臓を締め付けた。五年前を再現するその不快感を、美郷は奥歯を噛みしめて耐える。内側から臓腑を食い破って侵食してくる蛇蠱と戦った、あの夜と同じ感覚だ。自分に対する敵意と悪意と殺意が、これでもかとばかりに詰め込まれた呪詛と喰い合いを演じた時の。

「……言いたいことは、それだけですか」

　襲い来る苦痛と恐怖を捻じ伏せ、美郷は低く、冷たく言い放った。

この毒蛇は幻覚だ。昨晩の悪夢と同じ、山に凝る邪気が映し出す、美郷自身の記憶と感情が作り上げた魔物だ。二度も三度も、同じモノに引っかかるわけには行かない。

「散ッ！」

気迫を込めて、左の拳で胸を叩く。たちまち毒蛇は霧散した。

「確かにおれは、アンタには邪魔だったでしょうね。おれもアンタが邪魔だった。だけど、おれさえ居なけりゃ全てうまく行くんなら、今のこの状況は何なんだ。おれはもう鳴神に関わる気はない。克樹を呼んだ覚えもない。あんな馬鹿みたいに狭い世界で、アンタや克樹と椅子取りゲームをするつもりは、金輪際ないんですよ」

狭い世界から一抜けした自分の方が、賢いだの勝っているだのとは思わない。若竹と美郷は生まれ持った人格も、背負った環境も、その身に起きた出来事も違う。それが、選択の違いを生んだだけだ。その点で、美郷は若竹を嫌うことはあっても軽蔑する気持ちはない。何かひとつでも条件が異なれば、美郷もまだ若竹と、居場所の奪い合いをしていたのかもしれないのだ。

「昔、家出に克樹を巻き込んだのは認めます。あの時おれは、もう帰らないつもりでバスに乗った。でもそれは、あいつを消したかったからじゃない……手放したくなかったから連れて行ったんだ」

愚かな真似をしたのは間違いない。夏のあの夜、克樹のわがままにかこつけて家出をした美郷に、行く当てなどなかった。もう、うつし世は嫌になっていて、だが懐の中の小鳥を手放したくなかった。だから、帰る便のないバスに幼い弟を連れて乗ったのだ。

あのまま、何も知らない克樹を連れて、どこか遠い場所へ行ってしまいたかった。

「そのことについて、言い訳するつもりはありませんよ。だけど、」

——五年前。何度記憶をなぞって別の道を探しても、美郷は鳴神を捨てるしかなかった。

蛇蠱を喰わされたあの時、もし父親や弟に宥められ、説得されてあの家に残ったとしても、美郷の心は死んでいた。

(そしておれは、鳴神に、克樹にしがみついたままじゃきっと、いつか克樹を縊り殺した)

克樹が美郷の腕の中の、小さな世界を抜け出そうとした時に。美郷は、逃れようとする小鳥を閉じ込めるため、その首を掴んだだろう。そんな自分に、外野から若竹を断罪する資格もないかもしれない。

「それでも、克樹を守るべき大人としてのアンタの無能ぶりだけは、心の底から軽蔑します」

「だアーまアーれエエエ!!」

若竹が吼《ほ》えた。人の筋肉の連動を無視した、異様な動きで跳ね起きる。同時に美郷の周囲の地面から、無数の毒蛇が跳ね上がって美郷を襲った。

「この、化け物が！　お前の！　せいだ!!　全部、全部、全部!!　お前さえ滅して克樹様を取り戻せば！　私は！　克樹様の側仕えに相応《ふさわ》しい者として!!　認めて！　貰える!!」

「誰にです？」

低く問うた。広げた鉄扇を翻し、気合い一閃で毒蛇を吹き飛ばす。

「アンタが認めてもらう相手は克樹自身だ！　仕えるべき主を差し置いて、一体誰の顔色を窺っている!!　おれが一番許せないのは、初めからずっとそこなんだよ!!」

閉じた鉄扇の先一点に全身の気を込めて、美郷は若竹の懐に飛び込んだ。その眉間に狙いを澄まし、全霊をかけて突きを繰り出す。

ぱんっ、と乾いた音が弾けて、若竹が頭から後ろに吹っ飛んだ。細い杉の幹に激突して、杉を折りながら地面に倒れる。美郷は、肩で息をしながらその様を見届けた。

「おれも確かに、鳴神で生き残るために克樹を必要としていた。だけど同じくらい、それ以上に、ただおれを必要としてくれるあいつの心が欲しかったんだ。可愛かったし、守ってやりたかった……」

それはきっと歪んだ形をしていたが、立場や地位ではなく、克樹自身への執着だった。

（だから、あいつの隣をただの「席」としか見てないアンタは、おれも大嫌いだったよ）

美郷自身も、克樹に謝罪しなければならない過ちはいくらでもある。追い詰められた果ての選択であったとしても、選んだことの責任は自分自身で負うつもりだ。

それを償うためにも、まずは克樹をうつし世に引き戻さなければならない。

倒れて動かない若竹の胸がわずかに上下しているのを確認し、美郷はそこでようやく、怜路から預かった連絡用の護法の存在を思い出した。怜路は自身の「仕事」として、克樹の捜索を目的に入山している。

（あー、連絡入れてなかった……怒るかなぁ………）

やってしまった、と思いながら、美郷はジャンパーの胸ポケットを漁って和紙で折られた鶴を取り出す。その羽根を広げて宙へ放ると、鶴は空中で鳥に変わり、ばたばたと羽ばたいて木立の向こうへ飛び去った。鳥が視界から消えるのを確認し、美郷は大きく息を吸って鳥の消えた方向へ声を張る。

「怜路ぃー！　来てくれー!!　怜ぉ路ぃー!!」

呼ぶ時の作法として教えられたとおり、一呼吸ずつ間をおいて、三回ほど繰り返してチンピラ大家の名を呼んだ。美郷はその場で、返答を待つことにする。

怜路が来るまでその場で少し休もうと、美郷は転石のひとつに腰掛けた。

一息ついた途端に、右腕の傷が存在を主張する。じくじくと熱を持った痛みに顔を顰《しか》め、美郷は切り裂かれて血の滲むジャンパーの袖を、おっかなびっくり確かめた。止血が必要なほど深い傷でもなさそうだが、血で衣服がべったりと肌に貼りつく感覚が不快だ。

「どうしようかな……怜路がすぐ来てくれるなら、あいつに見てもらう方が確実だよなあ。

――あっちも……」

ぶつぶつと言いながら見遣るのは、杉の根元に倒れている若竹の姿だ。捨てておくわけにも行かないが、美郷が一人で背負って帰るのは今の体力的に厳しい。

（だけど、若竹さんに憑いてたあの黒いのは一体何なんだろう。この山の邪気なのか……でも、この山の鬼が操る邪気は小豆虫の形を取ってたし、若竹さんの纏ってたモノとは少し気

配が違った……おれを狙ってきたのは、憑かれた若竹さんの意思だったのかな）

　左手で右腕の傷を押さえながら、美郷は握ったままの鉄扇を目の前まで持ち上げる。

「うわっ、ボロボロだな。やっぱ安物じゃダメか、当たり前だよなぁ」

　最近は夜間の白蛇封じをサボっているので、多少消耗品費が浮いている。分割払いになっても、きちんとした経路で確かな品を買うべきかもしれない。至る所に深く抉れた傷のある本日実戦デビューだった鉄扇を哀れんで、美郷はそれを懐に仕舞った。ひとつ大きく溜息を吐いて、杉の樹冠に蓋をされた天を仰ぐ。今の時間も天候も全く分からない。通信機器も時計も、八坂神社を抜けて山に入った瞬間にがらくたと化した。

　――かさかさ、かさかさ。不意に足許で何かが騒《ざわ》めいていることに気づき、美郷は視線を下へ戻した。薄暗く不明瞭な足許で、小さな物音が無数に聞こえてくる。

「……この山、こんなんばっかだな」

　仕舞ったばかりの鉄扇を再び握り、立ち上がった美郷は足許を凝視する。物音の原因が作業用スニーカーの爪先に触れて、やっとその正体が露わになった。

「……っだから、なんっで、蛇なんだよっ!!」

　背中に鎖模様を背負った、黒々とした毒蛇が無数に地を這っている。爪先の一匹を思い切り蹴飛ばして、美郷は咄嗟に腰掛けていた転石の上に逃れた。

　腹の内側で、同居人の白蛇が威嚇する。早朝の水垢離以降、白蛇の意識は常に覚醒しており、白蛇と美郷の感覚は部分的に共有されている。美郷よりも邪気に敏い白蛇の感覚は、よい戦闘アシストになってくれた。

　一気に集束した邪気が、黒い大蛇となって美郷の目の前に鎌首をもたげる。爛々《らんらん》と燃える緋色の両眼が美郷を見据えた。ぼってりと大きな腹に短い尾、逆三角の頭を持つ毒蛇だ。

（燕はまだもう一羽――！）

　既にかなり消耗していたが、残っていた燕を呼んで毒蛇の顔に叩きつける。燕は落ちたが、その隙に美郷は身を翻して距離を取った。しかし。

「げっ」

　燕の体当たりなどものともせず、黒い大蛇が美郷に襲いかかってくる。一撃目の毒牙をどうにか躱し、二撃目は横っ面を鉄扇で叩いて受け流した。その時、とうとう鉄扇が折れて先端が弾き飛ばされる。

「うわっ！」

　流石に無理だったか、と、それでもどうにか毒牙を避ける。多少たたらを踏みながらも体勢を整えた美郷は、毒蛇と正面から睨み合った。

（九字を切る余裕があるか……？）

　距離が近すぎる。迷う美郷に、内側の白蛇が「行く」と主張した。

「えっ、ちょっ……！」

　止める間もあらばこそ、作業用ポロシャツの襟元をすり抜けた白蛇が、美郷の前に飛び出して巨大化する。

「怪獣大戦争やりたいワケじゃないんだぞ!!」

という美郷の嘆きを置き去りに、白と黒の大蛇が鬱蒼と昏い荒廃林の中で睨み合った。互いに低く伏せて様子を窺い、激しく尾で地面を打って威嚇しながら間合いをはかる。今までの小物と違い、毒蛇は美郷の白蛇と同じくらいの大きさをしている。簡単に「ごっくん」して済む相手ではない。

迂闊《うかつ》に手出しもできず、美郷は白蛇の背後で戦況を見ていた。

睨み合いがしばらく続き、先に仕掛けてきたのは毒蛇の方だった。白蛇の首を狙い、一瞬頭を沈めて横合いから咬み付いてくる。紙一重でそれを避け、今度は白蛇が全身のバネで毒蛇に飛び掛かった。敵の胴に咬み付き、素早く巻き付いて毒蛇を絞り上げる。

(動きが止まった!)

「天斬る、地斬る、八方斬る。天に八違い、地に十の文字《ふみ》、秘音。一も十々、二も十々、三も十々、四も十々、五も十々、六も十々、ふっ切って放つ。さんびらり!」

ぱんっ! と高らかに柏手を響かせる。音に弾かれたように毒蛇の頭が跳ね上がり、ぼってりと寸胴な体がその輪郭を崩した。黒い靄に溶け崩れた毒蛇を取り逃し、地に伏した白蛇が不満げに尻尾を震わせる。

「もういい、白太さん。帰って来い」

——この白蛇は強力だが、どうやら式神として操ることはできそうにない。内臓を引き絞られるような鈍痛から解放されて、美郷はほっと息を吐いた。白蛇は美郷と深く繋がっている。否、むしろ美郷の分身と言ってもよい。白蛇が毒蛇と絞り合いをしている間、美郷にもその痛覚が共有されていたのだ。

（……何となく予測はしてたけど。白太さんがダメージ喰らったら、おれも一蓮托生だな）

元は毒蛇であった黒い靄を威嚇しながら、じりじりと白蛇が後退してくる。不満そうな意思が伝わってきて、美郷はひとつ苦笑いをこぼした。

「大丈夫だ、お前が無茶しなくてもどうにかなる」

じゃりん、じゃりんと遠く、金環を鳴らす音が聞こえた。高く力強く響き渡る破魔の音だ。甲高い金属音を嫌って、白蛇が慌てて美郷の中へ退散してくる。毒蛇だった靄も音を忌むように木立の闇へ隠れた。続いて、身軽に跳ねるような足音が近づいてくる。

「ノウマク　サンマンダ　バザラダン　カン！」

若く覇気に満ちた男の声が、鋭く呪を唱えた。ぼっ、と音を立てて、白い幻炎が闇を灼く。林の中を舐めるように広がり、宙にたぐまる靄を炎が焼き尽くすと同時に、周囲全体の明るさが変わった。不動明王の炎で闇を焼き払った背後の術者を、美郷は振り返る。

「怜路、助かった。あとちょっとでヤバかったよ」

「テメェが報せんのが遅ェんだよ、ばかたれ。一人で無茶できる体調じゃ無ェのは分かってンだろうが」

振り向いた先では錫杖《しゃくじょう》を突いたチンピラ大家が、盛大に苦虫を噛み潰した顔をして仁王立ちしていた。

12・縁

美郷と克樹が遭遇した。そう怜路に一報を入れてきたのは辻本だった。怜路は単身、特自災害とは別行動で自分の仕事のために入山している。仕事とは勿論、若竹が持ち込んだ克樹捜索の依頼であり、依頼主の若竹が先に山に入った以上、その若竹との合流も目指していた。

――そのことは、当然美郷も知っている。

(なのにコノヤロ、克樹を追う時どころか、若竹と遭遇しても俺に何も報せて来ねェとはな)

怜路を振り向いて固まっている貧乏下宿人は、一応、叱られる心当たりくらいはあるのだろう。だいぶ気まずそうにしている。

銜えていた煙草に殊更ゆっくりと火を点け、錫杖を担いだ怜路は、片頬を上げて煙草を噛んでいる歯を見せた。びくりと怯えて背中を丸める公務員殿はよく見れば、派手な色のジャンパーをボロボロにしており、利き腕を押さえる左手は血で汚れている。美郷らしからぬその姿に、さらに眉間の皺を深めて怜路は煙を吹いた。

「ごっ、ごめん……。その、ちょっと頭わーってなってて、報告忘れました……すみません」

しょぼしょぼと限界まで小さくなって頭を下げる、小動物のような滞納下宿人にひとつ溜息を吐く。一口しか喫っていない煙草を携帯灰皿に押し込んで、怜路は美郷に歩み寄った。

「まあ、思い出しただけヨシとしてやらあ。あの伸びてンのは、おめーがやったのか」

「う、うん。生きてる……よね？　動かして大丈夫かな、おれ一人じゃちょっと怖くて」

自分で吹っ飛ばしておいてビビっている。実力はあるが実戦経験は足りない――というより、生身の人間相手など、恐らく初めてだったのだろう。

おっかなびっくりといった風情の美郷を引き連れ、怜路は若竹の傍らにしゃがみ込んだ。呼吸や脈、出血や関節の状態を確認する。ただの失神と判断し、怜路は若竹を仰向けに寝かせた。眉間の真ん中が派手に内出血している。

（……ビビるわりにやってることに容赦無ェ辺り、迂闊に怒らせらんねータイプだよなぁ）

踏んだ場数は少ないわりに、その中身は本気の殺し合いという偏りっぷりだ。今回も力加減を考える余裕などなかったのだろう。うーん、と内心唸りながら、怜路は今後に思案を巡らせた。このまま起きないなら少々まずい。保険に、多少の術を施しておくべきか。

若竹の丹田に両の拳を当て、延命法の呪を唱えて気を送り込む。びくり、と一度若竹の体が痙攣して、呼吸が先程までより深くゆっくりしたものに変わった。その様子を確かめて、怜路は頷く。

「とりあえず、コレで担いで帰って大丈夫だろうよ。お前、担げる――」

か、と言う前に、怜路は素早く右手を顔の前に出した。二本指を立てた、その指の間に白刃が挟まっている。虚空から飛来した短刀を片手で白刃取りした怜路に、美郷が感嘆の声を上げた。短刀はぞろりと揺らいで黒い毒蛇に変わる。迷わずその頭を傍らの石に叩きつけて潰し、怜路は舌打ちして立ち上がった。

「まだ残ってやがったか」

蛇の死骸は一瞬で輪郭を崩し、黒い靄になって宙へ散る。

「これ、八坂神社にも居たヤツだと思うんだけど……、『何』だと思う？」

怜路と並んで周囲を警戒した美郷が、ぽつりと問うた。

「何、っつーと？」

問い返した怜路に、うん、と顎をつまんで美郷が視線を落とした。

「今まで分かってることから考えれば、この山の鬼の邪気だろ？　でも、何で若竹さんに憑いたんだろう。この山の鬼はおれもさっき見たけど、十歳そこそこの女の子だった。彼女が操ってたやつと、コレはちょっと気配が違う。彼女が送り込んで若竹さんを操ったんだろうか……だとしたら、なんで若竹さんが気絶してからも、蛇型で襲ってくるんだろう」

八坂神社から美郷に憑いてきた邪気は、小豆虫の群の形をしていた。八坂神社で御神体から湧き出たものも、先ほど遭遇した鬼の少女が操っていたものも同様だったと美郷は言う。鬼の少女が、邪気を若竹に送り込み操っていたのなら、若竹から祓われた時点で散るか、残っても小豆虫の形に戻るのではないか。毒蛇の形で襲って来たことの違和感を、美郷はそう語る。

「蛇型ンなったのは、憑いてる間に若竹の中のイメージを吸ったんだろ。邪気なんざ、元々は形のねーモンだ。操る奴によって形を変えても不思議じゃねーが……蛇型のまんま残ってる理由、なァ……」

確かに、この場に残る邪気は美郷の部屋を覆っていたものとは違う。昨晩感じた小豆虫の邪気は、もっと捉え所のない空虚なものだった。ここに凝る毒蛇の気配は、それよりももっと明確に悪意と恨みの形を持っている。妙な言い方になるが、「充実している」のだ。

「どれ、一発視てみりゃ何か分かるかね」

そう言って怜路はサングラスを外した。この天狗眼は敵を見抜きたい時には便利だが、そうホイホイと使いたいものでもない。ダイレクトに気持ち悪いモノを視る羽目になって、怜路の負担が大きいからだ。悪意やら怨念やらを「直視」など、誰もしたくないだろう。

気が進まないながらも、怜路は天狗眼で、邪気の潜む暗がりを睨む。

すると、細く貧相な杉が密に生えた荒廃林の奥に、何かが蠢いている。それは、無数の人間の顔をしていた。

「げっ。なんだこりゃ！」

薄闇に揺らぐ杉の枝の影に、絶え間なく様々な人間の顔が浮かび上がっては消えてゆく。その顔は老若男女、あらゆる人間のものだが一様に蒼白で、恐怖と苦悶に歪んでおうおうと悲鳴を上げていた。

「やっぱ視るんじゃなかった」

「……何が視えたんだ……？」

素早くサングラスをかけ直して眉間を押さえた怜路に、恐る恐る美郷が尋ねてくる。うーん、と唸って怜路は視たモノの正体を言葉にした。

「恐怖、だな」

「恐怖？」

人柱の怨気ではないのか、と美郷が不思議そうにする。

「しかも、ありゃあどうも山のモンでも人柱のモンでもねーぞ。もっと大勢の、相当な数の『人間』のモンだ」

いかにも人間のモノらしいグロテスクさを呈していた、その姿を思い出して怜路は顔をしかめる。

「恨みやら害意やらじゃねーが、あそこまで集まりゃいっそ呪詛みてーなモンだな。相当古いし、年代を重ねて増殖してやがる。厄介なはずだぜ」

「ちょっと、頭の中が纏まらないんだけど……、これは一旦、下に持ち帰らないとマズそうだな」

怜路の言葉に、思案げに顎を触りながら美郷が言った。そうだな、と怜路も頷く。どうせ美郷は負傷してしまっている。一度下山して治療を受けなければならないのだから、その便に報告して来い――と、言おうとした。しかし。

「怜路、まだ伝令の護法が使える？　おれの式神はもう限界で出せないんだけど、克樹を追わなきゃいけないから、自分では下りれないし」

ズタボロな下宿人が、何やら寝言を吐いた。

「は？」と、怜路は動きを止める。固い動作で美郷を向いて、低く尋ねた。

「てめぇ……その満身創痍で今なんつった……？」

え、と間抜け面の下宿人が目を瞬かせる。その形のよろしい頭を空いた手で掴み、頭皮を揉みながら怜路は続ける。ちなみに頭皮はだいぶ凝っていた。ストレスだろう。

「君の今日のお仕事は何ですか、宮澤主事《しゅじ》」

「……っ、でも、克樹はおれが迎えに行った方がって、お前も……いたたたたた！」

「臨機応変とか状況判断って言葉知ってテッか、宮澤君!?」

コンのお馬鹿！　と、怜路はそのまま片腕で美郷の首をホールドする。ぎゃあと悲鳴を上げて、抵抗のために怜路の腕を掴んだ美郷の両手は、赤黒く血で汚れていた。腕の傷が結構大きいのだろう。この才能も頭脳も胆力も申し分ない秀才殿は、どうやらとんでもなく抜けた部分があるらしい。

「で、でも……！」

「でももヘチマもあるか！　お前もうヘロッヘロじゃねーか。テメェは利き腕やられた状態で、敵の御大はまだ無傷なんだろ!?　ついでに言やァ、今日、今、克樹の回収が『仕事』なのはお前じゃなくて俺なんだよ！　何もかんも自分一人でしようとすんじゃ無ェ!!」

怜路の腕の中でばたばたと暴れる陰陽師殿の力は弱い。元より筋力には差があるが、それ以上にもう、美郷の体力が限界なのだ。――というよりも、気力だけで立っている状態のはずである。

昨日から精神攻撃やら睡眠不足やら、山ほど条件が重なっているのだ。そこに、邪気に憑かれた相手との真っ向勝負をして、消耗していないはずがない。

「だけど、克樹に何か誤解させたみたいなんだ！　おれが行って自分で話をしないと……！」

ホールドしていた首をようやく解放してやると、元より色白の顔を紙のように蒼白くした美郷が、悲愴な表情で訴えてくる。克樹の方が突然激昂し、美郷の制止を無視して山の奥へ逃げ込んだという話は、怜路も辻本から聞いていた。折角、一度は再会した弟を逃がした美郷が焦るのも分かる。だが、頷くわけには行かない。

「ダメなもんはダメだ、ちっと頭冷やせ。らしくねーぞ美郷ォ。辻本さんやら係長に同じコト言って、許してもらえると思うか？　克樹の回収は俺がやる。必ず引きずってでも下ろすから、お前は腕の治療と、あとは係長にクソ苦い霊符湯でも作ってもらって待ってろ」

普段は物分かりの良いタイプだ。努めて冷静に賢く立ち回ろうとする人種で、無茶な駄々をこねて醜態を晒すことなど嫌いなはずである。少し宥めるように優しく言ったつもりだったが、美郷は首を縦に振ろうとはしなかった。

怜路自身も、美郷の熱意と努力に救ってもらった人間だ。克樹に対するそれを、否定するつもりはない。だが今、克樹のために動いているのは美郷一人ではないのだ。「後のことは任せろ」と言っても聞く耳を持たない美郷に、怜路は戸惑い眉根を寄せた。

(弟の話になると、どーも無駄に頑固になるなコイツは)

元々、悩み事を一人で抱え込みやすい人種だ。どうしたものかと頭を掻いた怜路に、思い詰めた顔の美郷が言った。

「頼む怜路。お前に迷惑はかけないから」

へらり、と無理矢理誤魔化すように美郷が笑う。怜路の中で、戸惑いが怒りに変わった。

「――ンの、頑固野郎！　そんなに他人が信用できねェかよ！」

じゃりん、と苛立ちのまま突いた錫杖が鳴る。

「ちがっ、そうじゃなくて……」

声を荒げた怜路に、驚いたように美郷が竦む。無自覚なのだ。

「違わねえだろ。無理矢理自分で行きたがるってなァ、裏を返せば俺に任せたんじゃうまく行かねえと思ってるってこった」

低く唸るように、押し殺した声で怜路は続ける。ちがう、と美郷が首を振った。

「じゃなくて！　おれのせいでややこしくなってるんだし、お前に迷惑かけるわけには――」

「そうやって全部『俺が悪い』で背負い込んで、全部テメェ一人で片づけようとするのが気に入らねえつってんだ」

たまらず、怜路は美郷の胸ぐらを掴み上げる。

(テメェはテメェの好きなように、他人の人生に首を突っ込んでくるくせによ)

『おれがお前を失いたくないから、お前を助けるんだ』

そう言った同じ口で、何度も怜路を拒絶する。

(無自覚なんだろうよ。クソッタレが!!)

それは結局、美郷の世界に、美郷の味方は存在しないからだ。宮澤美郷という人間は、根深い部分で誰も信用していない。怜路も含めて世界全てが「他人」であり、潜在的な「敵」なのだ。

なぜ、いつからなのか。想像は怜路にもできるが、答えは美郷本人にしか分からない。

——用心深く。他人に弱みを見せないように、借りを作らないように。誰の手を借りずとも生きられるように、強く、賢く。

その姿は一見、強く揺るがないもののように思えても、根幹となっているのは「臆病さ」だ。美郷が心の底に握った最後の武器は、臆病さと用心深さでできている。どこに居ても常に美郷は「独りぼっち」で、同じ薄闇の中で隣に居ると思っていたのは怜路だけだったのだ。

そのことを怜路は、どうしようもなく悲しく思う。孤独な美郷と、隣に誰も居なかった自分の両方のために。

『狩野君、僕が言うのも変なんじゃけど、宮澤君をよろしくね』

迦倶良山の入り口で一旦合流し、情報交換をした別れ際の辻本の言葉がよみがえる。職場仲間という「公《おおやけ》」の関係である辻本や芳田には、踏み込めない域がどうしてもある、負担にならない範囲でよいから見てやって欲しい。そう言われたのだ。

美郷は怜路をおいて他に「私《プライベート》」で関わる相手が居ない。私を公に持ち込むことも、他人に自分のことを語ることも嫌う美郷が、私的な事情で無理を抱え込んだ時、辻本らでは手出しが難しいと。

「あのな、美郷。ヒトは一人じゃ生きれねぇとか、綺麗事かマンガの台詞だと思うだろ？　けどよ、『神サマはその人に乗り越えられる試練しか与えねェ』って方が夢物語だ。お前だって嫌っつーくらい知ってンだろ、この世には因果応報すらねェんだよ。自分が与えるモンと他人から貰えるモンだって釣り合ったりしねえ。人間が、テメェ一人で乗り越えられる程度の『試練』しかそいつの人生に起こらねェほど、この世界は優しくねーんだ」

実に惨い現実だ。そう歪みかける顔に、無理矢理笑みを作って怜路は、至近距離から美郷の両目を覗き込んだ。見目よい整った顔が、呆然とびっくりまなこで怜路を見上げている。こうして、一時的にでも隙を見せてもらえる程度には、怜路と美郷の距離は近いのだ。

「だから、頼ることを恐れンな。いつか別れが来ることも、裏切られる日が来ることもひっくるめて、それでも『今』生きるために、誰かの手を頼ることにビビんな。そんな『今じゃねえこと』は、またそん時になって考えろ」

たとえ手を繋いだところで、いつか必ず放す時が来る。それが、どんな形の別れになるかは誰にも分からない。だが、たとえ人生の全てだと思った相手と別れたとしても、別れた先の人生すら永遠ではないのだ。養父はそう怜路に説いた。

「――それに、お前が俺を助けてくれたのがお前のためなのと一緒で、俺がお前の力になりたいのも俺自身の思いだ。ソイツを否定する権利は、お前にも無ェ」

美郷に抵抗の気配がなくなったことを確認して、怜路はそっと掴んでいた胸ぐらを放した。身長差で踵を浮かせていた美郷が着地する。びっくりまなこのまま地面に視線を落とし、震えた声で美郷が言った。

「ごめん……」

「いーさ、これでオメーが納得して、克樹のことを俺に任せてくれンならな」

そういえば美郷の方が年下だったか、と、先ほどは掴んだ頭を、今度はわしわしと撫でてみる。うん、と小さく頷いた美郷はされるがままだ。

「で、返事は」

「ごめんなさい、よろしくお願いします……」

ちがう、と怜路は再び美郷の頭皮を掴む。ひえぇ、と美郷が情けない声を上げて、怜路に救けを乞う視線を寄越した。

「『ゴメンナサイ』は何か、自分がやるべきことを果たせなかった時の言葉だ。任せる時の言葉は別にあんだろーが」

右肩に錫杖を担ぎ、左手で美郷の頭皮を揉みながら、怜路はふんぞり返って上から目線で言う。答えを探して数秒さまよった視線が、再び力を戻して怜路の所へ戻ってきた。少し頬を上気させて、拳を握った美郷が言う。

「ありがとう。よろしくお願いします！」

よくできました、ともう一度頭を撫でて、怜路は美郷の元を離れる。どうせ若竹を引っ張って下山させねばならない。怜路も一旦下りることになるだろう。

頃合い良く意識が戻ったのか、若竹が小さく呻いた。騒がれると面倒だと判断した怜路は、それを再び気絶させ、荷物のように担ぎ上げる。

「いっ、いいのか？　歩かせた方が良かったんじゃ……」

揉まれた場所を気にするように、両手で頭を押さえたまま美郷が首を傾げた。

「いいんだよ。俺ァお前と違って、先に係長のにっつがい霊符湯飲んで来て、まだ働いてねーからな」

杉原家が緊急事態に陥ったため美郷はそのまま現場へ飛び出したが、全体の指揮を執る芳田と、「任務」が異なる怜路はバックアップ態勢が整うまで本庁にいた。その時、睡眠不足の怜路と美郷を慮ってくれた芳田から、有り難く頂いたのだ。

ホントに用意されてるのか、と怯える美郷と、担いだ若竹を麓に送り届けるために、怜路は錫杖を鳴らして歩き始めた。

「係長、狩野君と宮澤君が合流したそうです。鳴神の家人も『持って』帰ってくると。克樹君はまだみたいですね。宮澤君が負傷しとるそうです」

長曽集会所に待機して指揮を執る芳田の元へ報告に来たのは、二時間ほど前に杉原一家と共に下山していた辻本だった。長曽集会所は八坂神社のすぐ下にあり、芳田と辻本の他には朝賀が補佐として詰めている。大久保は八坂神社に開いた異界の入り口が閉じないように、宮澤の式も使いながら門を維持していた。

辻本から差し出された、二つ折りの和紙を受け取る。狩野が好んで使う折り紙型の護法だ。中に文章を書いて、門に常駐している大久保へ飛ばしたようだ。

「――八坂の祟りの正体は、『恐怖』ですか……」

和紙を開いて、芳田は軽く瞠目《どうもく》した。

「『恐怖』？　というと、誰のでしょう」

辻本もまた、思いもよらなかった様子で首を傾げる。

「生きた人間のものじゃ言うてありますな。八坂に蓄積される『恐怖』ですから、狩野君も書いておられますが、長曽の村人のモンで間違い無ァでしょう。なるほど、恐怖……ほうでしたか……それを伝えるための『小豆研ぎ』じゃった、いうことですな……」

「というと？」

長机を挟んで、芳田の斜め前に正座していた辻本が居住まいを正す。

集会所の中は、二十畳程度の座敷がひとつに床の間と、簡素な土間の調理場がついている。間仕切りもなく建物も古い集会所の中では、三つの石油ストーブがあかあかと燃えて、上に薬缶《やかん》の蒸気を立てていた。ストーブのひとつの傍らに折り畳みの座敷用長机を出し、芳田はそれをデスクとして使っている。脇には隙間時間にこなしたい通常業務の書類と、長曽の資料を綴じたチューブファイルが山を成していた。

「まあ、気付いてみりゃあ当たり前のことなんですが……八坂神社の由来では伏せられとった、『山に供えるための小豆を盗んで食べた者』の正体は、長曽の村人じゃいうことです。研ぎの伝承の方は、『小豆研ぎに供えるための小豆飢えに耐えかねて食うてしもうて祟られた』いう話じゃったでしょう。そいで、食うた小豆の代わりに娘を人柱に立てた。それが何らかの理由でうもう行かんで、人柱が……ほうですな、先に、子供を引っ張り始めたんでしょう」

記録上、山への人柱に立てられた子供は、おふさという名の六歳の女児だった。だが、実際に山に入ったのはおふさではなく——おそらくは、その姉だ。それが、芳田らの昨日までの調査と、宮澤が「鬼」との接触で感じ取ったことを総合して出した答えだった。

「人柱の——おふさの姉の名前は、『きりの』でしたか」

芳田の問いに辻本が頷く。芳田の傍らに積んであった資料の束から、辻本は情報を整理したファイルを開いた。

歳は十二で、神隠しに遭ったことになっている。ファイルにまとめられた、檀那寺に残っていた記録のコピーには、現代語訳を書き込んだ付箋がいくつも貼ってあった。昨日、皆で夜を徹して解読作業をしたのだ。中でも一番量をこなした辻本は、内容もよく把握している。

「家族構成は両親と姉のきりの、妹のおふさ。きりのが十二歳、おふさが六歳です。きりの、おふさ、それに母親が神隠しで、父親は病死になってますが、おふさ客死の書状には、その母親らしき人物も載ってます。……姉を山に置き去りにして、妹と母親が逃げたんでしょうかね……」

推理する辻本の声音は重い。今更自分たちが何をどう言ったところで、仕様のないことではある。なにしろ、二百年近く前の話だ。

――いつの時代も、どこかで誰かが他人の命を値踏みしている。他人であれ、身内であれ、誰も、全ての命を平等に扱うことなどできない。この仕事をしていると、その中でワリを食ってしまった人間、理不尽に喰い殺された人間との邂逅を、数限りなく経験する。

「きりのは十二歳、はァ人柱としては『とう』が立ちすぎとって、山と同化しきらずに、おふさへの執着が残ってしもうた……いうことでしょうな」

人柱として立てる子供の上限年齢が七歳となっているのは、「七歳までは神のうち」という概念に基づいているのだろう。七歳で区切ってある理由は、当時の社会環境において数え七歳――実年齢で五、六歳までの幼児の死亡率が高かったゆえであるが、その「神のうち」という社会の共通概念は、呪術的にも幼児を「あちら側の存在」として定義づけていたのだ。きりのは既に、その年齢を大きく超していた。あと一、二年もすれば初潮があり、大人の仲間入りを迎える年頃である。

姉妹に何の違いがあったのか、母親に何の思いがあったのか、芳田らが知ることは不可能だ。今までの経験から推察するしかないし、全てを知る必要もないだろう。全ては、遠い過去に終わってしまったことだ。

「それで、きりのがおふさを呼び続けるんが、長曽の子供を引っ張っておった、いうことですか……それが、長曽の村人の『恐怖』を呼んだと？」

辻本の問いに、芳田は頷いた。そして、後々に起こった疫病の蔓延がその「恐怖」に追い打ちをかけたのだろう。当時の史料を追ってみると、疫病自体は近隣の村でも同時期に記録が残っていた。つまり、その時に流行った病そのものは「祟り」ではなかったのである。飢饉の後は、生き残った者の栄養状態も悪く、抵抗力が落ちている。よって流行病が猛威をふるいやすいのだ。

「そうなりましょうな。なんでそれで、『鬼ごっこ』なんかはまあ、はっきり分かりませんが。もしかしたら、鬼ごっこの鬼にして、置いて行ったんかもしれませんなあ」

——そしてきりのは取り残された。異界の山に、始まらない鬼ごっこの「鬼」として。

たまらない、といった風情で短く整えた髪をかき回し、眼鏡を外した辻本が溜息を吐く。シャツの裾でレンズを拭き始めた辻本に、芳田もひとつ息を吐き、天井を仰いだ。

「しかし、人柱本人の怨みが祟りを起こしておるわけではなさそうですな。そいなら、やりようもありましょう」

気持ちを切り替えるように、芳田は言った。仮にきりの本人が心底村人を怨み祟っていた場合——そして、きりのを祀ったはずの八坂が、鎮めとして機能していなかったとすれば、相当に厄介な事態だった。祀られてなお鎮められず、祟り続けている——それも、強い山の呪力を操る鬼神となれば、残るは力業で山と切り離し、完全に封印するか、滅してしまうしかない。それには、かなりの準備と労力が必要になる。今日のうちに全てを解決することは難しいと芳田は考えていたのだ。

「そうですね。きりの本人は単に迷うとるだけでしたら、わりあい簡単に説得を聞いてくれるかもしれません。『恐怖』の方の始末は、それこそ力業になりますかねぇ……」

「まあ、そっちは封じるにしても滅するにしても、さすがに迦倶良山ほどは恐ろしゅう無ァでしょうからな。何か集める方法を考えましょう」

そう頷き合ってから、ふと思い出したように辻本が首を傾げた。

「鳴神の——若竹さんでしたか、あちらはどうしてです？　狩野君が『持って』帰って来ていうことは、意識が無いんでしょうが……」

「そちらは持田《もちだ》君にもう一往復して貰《もろ》いましょう。杉原さんは旦那さんが付いとってですし、中央病院に任せておけば間違いは無ァでしょうからな」

巴市立中央病院は、巴市唯一の総合病院である。名の通り巴市が管理運営しており、特殊自然災害の専門知識を持つ医師と、特別処置室も用意されていた。杉原親子は特自災害の職員がそちらに搬送し、診察を受けてもらっている。

それと、と芳田は少し意地悪く笑う。向かいに膝をついた辻本が不思議そうに眉を上げた。

「宮澤君のほうは、申し訳無ァですがまだ戦線離脱されたら困りますけぇな。私のほうで

『苦い薬』を用意しときましょう。そろそろ朝賀さんが昼を買うて帰って来てですけえ、お弁当を食べたら辻本君は、本格的に封じの準備に入ってください」

　意味を察した辻本が、こらえきれなかった様子で噴き出す。

「係長の霊符湯は苦いですからね。狩野君にも朝飲ましちゃったんでしょう、宮澤君のよりよう効く言うて、渋い顔しとりましたよ」

　辻本にも過去何回か処方した記憶がある。かつて辻本と芳田でコンビを組んで仕事をしていた頃は、芳田のスパルタにぎりぎりまで黙って耐えた辻本が、精根尽き果てて倒れることも何度かあった。否、決して無駄に厳しくしごいた記憶はない。組み初めの頃は加減が分からず、芳田基準で動くと、どうしても辻本には過負荷がかかっていたのだ。おかげで芳田は、部下にかかっている「無理」がどの程度か察する能力が磨かれた。

「ああ、宮澤君にも処方して貰うた言いよっちゃったですなあ」

　微笑ましさに目を細め、芳田はあっという間に冷めた傍らの湯呑みに口を付ける。お湯を沸かしておきましょうか、と笑う辻本に首を振って座布団を勧め、胡座を組み直した芳田は外を眺めた。集会所の正面は掃き出しに濡れ縁が付いており、雨戸を開けている現在は結露に曇ったガラス越しに、真砂土の広場と八坂神社の足下が見える。天候は午後から崩れ、夜には雪の予報だった。確かに早朝の青空は既に消え、日差しは弱々しくなっている。

「……係長？」

「ん、ああいえ、護法は比較的早う飛んできますが、中の時間はざっと倍は外よりゆっくりですけえな。宮澤君の状態次第ですが、あまり手ぐすね引いて待っとっても、待ちくたびれるかもしれません」

壁掛け時計は、あと二十分もすれば正午という時間を指している。辻本が帰ってきたのは入山してから約三時間後だったが、辻本の体感では二時間も経っていなかったそうだ。冬至も近いこの時期、午後になればすぐに山の日は暮れ始める。天候も悪化するのであれば、どこが引き際かの判断が、芳田の大きな仕事となるだろう。

「狩野君、優秀ですねえ」

芳田の視線を追うように窓の外を眺めて辻本が言った。芳田は手元の書状に視線を落とす。和紙特有の滲みを見せているが、読みとりやすい文字で端的に必要な情報が記されていた。

「経験値でしょうなァ」

芳田もしみじみと笑う。狩野と宮澤の歳はほとんど変わらない。だが、まるでかつての芳田と辻本を見ているようだ。そう思ったのは、どうやら芳田だけではないらしい。

「……同年代なだけ、宮澤君は複雑かもしれませんね」

ぽつりと言った辻本は、今回に限らず宮澤をかつての己に重ねているのだろう。辻本の能力も特殊だ。一人で不安を溜め込んでいた時期があったのは、芳田もよく知っている。ギリギリまで弱音を吐かずに、表情を変えず食らいつくところも似ていた。

「まあ、大丈夫でしょう」

芳田は今朝早く、事務室で狩野に霊符湯を飲ませている。晴人が既に消えたと判明し、緊急対応で他の職員が出払った後だ。迦倶良山の件を担当していない職員への伝達や、この集会所の借り受けなど、後方の態勢を整えるために芳田は一人、本庁に残った。その際狩野に件《くだん》の霊符湯を飲ませながら少し話をしたのだ。

『俺が、ただ俺のためにやってるだけだ』

改めて諸々の協力に礼を言った芳田に対し、まだ眉間に苦みを残した顔のまま、狩野は笑った。そして少し照れたように付け加えたのだ。

『ま、美郷の受け売りだけどな』

聞けば、先日宮澤にも霊符湯を飲まされた際、そう言われたらしい。

『あんな風にさあ、自分が欲しいモンが欲しいから、自分のやりたいことを自分のためにやってンだって、堂々と言えんのが羨ましくてよ。普通もうちょいカッコつけるじゃん？』

そう無性に照れ臭そうに頭を掻く姿は、年相応の若者に見えた。確かに狩野の方が実戦経験が豊富で、状況把握や優先順位のつけ方にも長けている。だが、一度は己の命を軽んじた狩野にとって、その狩野自身を「己のために守る」と言い切る宮澤は、何より眩しい存在だろう。

宮澤には狩野にない貪欲さと、たとえ世界全てが己の敵でも生き残るという不屈の闘志がある。危うい一面もあるが、そうして修羅場を乗り越えてきたという事実は、宮澤の強さの証に他ならない。そして、

『まあ、関係で言やァさ、大家と下宿人っつーか、せいぜいなに、ダチくらいなモンかもし

んねーけど……』

そう語尾を濁した狩野もまた、宮澤と同じく私生活を支え合う身寄りを持たない。隣で、等しく孤独の中に立って、己の存在を肯定してくれる宮澤の存在は、彼にとっても大きいはずだ。

しゅんしゅんと、薬缶が蒸気を噴いている。日が高くなっているとは思えないほど、外は寒々しさを増していた。こうなれば異界の中の方が、外よりも過ごしやすいかもしれない。

「大久保君の所が寒うないか、ちょっと行ってみましょうか」

テーブルに放っていた業務用の携帯電話を握って立ち上がった芳田に、辻本は「僕はちょっと冷えたんで、お茶沸かしよります」と笑った。芳田はそれに頷き、辻本と共に立ち上がって、出入り口のある土間の調理場へ下りる。給湯用の薬缶に水を入れ始めた辻本の背をすり抜け、外に出た芳田は八坂神社を目指した。

神社の背後から吹き下ろす北風が、芳田の懐に残っていた暖気を奪っていく。見上げる冬枯れの山は静かで冷たく、山裾を崖崩れ防止のコンクリートに蝕まれながらも凛と立っていた。視線を落とし、八坂神社を見る。

「ふむ……とりあえず直接詳しい話を聞いてから、次を考えにゃあいけませんな」

呟いて身軽に石段を上った先、開け放たれた八坂神社の内陣の奥で、入山中の仲間の「標」となる鈴の音が、りりん、りりんと鳴っていた。

異界の入り口まで出迎えてくれた芳田に若竹と美郷を任せ、怜路は克樹を捜すため、山の中へと引き返していた。美郷と違い、怜路は克樹との「繋がり」はない。それどころか、いまだ生でその姿を拝んだこともないため、怜路自身の術で克樹に辿り着くのは難しい。

美郷と下山しながら相談した結果、若竹がなにがしか捜索の術を持っていたはずだという話になった。伸びている若竹の持ち物を勝手に物色した怜路は、羅盤もどきを見つけて失敬することにした。克樹のいる方角を示すらしいそれを頼りに、単身足下を覆う低木や笹、シダの類を踏み分ける。

「しかしアレな、意外と麓近くに居やがんなコレ……」

片手に羅盤を載せた怜路は、苦笑い混じりに顔を歪めた。下草の茂る場所とはつまり、日照量の多い場所だ。深く険しい山奥ではなく、なだらかな山裾で怜路は笹と雑草を漕いでいる。美郷の推察によれば、山の異界は歩く者の意思を反映してその行き先を変えるらしい。山奥へ隠れたいと望めば、その先には暗い木立を、そして――。

(こんな、すぐ麓に出れそうな、見通しのいい山裾をウロついてるっつーことは、だ)

がしがし、と怜路は、錫杖を持つ手で頭を掻いた。薄々感じていたことだが、かの鳴神の跡取り殿は、かなりの甘えん坊ではないだろうか。

「まあ、相ッ当美郷が甘やかしてるクセーしなァ……」

美郷の自己評価など知ったことではないが、傍から見たあの男は、気に入った相手を過保護に甘やかすのが好きな、世話好きで付き合いの良いお人好しである。

日頃しょっちゅう言いくるめて己の用事に付き合わせたり、細かいところで世話になっているのは他ならぬ怜路だ。先ほどは勢いで叱り飛ばしてきてしまったが（その後は借りた猫のように大人しかったので、多少言いすぎたのではないかと不安である）、基本的には面倒見が良すぎるアホの類だと、怜路は美郷のことを認識していた。

いつの間にか暗黙のまま、美郷は風呂トイレの掃除と、ついでに怜路の洗濯物まで洗っているのだから間違いない。それをネタに家賃についてゴネることもなく、逆に滞納をチラつかせれば栗剥きやら干し柿作りやらと、細かい雑用にも付き合う。アレはただの頼られ好きの、根っからの長男気質だ。打算云々と言われたところで、大した説得力はない。

（つーか、俺を助けたことも看病すんのも、自分のためとか言ってやがったしなァ）

だからと言って、命を救われた事実も、具合の悪い時に世話を焼いてもらった有り難さも、何ら損なわれるものではない。その、己の行動の理由はきちんと自分で引き受ける態度を、好ましいとも思う。

くだらないことを脳内で力説しながら下草を漕いでいると、羅盤の針が迷うように揺れ始めた。怜路は意識を研いで周囲の気配を探る。

こんもりと茂る常緑の低木の陰で、草が不自然に揺れた。集中すれば、明らかに動物のものではない、大きな霊力を含んだ人間の気配がわだかまっている。兄の美郷とはだいぶ趣の異なる、よく言えば活発な、悪く言えば落ち着きのなさそうな、はぜる炎のような気だ。

（……俺が想像してたより、だいぶ伸び伸び育ってやがんな？）

聞きかじった情報を合わせれば、鳴神克樹はかなり抑圧的な環境で育っている。怜路はぼんやりと、重なる抑圧の果てにとうとう悲鳴を上げた、薄幸の美少年を想像していた。だがこれは、美郷のように自分を殺して「適応」することを覚えた人間の気配ではない。その事実も、美郷が克樹にとってどんな存在だったか――依存させ支配する檻などではなく、彼を護る盾、あるいは防波堤だったと示しているように思う。

うーん、とひとしきり考えて、それが今どうでもよいことに気づいた怜路は気持ちを切り替えた。逃げられないように気配を殺して近づきかけて、思い直す。まずは正面から声をかけてやるべきだろう。一応、今の怜路は美郷の代理だ。

がさがさと遠慮なく下草を踏み分け、怜路は真っ直ぐ克樹へ近づいた。足音に気づいた人影が、低木の木陰から顔を上げる。逃げ隠れしている最中とはとても思えない、素直で警戒心の薄い動きだ。

（わりーな、お兄ちゃんじゃなくてよ）

怜路の姿をみとめ、あからさまな失望と警戒心に沈んだ顔に、思わず苦笑いする。写真で見たとおり、美郷とは方向性の違う華やかな顔立ちの、正統派美少年だ。

「お前が鳴神克樹だな？　俺は狩野怜路、鳴神の依頼でお前さんの捜索に協力してる地元の拝み屋だ。知ってるとは思うがお迎えが来てる。山を下りようぜ」

できるだけ優しく穏便に、と自分に言い聞かせながら怜路は克樹に声をかけた。とはいえ、お上品な言葉など柄ではない。せいぜい、お子さまなりの立場やプライドを無視しないよう心がける程度だ。

それに対し、嫌そうな表情を隠そうともせず、鳴神のご令息はふてくされた声を返した。

「嫌だ。帰らない」

気持ちの良い断言である。お兄ちゃん以外はお呼びでない、といったところか。さがれ下郎、とでも言い出しそうな若様に、怜路は首筋を掻いた。右肩に担いだ錫杖を揺らし、左手を腰に当てて次の言葉を考える。そんな怜路の様子が気に入らないのか、正統派美少年の坊ちゃまは、ますます眉間を険しくした。

「あのさ、みんな……鳴神の若竹って奴も、俺も、それに美郷も、みんなお前を捜してンのよ。アレだろ、美郷に会いたくて巴まで来たんだろ？　アイツも待ってるぜ」

ふわふわ天然栗毛の髪が、威嚇する猫のように逆立って見える。その細い肩が「美郷」という単語に反応してさらに尖った。俯きがちに唇を引き結んだ後、克樹は傍らに吐き捨てるように低く答える。

「……誰も、私が心配で捜しているわけではないだろう。鳴神も、お前も……兄上も」

相手の思いもよらぬ返答に、怜路は気のない姿勢のまま固まった。

とっくりとイジケ美少年を観察する。「はァ？」と声を上げなかっただけで称賛に値すると、怜路は自分で自分を褒めてみた。錫杖を肩にもたせかけて、右手でがりがりがり、と頭を掻く。

（なんでそうなった……？　美郷の奴、コイツになんて声かけたんだ？）

そこまでコミュニケーションの不自由な男ではなかったはずだ。状況が掴めず、怜路は美郷から事の詳細な成り行きを聞かなかったことを後悔した。

「イヤ、あー……美郷がお前になんつったかは知らねェけど、あいつ滅茶苦茶お前のこと心配してんぞ。ちょっと今コッチ来れねえから、俺が代わりに迎えに来たが、麓でお前を待ってる。下りてゆっくり話をしな」

「うるさい！　お前が一体私と兄上の何を知っているというんだ!!　兄上は、あんな人じゃっ……！　あんな冷酷な、心ない人じゃなかった！」

激昂した克樹が両の拳を握って叫ぶ。頬を紅潮させ、その目尻には涙が浮いていたかもしれない。だが、言っていることは怜路から見ればいちいちピントが外れていて、何と返してやればよいか分からない。

「あのな、そりゃ何かの勘違い……」

「知ったような口を利くな！　兄上は……私の兄上はもう居ないんだ……！　お前たちは皆、そうやって適当な言葉で誤魔化して、他人を都合良く利用する！」

かみつくように返されて、すんでのところまで出掛かった「このクソガキ」という言葉を、怜路は無理矢理呑み下した。元来、そう気の長い方ではない。早々に面倒になってきた。

（ガキをガキだっつって罵ってもしゃーねェけどよ……！　どんな駄々っ子だコイツ！）

自分が世界で一番、孤独で不幸だとでも言わんばかりの様子に、なけなしの「優しい言葉」が尽きてきた。左手が無意識に煙草の紙箱を探る。

目の前の少年は、全身で「ぼくを見て、ぼくを愛して」と言っている。克樹の言う「兄上はもう居ない」というのは結局、「ぼくだけを可愛がって、甘やかしてくれるお兄ちゃんが居ない」くらいの意味だろう。誰はばかることもなく、躊躇いなくその駄々をこねられるのはきっと、幸いなことだ。そう怜路は己に言い聞かせる。

「……だからもう、私にはうつし世に帰る理由なんてない。鳴神の連中など知ったことか。連中はせいぜい、私のこの『次期当主』の体が必要なくらいだろう。放っておけば、そのうちどこからか代わりを見つけてくる」

嘲り吐き捨てる言葉に、とうとう怜路の忍耐力が尽きた。

「甘ったれてンじゃねェぞこのクソガキっ！　テメェ、こんな浅ェ山の端っこで何言ってやがる！　ホントは兄貴のお迎え待ってんのがモロバレなんだよっ!!」

じゃりん！　と地を打った錫杖の金環が鳴る。

「なっ……！　うるさいっ!!　お前には関係ない!!　私のことも、あの子のことも、皆いいように利用して、大義名分とかいう免罪符で誤魔化して喰い物にする！　兄上はっ、兄上だけは違うと思ったのに!!」

とうとう涙声になったお坊ちゃまを前に、怜路は取り出した紙箱の底を叩いた。器用に一本煙草を出して銜える。安物のガスライターを鳴らして火を点け、思いっきり肺腑に毒煙を吸い込んだ。溜息共々、深く深く煙を吐き出す。

「あのなァ……。世の理不尽に振り回されてンのが、てめぇ一人だなんて思うなよ。俺ァ、『みんな辛いんだから我慢しろ』なんてな台詞はでっ嫌ェだ。他人の痛みは他人のモンだ、知ったこっちゃ無ェ。けどな、」

克樹に、同情しないわけではない。

この思春期少年に『大人の事情』やら、面白味も有り難みもない一般論やらを突きつけて納得させようとも思わない。

「みんな理想とは程遠い、不自由な選択肢から『どれか』を選んで生きてンだ。お前の兄貴だって、クソみてーな選択肢から、それでも自分が納得できる方のクソを選んでそいつを被った。今テメェの前の選択肢に、どんなクソしか並んでなくても『選ぶ』のはテメェで、選んだ以上、どんだけそいつがクソだろうがお前が背負うんだよ。今テメェがホントに『逃げる』っつーのを選ぶなら、そいつがどんな理由であれ、結果で起きるこたァお前のモンだ」

美郷のように、全て一人で背負えとは言わない。だが、もしこのまま克樹がうつし世から逃げればその結果として、克樹があずかり知らぬところで若竹や他の誰かが責任を取ることも、美郷が一生自分を責めることも、克樹でない誰かが、望まぬ形で鳴神を継ぐことも起こり得る。

それは善悪や罪の有無ではなく、「選択」は必ず、どこかで何かの「果《カ》」を起こす「因《イン》」となるということだ。何を選ぼうと、どこへ逃げようと、存在しようが消えようが、その選択を「世界と無関係」にすることは不可能なのである。

怜路らの世界では、それを「縁起」と呼ぶ。

克樹の前に示される選択肢も、取り巻く環境や経緯も誰かの紡いだ「縁」の果てにあり、そして克樹の選択もまた、誰かの環境や選択肢を変えてゆく。誰一人として、自分だけの意思で、自分だけの思うとおりに選ぶことも生きることもできはしない。

苛々と煙草を吸いながら説教を始めた怜路を、克樹は不満そうな顔で睨んでいる。そんなもの知ったことか、という表情だ。だがどれだけ克樹が「自分は悪くない、環境が、選択肢が悪いのだ」と言い張っても「選んだ自分」から逃れることは叶わない。それが、怜路の人生哲学である。——本来ならば、の話だ。

(だが、まあそうだな。結局だから、コイツも『縁』だ)

限りなくクソしかなかった選択肢の果てに巴に流れ着いた美郷と、糸の切れた凧のように流れ流れて、結局覚えてもいない、暮らすつもりもなかった「実家」で彼を招き入れることになった怜路の。この世界のどこで誰が、他のどの選択肢を選んでいても辿り着かなかった場所で、怜路は克樹と向かい合っている。

その「縁」は、限りなく「タダの偶然」に近い。

怜路と美郷を繋いだものは、まさしく「縁」だ。無限に重なった「誰かの選択」の果てに存在したひとつの結果で、そこに血の絆や定められた運命、名と枠組みを持った「関係」は存在しない。今まで怜路が触れて繋ぎ、そして手放し途切れてきた人間関係は全てそれだった。特別な名を、怜路から付けようともして来なかった。

(——名前が欲しいと、思わねえワケじゃねーけど)

名付けたそれが壊れる瞬間も見たくはない。形を与えれば、それは必ずいつか壊れる。切ろうとしても切れない「絆」に憧れる怜路は、だからこそ、名を与えることに臆病にもなっている——そんな自覚は、ある。

ジッ、とひとつ大きく煙草をふかし、吸い殻を足下に放った怜路は念入りにそれを踏みにじった。地面に突き立てていた錫杖を、おもむろに持ち上げて構える。じゃらりと金環が鳴った。

「けど俺ァ今回、お前にベタ甘ェ、アホみたいなブラコンの兄貴に頼まれて来てンでね」

ニヤリ、と思い切り意地悪く好戦的に笑う。克樹が眉根を寄せて身構えた。

「アイツに免じて、お前の駄々にも付き合ってやる。——逃げれるモンなら逃げてみろ、やれるモンならかかって来いや。悪いが俺ァ、テメェみてーな甘ったれたガキが、大っ嫌ェだ。容赦はしねェ!!」

吼えると同時に地を蹴った。

美郷に約束した通り、伸して担いででも山から引きずり下ろす。

誓いと共に気を練る怜路の眼前には、克樹が潤んだ目をまん丸にして突っ立っていた。

13・別れ

「宮澤君、具合の方はどんなですか」

　集会所の端に座布団で簡易の寝床を作ってもらい、横になっていた美郷に芳田が声をかけた。衝立《ついたて》代わりの折り畳みテーブル越しにかけられた声に、微睡んでいた美郷は「ああ、はい」とピント外れの答えを返す。足元を暖めるストーブが心地よい。頭まで被っていた毛布を剥いで、美郷は起きあがった。解いていた髪を適当に手櫛で梳く。

　失礼します、と言って芳田が、組立てて横倒しにされていた座敷用の長机を退けた。美郷は毛布を畳んで正座する。時刻を確認すると、午後三時を回ったところだった。正午前に下山して、諸々の処置や情報共有、食事を済ませて休ませてもらったのが一時半より少し前だ。一時間半ほどうつらうつらと仮眠を取った美郷の体は軽くなっていた。

「係長。だいぶ楽になりました」

　軽く頭を下げた美郷に笑って、芳田が脈を、と美郷の両手首を取る。

「そうですな、だいぶん脈も良うなっとります。仕上げに腕の符を巻き換えて、もう一杯霊符湯を用意しましょう」

満足げに頷いて立ち上がる芳田に、不服を漏らす度胸などなく美郷は「はい、」と情けなく笑った。先に怜路から散々に脅されたが、確かに芳田の霊符湯はなかなかの苦行である。その代わり、効果も絶大だ。

負傷した腕も本来ならば何針か縫う怪我だが、消毒された後「傷が開かない霊符」を巻いてもらっている。あまり負担をかけると効力を失うが、通常の動き程度ならばこれで大丈夫だそうだ。

「外の支度は済みました。今は辻本君が着替えよってのところです。半までには出て貰うたほうがエエと思いますけえ、宮澤君も準備をお願いします。荷物のほうは私で用意しておきました。帰りは冷えるかと思いますが、まあ山の中は暗うも寒うもならんようですけえな。特別に上着を増やす必要も無ァでしょう」

「すみません、何から何まで……」

至れり尽くせりの対応に美郷が恐縮すると、いやいや、と芳田は首を振った。

「宮澤君のパフォーマンスに、今回の作戦の成否がかかっとりますけえな。コンディションを整えるのは当然のことです。まあ、F1車にでもなったつもりでおってください」

F1車、という表現に美郷は少し照れ笑いをした。そんな上等なものとして扱われるのはなにやらこそばゆい。だが、思いのほか真剣な口調で芳田は続ける。

「普通に考えりゃあ、私はもう君を後方に下げて治療と休養を指示するのがホンマです。ですが、ウチの人員にも限りがあって、ご存じの通り元々足りておりません。私は君の上司として、君に無茶をしろと指示せにゃあいけん。その責任は私が取ります。そして、リスク回避のために可能な限りの手を打つのも、私の仕事です」

今の状態が「無茶」になった原因の幾らかは、美郷自身にある。だが「自分が悪いのだから」と言って、美郷が更に勝手に負担を抱え込むこともまた、事態悪化のリスクを増すのだ。美郷は内心、自分の至らなさに溜息を吐く。今、いくら美郷が「すみません」と言葉を繰り返しても、それは何の意味も持たない。美郷にできることは「繰り返さないこと」だけだ。

「はい。ありがとうございます」

気合いを入れ直して頷いた。美郷は美郷に任された仕事を完遂する。そのために、受けられるサポートは全て受ける。反省は、全て終わってからだ。

「狩野君にも、協力をお願いしに伝令の護法を出します。まだ向こうから、克樹君を確保したいう連絡は入っておりませんが、このまま両方とも今日片付かんのは避けたいですけえな」

あの小豆虫の形をした邪気が「人間の恐怖」だという怜路の情報から、迦倶良山の祟りの正体はほぼ判明した。芳田の判断は、まずこの迦倶良山の鬼と邪気の件を解決する、というものだ。そのために、一旦克樹の捜索を中断して協力を、と怜路に仰ぐ。

「わかりました」

克樹に関しては、鬼の方が片付いてしまえば異界の中の危険度は低い。あとひと晩——山の中の時間であればその半分程度——を待ってもらうのは致し方なし、ということだ。

ストーブのそばに寄って上を脱ぎ、右腕の処置をしてもらう。破れ、血で汚れてしまったシャツの類は、辻本のものを借りたので若干大きい。上着だけは応急で血だけ洗い落として、ストーブ前に干してあった。見慣れない生傷のグロテスクさに目を逸らす。痛みはない。

手際よく霊符と包帯の交換が終わり、服を着直したところで問題の霊符湯が差し出された。ただ焼いた符が入っているだけとは到底思えないお味をしている、謎の霊薬だ。渋々それを受け取る。差し出す芳田は少し楽しそうだ。

「――係長、これは係長の学ばれた秘伝の処方か何かですか……？　僕が知ってる霊符湯とは全然味が違うんですが……」

一口啜って尋ねる。苦みに顔が歪むのを、我慢するのは不可能だった。

「はっはっは、その通りです。私の修行した山の秘伝でしてな、よう効くでしょう。一般の霊符湯なら、宮澤君も作って狩野君に飲ませちゃったことがあってんでしたな」

朝、怜路にも同じものを飲ませたときに聞いたという。頷いた美郷に、芳田は目を細めた。

「彼も巴に落ち着いちゃったですなあ。狗神の時はどうなるかと思いましたが……味方をしてくれてなら心強い」

「はい。ほんとに頼りになって……、今回はかなり僕が叱られました」

たはは、と美郷は居心地悪く頭を掻く。実戦経験というか、人生の経験値というかがあまりにも違う。今回は己の未熟さと、怜路との差を思い知らされた。克樹の失踪発覚以後は、ずっと心配してもらい、面倒をかけっぱなしだ。挙げ句、そうして差し伸べられる手に素直に頼ることすらできずに、一人で転びかけたのだから目も当てられない。

「そう悄《しょ》げんさんな。お互い、持ちつ持たれつでエエじゃあなァですか」

口の中の苦さと気持ちの塩辛さに、情けない顔で肩を落とした美郷に芳田が笑う。

「怜路が、面倒見が良いっていうか……ほんとに人情家っていうか。僕が世話になってばっかりだと思います」

「狩野君は、そがな様には言うとってんなかったですがの。エエことじゃ思いますよ。お互いに、相手のために何かするんが苦にならん、相手のことを尊敬できるいうんは。どっちが上やら下やら、先やら後やらじゃあ無《の》うて……重要なのは、それを『自分がやりたい』と思うてできる、苦にならんいうことじゃ思います。――大切にしてください。それこそが、お互いにとって『良い縁』じゃいうことでしょう」

珍しく多弁に、美郷が何とか飲み干した湯呑みを引き取りながら芳田が語る。そもそも、芳田が美郷のプライベートに言及してきたことも思い返せばほとんどない。美郷が望まない限りは踏み込んでこない、上司としての立ち位置を崩さない人物だと思っていた。

驚きながら芳田の話を聞いていた美郷に、芳田は正座のつま先を立てながら笑いかけた。

「いつかは別の縁で、それぞれに家族を持つんかもしれません。ですが今、お互いの『生活』を、支え合うて一緒に居られる相手がおるのは、幸せなことです」

他の誰でもなく、美郷と、怜路だからこそ成立する関係だ。どちらもが同じくらい、他に頼る相手を持たない。それが幸か不幸か、そういった話でもない。

同じ水深《ふか》さで、同じ薄闇の中で、隣に。

「……そうですね。ありがとうございます」

美郷も微笑み返す。芳田の温かい言葉と笑みが心に沁みた。

父親のような目でというのはきっと、こういう感じなのだろうなあと、美郷は湯呑みを片づけに立った芳田の小柄な背を眺める。

遠く車の音が聞こえ、芳田が集会所の外に顔を出した。つられて眺める外は暗く、重く雪雲が垂れ込めている。夕方には降り出すと聞いた。あまり悠長にはできないと、美郷は気を引き締めて髪を括る。袖の破けたジャンパーを着込み、準備してあったヒップバッグの中身を確認してベルトにぶらさげた。

その中に鉄扇がないことも確認して、こっそり肩を落としてから集会所を出る。軒下に、芳田と並んで会話する人影をみとめ、美郷は声をかけた。

「辻本さん」

車の主は辻本だった。「着替え」を終えた辻本が、黒衣に輪袈裟の法衣姿で微笑む。

「ああ、宮澤君。具合はどう？　係長の薬はよう効いた？」

頷く美郷に、二時間ばかりかけて準備した「荷物」を抱えた辻本が「良かった」と笑った。

「克樹君を見つけたいうて、さっき狩野君から報せが来とったみたいです。大久保さんから預かって来ました」

「おお、ありがとうございます」

芳田と辻本が手早く状況確認をして、美郷を手招き八坂神社へと歩いてゆく。これから美郷と辻本で迦倶良山に入り、あの小豆虫を鬼の少女と切り離す。小豆虫を始末し、更には鬼の少女――きりのを消滅させられれば、小豆にまつわる疫病も神隠しもこの山から消える。元々、山自体の霊力が強いため縄目と異界は残るであろうが、それ以外の「祟り」は全て消滅させる作戦だった。

きりのの元へは、美郷が道を繋げる。弟妹への依存と、執着と、憎しみと――そして愛情と。小豆虫がいとも簡単に美郷の心に侵入してきたのは、美郷ときりのに共鳴する部分があったからだ。きりのとおふさの母親は、きりのよりもおふさを選ぶ人物だった。理由は、今更誰にも分からない。

昨夜は克樹を捜す美郷の心の隙へ、きりのが潜り込んできた。今度はきりのの元へ、その時できた繋がりを手繰って美郷が行く。

「克樹君のことは、あれでエエですか宮澤君」

芳田が、怜路が確保したという、克樹の処遇について最終確認する。美郷がしっかりと頷くと、芳田は怜路へ護法を飛ばした。

門番をしている大久保が、「頼むで」と荒っぽく美郷の肩を叩いた。はい、と笑って美郷は山の入り口に立つ。

「――克樹には、納得してもらいます。行きましょう」

きっぱりと言って、美郷は山へ一歩を踏み出した。

兄の代理を名乗ったヤクザな格好の拝み屋は、一瞬で克樹を地に組み伏せて不敵に笑った。腕を背中に取られ、関節に錫杖を絡めて上から押さえつけられ、身動きの取れない克樹はぎりぎりと拝み屋を睨む。「イイ顔だな」と意地悪く口の端を上げた拝み屋は、膝で克樹の背中を押さえていた。一発目に急所を打たれた軸足が痛い。己の体の一部のように錫杖を操り、このチンピラは克樹をまさしく赤子の手を捻るように倒してみせた。

(くそっ、武術は得意だと思っていたのに……!)

なす術もなく後ろ手に拘束されて引き倒されたので、もろに胸と顎を打った。衝撃で口の中を切ったらしく、血の味と、じゃりじゃりとした土が舌に触る。至る所で制服越しに刺さる、小石や柴木が不快だ。

「ぐっ……はな、せ……!」

全身くまなく、なにがしかの痛みを訴えている。それに喘ぎながらも、克樹は声を絞り出した。

「大人しく俺と下山すんならな。ホラ言ってみ、参りましたアナタに従いますぅ～ってよォ」

けっけっけ、と嗤った拝み屋が、人の上で煙草をふかす。こんな下品な男が兄の代理だなどと、克樹には信じられない。

「くそっ……！　誰がっ、貴様のような下品な人間にッ……！」

なんとか逃れようともがくが、ただ足がジタバタと空を蹴るだけだ。

だが、こんなどこの馬の骨とも知れないヤクザ紛いの男に組み敷かれて許しを乞うなど、克樹のプライドがどうしても許さない。小石で頬を削りながら歯ぎしりして睨み上げる克樹を、拝み屋は愉快そうに眺めていた。薄く色の入ったサングラス越しに、底意地悪げに吊り上がった目が眇められる。

「ほォ、さァすが鳴神家のお坊ちゃまだな。プライドだけは一丁前ってか」

プライド「だけ」と強調する口調が、いちいち厭味ったらしい。誰が負けなど認めるか、と口を引き結んだところで、ばたばたと頭上で羽音が響いた。

「お？　係長の護法か？」

拝み屋が鳩のような護法を捕える。護法はひらりと一枚の、鳥型に切られた和紙に戻った。つい先ほど、拝み屋も護法を飛ばしていたのでその返事かもしれない。なにやら伝書があったようで、克樹の上に乗ったまま拝み屋はそれを黙読する。否、「ふうん」だの「マジか」だのとぶつぶつ五月蝿《うるさ》いので、黙読とは言わないかもしれない。

「――美郷からだ。今から『鬼』を始末しに行くってよ。俺ァ今度はソッチに呼ばれたから、オメーはここに転がして行くわ。全部終わったら回収してやる。大人しくしてろよ」

伝書を読み終えたチンピラはそう言って、ヒップバッグから出した縄で克樹を拘束し始めた。冗談ではないと、じっとりと土の水分を吸って湿る体を捩り、克樹は脱出を試みる。

「無駄無駄ァ。てめー如きが俺の拘束術破れるかっつーの。お上品な組手か演武しかしたことねーんじゃねェのお前。まーだあの鈍臭そうな兄貴の方が使えるぜ」

いちいち丁寧に克樹の神経を逆撫でしていく拝み屋に、腹の底から怒りが湧き上がって来る。克樹を侮辱し、兄を愚弄し、ただ山に取り残されてしまっただけの少女を「始末する」とのたまう、偉そうなチンピラが許せない。なにやら滔々《とうとう》と説教を垂れて来たが知ったことか、と克樹は内心で吐き捨てた。

あの少女を、この男の好きなようにはさせない。克樹は決意する。

「うる、さいッ！　あの子が、どんな思いをしてきたかも知らないくせに!!　なぜ『鬼』なのかもッ……！　名前さえ、忘れてッ、それが、どんなに……！」

なぜこんなに、誰も彼もが一片の情けもなく、あんないたいけな少女を鬼だと切り捨てるのか。――悔しさに歯噛みする克樹はその時、自分を押さえ付ける拝み屋が、サングラスの向こうで軽く瞠目したことに気付かなかった。

兄に来て欲しかった、それは事実だと克樹は認める。兄が変わってしまったのだと、信じたくはない。

ヘッ、と、いかにもチンピラな笑いを拝み屋が浮かべる。

「じゃーなお坊ちゃま。ひと仕事終えたお兄ちゃんが迎えに来てくれるまで、そこで泣いてな。まあ、来れるモンなら来てみやがれ。お兄ちゃんに歯向かって鬼を守るような根性がテメェにあンなら、きりのチャンのところまでひとっ飛びも可能だろうよ。なァ思春期？」

言って、拝み屋が克樹から離れる。縛り転がされた克樹は、芋虫のようにのたうって体勢を変えた。朽葉や小枝、雑草が体を擦る。

克樹の睨む先で、錫杖を鳴らした拝み屋が木立に消えた。

「――ッ、このっ、貴様ァ!!」

両手両足を縛られた状態で、どうにか体を起こす。後ろ手に縛られているが、ギリギリ、印が組める位置に両手があった。

「私を、舐めるなよ……! ノウマク　サンマンダ　バザラダン　カン!」

ぼっ、と克樹を戒める縄が燃える。縄を炭にして立ち上がり、克樹は怒りと勢いそのままに走り出す。

(きりの……下ではあの子の名前を割り出していたのか。名を知れたのは幸運だが、早く行かなければ名を調伏に使われてしまう!)

大きく、腹の底から、克樹は初めて彼女の名を呼んだ。

「きりの!! どこだ! お前は私が守る!! 返事をしてくれ、きりの!!」

走る。今、きりのを守れるのは、きりのの心を思ってやれるのは、克樹しかいないのだ。

(兄上が、もう顧みてくれないのなら。私が守るしかないんだっ……!)

兄との邂逅のショックで忘れていた、大切なことを思い出す。

確かに、克樹は兄の美郷に会いにここまで来た。だが、克樹は、克樹だけはきりのを見捨てたり、切り捨てたりはしたくない。

彼女の寂しさや悲しさも、ただ無邪気で純真なところも。知っているのは、克樹だけだ。

(絶対に！　止める!!)

「きりの!!」

拝み屋の消えた木立の中に飛び込む。黒々と葉を繁らせる藪椿の間を抜ける。

椿の葉に覆われた視界が晴れたその先に、見慣れて懐かしい、きりのの社が建っていた。


小豆虫の大群が美郷を襲う。それを刀印で切り払って躱し、美郷はきりのと距離を取った。芳田の治療を受けたとはいえ、あまり最初から大盤振る舞いはできない。迦倶良神社の社の前で、美郷は鬼の少女――きりのと相対していた。

「どうして、私、なんにも悪いことしてないのに!!　いっつも私ばかり母さんに怒られるの!?　村のみんなも私のこと嫌うの!?　なんで、ねえ、おふさは!?　おふさは、おふさだけは、私がっ!!」

肩を怒らせ、血を吐くように少女が叫ぶ。呼応するように小豆虫が舞う。

「おふさだけは、君を必要とした。――君たち姉妹には、他に遊ぶ相手はいなかったから。それは間違いではないと思う」

淡々と美郷は返す。

何故、おふさが人柱に選ばれたのか。それは、彼女らの父親に前科があったからだろう。

村の記録に、父親が盗みを働いた罪で、一家が村八分に処されていた旨の記載があった。

『――娘を人柱に出さすことが、村の畑に盗みを働いたことへの罰じゃ、いうことになったんでしょうな。村へ盗みを働いたモンへ、村が神さんに働いた盗みも背負わせた』

芳田は言った。まず、飢饉が起きた。食べるものがなくなった村人たちは、飢饉鎮めのための藁人形から小豆を盗って食べた。しかし飢饉は続き、供物用の小豆程度で凌げるはずもない。やはり代わりの供物が必要と考えた村人たちは、迦倶良への人柱としておふさを立てようとした。

しかし、実際に人柱になってしまったのは姉のきりのであり、きりのはおふさを呼び続け、山に入ってきた村の子供たちを引っ張った。杉原このみの証言からは、きりのが呼んでいたのは妹であり、晴人をおふさと勘違いしていた様子である。

おふさは人柱を逃れてそのまま長曽から逃げ出し、母親と共にまもなく客死している。おそらく、異界の山に半ば取り込まれた状態のきりのからは、長曽の村の子供は区別なくおふさに視えたのだろう。芳田と辻本はそう推察していた。

きりのに引っ張られた子供は次々と山に消える。更に追い討ちのように、疫病が蔓延した。飢饉によって栄養状態が悪化し、抵抗力の弱った人々にとって、それは致命的な出来事だったはずだ。

飢饉の通り過ぎた長曽の村に、新たな恐怖が降りかかった。

「じゃあ、なんでおふさは居ないの!?　かあさんは、かあさんはおふさだけ迎えに来たの!?

わたしが鬼になって、ずっと、ずっと……！　ねえ、どうして!?」

　怒り狂うきりのの細い腕が空を薙ぐ。痩せて、細い細い体だ。村は飢饉の最中にあった。誰しもそうだったかもしれない。だが粗末な着物はつぎはぎだらけで、丈も袖も足りていない。彼女の家は、村の中でもとびきり貧しかったと想像できる。

　ぶわり、と宙を旋回した小豆虫の群れが再び美郷を襲う。結界術で撥ね除けて、美郷は横に躱す。

『――祟りじゃと、そう思うたでしょうな』

　芳田の言葉だ。

　長曽の村人たちは、恐らくおふさときりのの入れ替わりを知らなかっただろう。それは、檀那寺の記録に「おふさは観音様になったので経を上げて欲しい」という依頼が残っていることから想像できる。

「おふさは、とっくに亡くなっている。遠いところで……この山から下りてすぐにどこかへ出かけて、そこで流行り病に罹ったんだ」

　小豆虫の攻撃を引き受けながら、美郷は怜路の合流を待つ。辻本には隠形《おんぎょう》して、後方でこれからの準備をしてもらっていた。

『神隠しの祟りは分かります。でも疫病まで「祟り」になったのは……』

　昼前、治療を受けながら芳田、辻本と情報交換をしていた美郷は首を傾げた。

『それが、「恐怖」でしょう』

そう言った芳田は、八坂神社を見上げていた。

人柱の失敗に長曽の人々は怯え、恐怖した。その恐怖が新たな「祟り」を生んでしまうほどに。

『問題の飢饉の折に、長曽の者は人柱用の小豆を自分らで食うた代償を、村八分にされとった家の者《もん》に全て押し付けた。……それで事が収まりゃあ良かったんでしょうが、その後も悪いことが続いた。人間は、何ぞ悪ィことがありゃア、その「理由」を探しとうなるもんです。結果、ありもせん「因果関係」をこしらえてしまうことがある』

村人たちは、神隠しと疫病が始まって怯えた。自分たちの中に、罪の意識があったからだ。

――怨霊は、死んだその人物本人だけで出来上がるものではない。

生きている人々の恐怖、罪悪感、恨み、期待。そんな様々に渦巻く感情が「怨霊になるべき故人」を中心に混じりあって、「怨霊」と呼ばれる何かになる。広瀬の探した小豆研ぎなど、妖怪も同じだ。核となる「人々にその存在を感じさせる何か」はあらかじめ存在しても、そこへ「小豆研ぎ」と名を与え、姿を与え、役割を与えるのは「小豆研ぎは存在する」と信じる人間なのだ。

だから、その小川に小豆研ぎが「居る」と思う人間がこの世から一人もいなくなれば、そこにもう小豆研ぎは「居ない」。同様に、きりの自身は長曽の村人になど何の関心も払っていなくとも、村人たちがその罪悪感と恐怖から「迦倶良山には恨み、祟る人柱が居る」と信じれば、その「恐怖」はこうして形と機能を持って、実際に「祟り」を起こしてしまう。きりの自身すらも巻き込み、呑み込みながら。

不意に美郷の後方で梢が鳴った。

——怜路！

嬉しそうに知らせて来るのは白蛇だ。どうもこの蛇、怜路に懐いている。

「怜路だけか!?」

美郷の問いに、白蛇が「否」と返す。すぐに美郷にも、燃えてはぜるような霊気が感じられた。記憶の中と変わらない、活力に溢れた気だ。美郷はふ、と口元を緩める。

「白太さん、予定通りに辻本さんの所へ行ってくれ」

言って、美郷は懐に出していた白蛇を地に放る。普段より小サイズの白蛇が朽葉の中に消えた。

「きりの!!」

少年の声が響く。

「はっはー、ちゃんと来れたかクソガキ！」

やけに楽しそうな、怜路の声も聞こえた。美郷は怜路に、先に辻本の所へ行くよう伝える。

美郷は小豆虫に集中する。コレは、きりのに憑いた村人たちの「恐怖」だ。きりのの四肢にまとわりつき、きりのの心に巣喰い、きりのを「祟る鬼」たらしめている。

印を組んで気を練る。美郷の敵意に反応して、一際大きく小豆虫がうねりを上げた。

「おれは君の疑問には答えられない。もうこの世界に、答えられる人間はいない。君がこのままずっと『鬼』として、子供たちを呼び続けるなら、おれは――」

刀印を振り上げた。先程も美郷はきりのに傷を負わせている。きりのが怯えて身を竦ませ、
小豆虫が全てきりのから剥がれて美郷を襲う。

「止めろっ！　きりのは斬らせない!!」

小柄な体が、横合いから飛び出してきてきりのを庇う。意志の炎を爛々と燃やした克樹だ。

その表情に、美郷は笑う。

「克樹！　そのままきりのを守るんだ、絶対にこの虫をその子に近づけるな!!」

弟が目を真ん丸にする。ぽかんとしている克樹に、美郷は改めて笑いかけた。小さな甲虫
の大群が目の前に迫る。

「さあ早く。彼女を守れるのは、お前だけだ」

視界が黒い靄に覆われる寸前。成長した弟が、力強く頷く様子が靄の隙間から見えた。

「――で、カッコつけたオメーは、どうやってコイツ躱す気だったんだ？」

背後からは、心底呆れた偉そうな声が響く。目の前には怜路の張った結界の薄い皮膜が、
小豆虫の侵入を防いでいた。

「それはまあ、大家様が何とかしてくれるかと……」

「頼れってそうじゃ無ェんだよこのアホ!!」

全力ツッコミにあははと笑って、美郷は頼りになる大家の隣まで後退した。

「辻本さんから袋貰った？」

「この土嚢《どのう》だろ。中身何だコレ」

印を組んだままの怜路が、足許に転がる土嚢袋を爪先でつつく。

「藁人形。この虫たちを、本来の依代《よりしろ》に収めるんだ」

へえぇ。と怜路が首を傾げる。詳しい説明は作業をやりながら、と美郷は怜路から土嚢袋を預かった。


「臨兵闘者皆陣列在前！　オン　キリキリバザラバジリ　ホラマンダマンダ　ウンハッタ！」

ぱんっ！　と音を立てて克樹を中心に霊気が広がり、空間を浄化して結界する。その壁に阻まれた黒い靄が、ぶわりと撓んで方向を変えた。

一度目を閉じて、静かに深く息を吸う。気持ちを改めて、克樹は背後に庇っていた少女へと振り向いた。

「きりの。怪我はないか？」

結界の印を組んだまま、克樹は少女へ尋ねた。少女は驚き、戸惑った表情で克樹を見上げている。

「克樹。……今、わたしを呼んだの？」

ああ、と吐息のような声で返しながら、克樹はゆっくり頷いた。

「帰ったんじゃ、なかったのね？」

「――ああ」

きりのの為に残ったのだ、などと気障《きざ》ったらしい嘘を吐ける性格はしていない。克樹は曖昧に笑って、黒い靄の方へ視線を戻した。靄は兄と、あのチンピラ拝み屋に標的を移したのかこちらから遠ざかってゆく。

「克樹君」

別の場所に立っていた、黒衣に輪袈裟姿の男が克樹に声をかけてくる。眼鏡をかけた穏やかそうな顔立ちの男は、確か兄の仕事仲間だったか。警戒してきりのを庇う克樹に苦笑して、歩み寄ってきていた男が足を止める。

「僕は巴市の職員で、辻本といいます。君のお兄さんの同僚です。きりのさんを無理矢理どうこうする気はないんよ。まず、あの小豆虫から隔離した状態でゆっくり話がしたいけえ、今のうちに社の中へ。社の方は、ちょっと勝手に結界させて貰うとるからね」

にこりと笑う男に、敵意はなさそうだ。しかし、克樹は用心深く男を観察する。安易に信じて、危険が及ぶのは克樹ではなく、きりのだ。警戒を解かない克樹に、男――辻本は「うーん」と困惑した表情で首を傾げた。

「どう言うたら信用してもらえるかね。宮澤君……君のお兄さんと僕らは、同じチームとして作戦行動しよるんよ。じゃけえ、宮澤君を信じると思うて来てくれんかね？」

言われて、迷う。

兄がきりののことを克樹に任せてくれたのは間違いない。「守れ」と、確かに言ってくれた。構えを解いた克樹の裾を、不安そうにきりのが掴む。頷いて、克樹は辻本に向き直った。

「……分かった。話を聞こう」

言って、克樹はブレザーの裾を掴むきりのの手を取り、共に社へ向かった。確かに、社の四方の側面には符が貼られ、邪気を寄せ付けないよう結界されている。

勝手知ったる小さな入り口から社に入る。きりのも招き入れようとして、先客に気付いた。

「白蛇……？」

四隅にわだかまっていた闇が消えて、空虚さの増した板張りの間の手前側。普段見掛けるよりも幾分小ぶりな真白い蛇が、とぐろを巻いて克樹を迎える。その首には、何やら細く折った紙が括りつけられていた。

どうやら妖魔の類らしいその白蛇の気配には、覚えがあった。

「兄上？」

兄と同じ気配をしている。鳴神の秘術とは別の、式神か何かのようだ。克樹の呼びかけに反応して、近づいてきた白蛇が首を伸ばして、膝立ちしている克樹の手に触れようとする。それに応じて右手を伸ばし、克樹は白蛇に巻かれた紙を受け取ろうとした。しかし、蛇が手に触れた瞬間、脳内に声が響く。

――きりの、かえる。

たどたどしい片言の思念だ。纏う気配は兄と同じでありながら、思念の響きは全く違う。

驚いた克樹の脳裏に、更に白蛇は訴えてきた。

――かつき、送る。きりの、山、かえる。

カタリ、と背後で音がした。克樹の後から社に入ってきたきりのが、不思議そうに克樹を見ている。咄嗟に蛇を懐に押し込んで、克樹は場所を空けるように座敷の奥へ入った。蛇を隠す際、どうにか抜き取った紙片を右手に握り込む。辻本は入って来ない。話は、この蛇としろということか。

――白太さん、みさと、いっしょ。

ああ。と克樹は心の中だけで返事する。「いっしょ」の理屈は分からない。だが、克樹も兄が鳴神を出る時、何が起きたのかは聞きかじっていた。

(蠱毒の蛇を――……か)

それはきっと、克樹の罪だ。克樹が美郷に強いてしまった犠牲なのだ。

「克樹?」

少女の声に、現実に引き戻される。克樹が送るのだと、兄は言っている。――「きりの」という存在を、終わらせろと。

他の道はないのか。突き付けられた指示に迷う。

(この地で、きちんときりのを祀って、慰めてやれば……)

鬼ではなくこの山の主として、穏やかに暮らしてゆくことはできないのか。きりのは、たった独り、全てに取り残された「鬼」のまま、終わらなければならないのか。

『みんな理想とは程遠い、不自由な選択肢から「どれか」を選んで生きてンだ』

あのヤクザの、低く重い言葉がよみがえる。

兄の美郷に許された選択肢の中で、最良として克樹に渡したものがコレなのか。だとすれば、克樹は兄を信じるべきか。それとも疑い、抗うべきか。

――かつき、山にいた。きりの知ってる。

きりのをよく知り、きりのと親しい克樹が、彼女を送ってやれと白蛇は言う。右手の紙片を開くと、それは、きりのという存在を「解く」ための符だった。この符を発動させれば、きりのの魂魄は山へと還り、その存在は消える。

目の前の少女を消すこと。それは、克樹にとっては辛い選択だ。だが。

克樹は、右手の中の符をぐしゃりと握り、ポケットへ突っ込んだ。

「……きりの。きりのは、これからどうしたい？」

心許なげな表情で、克樹の前に座り込んでいる少女へ尋ねた。

目の前の少女は消沈し、どこかぼんやりと虚ろな顔をしている。自分が居ない間に、兄とどんなやり取りがあったのかと、克樹は眉を寄せた。あるいはこの社の中同様、身の内に巣食っていた邪気と引き剥がされた影響か。

「――おふさは、もういないの？」

ぽつん、ときりのが訊いた。つい先ほどとも、随分前とも思えるこの場所での、克樹ときりのの会話の続きが始まる。

「ああ。もう居ない」

「どこに行ったの？」

あの世、浄土、どう表現しようかと悩んだ克樹の表情で、きりのは察したようだった。

「やっぱり、もうしんじゃったのね」

「……ああ」

薄暗い社の中に、沈黙が落ちる。

「そう……」

今の、この状況で、結局何がきりのにとって、一番の救いになるのだろう。克樹は改めて考える。

「もう誰もいないのね。おふさも、母さんも、父さんも」

俯き、膝の上で両手を握り合わせて、小さく小さくきりのが呟く。

「みんな、わたしを置いて行くのね。克樹も、家に帰るのね。わたしだけ、ずっと鬼なのね」

震える肩に触れようとして、躊躇う。嘘は吐けない。一度は衝動的に拒絶したが——物凄く腹立たしいが、拝み屋の言葉はいちいち図星だった。兄が克樹を呼ぶのなら、克樹はそれを無視できない。ずっとずっと、捜し待ち望んだ声だ。

だが、克樹がきりのを置き去りにしない方法は、ある。

（そうだ……きりのの穏やかな姿が見たい、それは私の望みだ……）

「相手のために」と望むその内容は、克樹自身の欲なのだ。遠い遠い昔に、誰かから聞いた言葉だった。今の今まで理解できていなかった、その言葉の「意味」が突然心に沁み渡る。

ひとつ、深く息を吸い込んで、克樹は静かに言った。

「いや——。きりのも、この山を出よう。もう、鬼ごっこは終わったんだ。だから、きりのも帰ろう」

覚悟を決めて、痩せて荒れた両の手を取る。不思議そうに、きりのが克樹を見上げた。

「鬼ごっこ、終わったの？」

「ああ」

「でも、始められなかったのに」

それは、きりのを縛った「呪」だ。肉体は土へ還り、魂魄は山に呑まれて同一化して、人柱としてこの山そのものとなるはずだったきりのは、しかし鬼ごっこの「鬼」として形を残してしまった。山に置き去りにされたまま時を止めて、ずっと、妹が鬼ごっこを始めるのを待っている。

（もう十二歳だったこと。正式に人柱として山に入ったのではないこと。色々な要素がきりのを「鬼」として縛ってしまった。だが……）

「大丈夫だ。おふさは山を下りてしまったんだから。だからきりの、お前はもう、鬼じゃない。鬼ごっこは二人いなければできないんだ。鬼だけで鬼ごっこはできない。だからもう、終わりなんだ」

追う者と、追われる者——追われることを、望む者と。しっかりきりのと視線を合わせ、克樹は言い聞かせるように目を細めた。克樹は、きりのを送る。そのために、まず彼女を「鬼」であることから解放する。

「でも——」と、きりのが唇を小さく尖らせる。

「わがままな兄弟がいると、苦労をするな。でも大丈夫だ、母君もお前を叱ったりしない」

独りぼっちの鬼ごっこの虚しさは、克樹もよく知っている。きりのは妹を追って、克樹は兄を追って。同じように、もう帰って来ない兄弟を追って、一方通行の鬼を演じていた。

(不思議な巡り合わせだな)

克樹のために犠牲を強いられて、とうとう闇に消えてしまった兄を追って、克樹はきりのを、妹に置いて行かれ、山で迷う姉を見つけた。克樹はおふさではない。だが、克樹が克樹として、きりのに伝えられることはある。

「きりのは鬼ではない。ただの『おふさの姉』でもない。きりのは、『きりの』だ」

しくしくと胸を苛む、自分だけの後悔を押し殺し、克樹はきりのの目を見て言い切った。ようやく知れた彼女自身の名を、霊力を込めて音にする。克樹の手の中で、きりのの細い指がわななないた。

——だめ押しにと、克樹は真実でない言葉を紡ぐ。

「いつも遊んでくれていた兄弟が居なくなると、寂しいんだ。隠れんぼが好きなのは、『見つけてもらえる』からだった。だから、自分が鬼をやるのは嫌いでわがままばかり言ったんだ。なのに、いつも自分を捜してくれた人が消えてしまったから……ずっと捜していた。おふさもきっと、帰ってこないきりのを捜している」

「ほん、とに……？」

縋るように爪を立てて握るその小さな手を、克樹は「ああ、」と握り返した。

(嘘でも誤魔化しでも、きりの、お前が救われるならそれでいいと思うんだ)

そのために捻じ曲げるものがあるなら、それは克樹が引き受ける。

「帰ろう、きりの。この山から出て、おふさも、きりのの母君も、皆が先に帰った場所へ、きりのも帰るんだ。今度は、私がきりのを送るから。きりのが迷わないように、ちゃんと」

村を見守る山は、うつし世としての村に対する「あちら側」――恵みや禍をもたらす神であり、村人がいずれ還る幽世であり、神聖なる常世、祖霊の住まう場所である。山に還ることは、すなわち常世へ還ることだ。

ポケットから取り出した紙片を、きりのに握らせる。「迷わない呪《まじな》いだ」と言って、克樹は符を発動させる呪を唱えた。

「向後請《きょうこうしょう》じ奉らば即ち慈悲を捨てず、急《すみやか》に須《すべから》く光降《こうごう》を垂れ給え。除災与楽、心中善願、決《けつ》定《じょう》成就、決定円満！」

符が発動し、きりのの輪郭がふわりと淡くなる。そのままきりのと手を繋ぎ、克樹は膝立ちで社の入り口へ進んだ。

――そと、つじもとさん、準備した。

とても断片的な、白蛇のメッセージを信じてきりのを促す。いつの間にか閉じていた背の低い引き戸を開けると、まるで春の真昼、晴天の下のような柔らかく、まばゆい光が社の中に差し込んだ。「わぁ」ときりのが感嘆の声を上げる。

ふわり、と爽やかな風に乗って、花の香りと花弁が舞い込んできた。桜ほどの花弁は薄紅や黄色、空色など華やかなパステルカラーで空間を彩る。妙なる香りは蓮のものか。おそらくは、辻本の読経が紡ぐ極楽浄土の景色だ。たった一人でここまで見事な浄土の景色を呼び寄せられる辻本も、ただの真宗僧侶ではない。

「すごい、綺麗！　ねえ克樹、見て、池が光ってる!!」

戸の向こうを指差して、きりのがはしゃぎ笑った。これまでで一番明るい笑顔に、込み上げるものを抑えて克樹は微笑み返す。

「ああ。綺麗だな」

遠く、美しい調べが聞こえる。歌うように高く伸びやかに、澄んだ鳴き声は霊鳥・迦陵《かりょう》頻伽《びんが》であろうか。

いそいそと社を出て、きりのが玉《ぎょく》を敷き詰めた地面に飛び下りた。克樹の手を掴んだまま駆けだそうとして、動かぬ克樹に引っ張られて止まる。

目を瞬かせるきりのにひとつ頷いて、克樹は一歩だけ前に、戸の際まで進んだ。

社の外に出たきりのの着物が、みるみるうちに美しく鮮やかな晴れ着に変わった。髪も美しい髷《まげ》に結い上げられて、可愛らしく華やかな簪《かんざし》がそれを彩る。

気付いたきりのが、再び歓声を上げた。

「よく似合う。私はまだそちらへは行けないんだ。だから、ここからきりのを見送るよ」

そんな、ときりのが消沈した。結局一人ぼっちなのか、と肩を落とす。

「大丈夫だ。聞こえるだろう。きりの、お前を呼んでいる」

——おおい、おおい。向こうから何かが、きりのを呼んでいる。その声は男のものとも女のものとも、老人とも子供ともつかない。常世の呼び声だ。

「おふさ!?」

きりのが、克樹の手を放した。

——おおい、おおい。

克樹の耳に、それは童女の声には聞こえない。だが、きりのは弾かれたように駆け出す。

そして少し走って、一度だけ克樹を振り返った。

「克樹、ありがと。またね！」

「ああ。また、な」

互いに手を振り合う。またもう一度会いましょう。それも古い古い魂呼《たまよ》ばいの呪《まじな》いだ。

手を振り終えたきりのが、晴れ着の裾を蹴って駆け出す。——もう振り返らない背中を確かめて、克樹は静かに社の戸を閉めた。

社の中は再び薄闇に沈み、しん、と沈黙に満たされる。

ぱたり、ぱたりと雫が落ちて、俯く克樹の足許を濡らした。

14・相棒

土嚢袋の口を封じていた符を剥がし、美郷は折り畳んであった「依代」を引きずり出す。全長一メートル程度、子供と同じくらいの大きさの藁人形に、結界を組んだままの怜路が「げっ」と嫌そうな声を上げた。藁人形は、それだけで不気味な存在だ。大きさがあれば更に迫力は増す。

藁人形を地面に置いて、美郷は怜路を促し人形から距離を取った。

「怜路、結界を解いてくれ。アレに、吸い込まれるはずだ」

了解、と怜路が印を解く。小豆虫の大群は、待ち望んでいたかのように藁人形に吸い込まれた。

「あの藁人形、新しく作ったのか」

「うん。小豆虫が長曽の人々の人柱への『恐怖』なら、その本体はきりの……迦倶良神社の人柱じゃなくて、八坂神社の御神体だろうって話になって」

八坂神社の御神体は、厄を移した小豆を詰めた藁人形だった。

神社を創建した者――おそらく、寺を経由して長曽に招かれた行者の意図は、長曽の人々に降りかかる、人柱の怨念という「厄」を小豆に移させて集めて祀り、慰め鎮めることだったただろう。だが、実際には「人柱の怨念」というものは存在せず、長曽の人々を苦しめていたのは、彼ら自身の罪悪感と恐怖だった。

　黒い靄のような小豆虫の大群を全て呑み込んで、藁人形は不気味な沈黙を保っている。その出方を窺い、美郷と怜路は身構えた。

　八坂神社には小豆という形で、長曽の人々の罪悪感と恐怖が集められた。「神社」「御神体」というカタチを得た罪悪感と恐怖は、山裾から集落を睥睨《へいげい》して、神社を見上げる人々にその存在を思い出させる。

　八坂神社の創建と同時に、長曽では小豆食を禁じている。これはある種の願掛けに似た呪《まじな》いで、その誓いを以て迦倶良山と長曽の人々を断絶させていた。小豆を食べない限り山からは呼ばれない。小豆を食べない限り、祟りの病は起こらない。それもまた、長曽に生きる人々の思念を使った呪術である。

　だが、小豆食という禁忌を定めて守り、鎮めているからという安心感は、裏に「禁忌を犯せば祟る」という恐怖を残し続けた。

『ここに、祟る山がある』

『ここに自分たちの罪がある』

　目に映るカタチがあることで、恐怖は世代を超えて引き継がれた。代々の恐怖を集めた小豆は「人柱のはらわた」として八坂神社に祀られ、凝った「恐怖」は神社から山に入り込んで、実際の人柱であったきりのをじりじりと侵食したのだろう。

「八坂神社の御神体は、七歳以下の子供を模《かたど》った藁人形だった。そして、七年毎に作り替えられ、その時に厄を移した小豆を詰められた。儀式を始めた人間の意図はともかく、何代も何代も集められた『恐怖』は、祀られてる間に浄化されるわけでもなく蓄積し続けたんだ。それがこの、小豆虫の正体だよ」

ならば、と、美郷を休ませている間に辻本を中心として、職員たちや近隣の住民で新しく藁人形をこしらえ、残されていた作法に則って「御神体」の代をかえた。ただし中の小豆には何もしていない。「空」の御神体に小豆虫を、この山に蓄積した邪気を全て吸わせて集め、まとめて始末する作戦である。

「なるほどねェ……で、そのカタチは小豆を喰う虫になったってか。藁人形の中に詰められて朽ちた小豆で増えた虫、ってカンジね。どうりでなんつーか、空虚な気配してたワケよ。怨んでる『本体』はどこにも存在しねェんだからな」

「そう。だから、若竹さんに憑いた状態だと姿を変えたんだろう。小豆虫から、蛇……多分、おれを象徴するモノに」

村人にとってのきりのと、若竹にとっての美郷はとてもよく似た、うしろめたさと恐怖の対象だったのだろう。そう言ったのは芳田だ。迦倶良山に入った若竹の精神状態は、とても小豆虫と相性が良かったのだろうと。美郷としては、何とも複雑だ。渋い顔で付け加えた美郷に、けっけ、と怜路が笑った。

「まあとりあえず、アレを始末すりゃあ疫病の祟りは終わるワケだ」

「そういうこと。神隠しは……克樹と、辻本さんが何とかしてくれる」

克樹はきりのと、一週間あまり共に過ごしている。きりのを庇いに飛び出してきた克樹の表情ときりのの反応から、ある程度心を通じ合わせているのは分かった。

「この『兄上』も弟に甘ェんだか、厳しいんだかなァ……」

錫杖を担いだ怜路がにやにやと美郷を流し見る。どういう意味だ、と美郷は片眉を上げた。

「別に、どっちでもないだろ。あいつも訓練を受けた呪術者なんだし、変に引き離してこっちで勝手に処理するより、任せる方が多分うまくいくと思ったんだ。バックアップは辻本さんで、克樹がもし来なくても、どうにかなるよう作戦は考えてた」

美郷と怜路できりのと小豆虫を隔離し、きりのの説得と浄化は辻本に任せる。もしも克樹を計算に入れられない場合は、そうする予定だった。

「ったく、『克樹をその気にさせて連れてこい、もうきりのを助ける気がないようなら置いて来い』とか無茶ぶり言いやがってよォ。おかげでだいぶ嫌われたぜ俺」

「かなり楽しそうだったじゃん。どうせノリノリで苛めて来たんだろ。なんで克樹の顔に傷ができてたんだ、さっき見たときはなかったのに」

文句を言いながらも上機嫌な大家を、横目でギロリと睨む。着ているブレザーもドロドロに汚れていたのは見逃していない。「おっと藪蛇」と肩を竦めたチンピラ大家に溜息を吐いて、美郷は前方の藁人形に集中した。

「どうする、一発叩いてみるか？」

言って怜路が錫杖を構えた。美郷はそれに「そうだな」と頷く。

じゃりん、と錫杖が鳴って、不動明王の幻炎が藁人形を襲った。白い炎が藁人形を包む。

「やった――ワケじゃあ無ェな、さすがに」

相手はまがりなりにも、神社に祀られていたモノだ。それも、二百年近い年月の「念」を溜め込んでいる。

「辻本さんでも、多分一息で片づけるのは無理だろうって」

辻本の武器は、その声で読誦《どくじゅ》する経文の、並外れた浄化能力だ。真宗系の僧侶である辻本は、美郷らのような「呪術」は取り扱わない。だが、その声音には特別な力があり、彼が読経で極楽浄土の景色を説けば、たちまち聴く者の目の前に浄土の景色が現れるという。

「浄化が全く効かないモノじゃなさそう、って話だけど、力業で削る方がいいみたいだ」

さすがの辻本も「神」として祀られ、形作られたモノを浄化するのは難しいそうだ。

「そういや、白太さんの『ごっくん』は通じねえのか」

本来始末が難しいはずの狗神を「おやつ」にしてしまった白蛇について、いまだに怜路はたまに「反則技だ」とこぼしてくる。確かに、白蛇の腹に入るものであれば話は簡単だ。

「それも考えたけど、白太さんは人間食べないからアレも駄目らしい。不味そう、嫌、って……まあ、人間の味を覚えられるのも危険かなって」

そりゃまあそうだ、と怜路が頷いた。

呪力の強さで言えば、迦倶良山そのものの霊力を宿したきりのの方が上だろう。しかしきりのは、説得が通じる。説法の得意な辻本ならば、もし克樹の協力が得られずともどうにかなっただろう。――勿論、克樹の協力は有り難い。克樹ときりのが移動したはずの社をちらりと美郷は見遣る。

（多分。まあこれは、おれの希望か欲目かもしれないけど。克樹なら、きりのに届く言葉を持ってるんじゃないかと思う。――昔から、頭が良くて優しい子だ。きりのを庇いに飛び出してきた時も、心底彼女を守ろうとしてた）

炎が消えた焼け跡の中心に、無傷の藁人形が横たわっている。その腕が動き、のそり、と藁人形が体を起こした。

「おう、お目覚めだぜ」

おもしろい、と怜路が再び錫杖を構える。美郷はヒップバッグから、切幣を一掴み取り出した。

「――怜路。おれは接近戦は厳しい。お前が前に出てくれないか」

「いいぜ、任せな。……けどお前、鉄扇買ってなかったか？」

「今日初めて使って、もう折れた」

「ぐっは、マジかよ。安物買いのナントヤラだな」

「ホントにね……。次は分割でも、まともなやつを買うよ」

「おう、そうしろそうしろ。家賃は多少くらい待ってやらァ」

やっと俺の出番だ暴れるぜ、とばかりにご機嫌で準備運動しながら怜路が笑う。

美郷は、誰かと並んで呪術を繰り出す経験を今までほとんどしていない。連係ミスは恐ろしいが、怜路ならばどうにかしてくれるだろうと、その余裕っぷりに気持ちが軽くなる。

「うん。じゃあ――よろしく、『相棒』」

ぼこり、と藁人形の腹が大きく膨らみ、中から赤黒い何かが突き出した。子供の手だ。美郷は呼吸を整える。

……と、何故か怜路が、間抜けな顔で美郷の方を見ていた。

「何見てるの、お前？」

敵はあっちだぞ、と美郷は眉根を寄せる。

「イヤ、ああ、エート。……美郷君さあ、ホント、よくそんなサラッと決めれるよね」

相棒って、お前。とやたら恥ずかしそうに照れる怜路に、気恥ずかしさが伝染して美郷まで慌てた。

「なっ。えっ、変？　イヤなら……」

「嫌じゃない！　嫌じゃないけど!!」

数メートル向こうでは、藁人形の腹から子供のような「何か」がいくつも這い出している。呻き声とも泣き声ともつかぬ、甲高い怨嗟の叫びと共に地に落ちる。それはきりのではなく、誰か他の、今までの「人柱」でもない。人々の恐怖が生み出した「祟る人柱」の具現化だ。

グロテスクな地獄絵図を前に、見つめ合って照れ合う様は、随分と間抜けである。

「……じゃあ、まあとりあえず！」

「お、おう!!」

何とも締まらない。お互い、妙に裏返った声で気合を入れ直して敵を向く。

（まあ、その方がらしいかな）

口元だけで、美郷はふふっと笑った。

相棒、それは共に同じ籠の棒を担ぐ相手、転じて共に仕事を行う者。だがその単語の本質は、「二人一緒でなければできない何かを成す相手」だろうと美郷は勝手に解釈した。それはひとつの仕事かもしれないし、「今の生活」かもしれない。そして今この瞬間は、あの化物を倒すことだ。

「ただの確認なんだけど、アレは子供でも人間でもないよね？」

どろりと小豆色をした、蠢く泥人形を指して問う。

「安心しろ、間違いなくどっちでもねェ。何かグロいぐちょぐちょだ。白太さんでも腹壊すだろうよ」

ほんの少しサングラスをずらし、鼻の頭にしわを寄せた怜路が頷いた。よし、と美郷は軸足に体重を乗せる。

「それじゃあ、行きますか」

遠慮は無用。容赦も無用。全身全霊で叩っ斬ればよいだけだ。

応、と吼えて、美郷の『相棒』が地を蹴った。

——空を横に薙いだ錫杖が、のろりと立ち上がった泥人形を打ち崩す。美郷の放った切幣の散弾が、怜路の足下に取り付こうとしていた一体を弾き飛ばした。ぐしゃり、べしゃり、と湿った音をたてて泥人形は潰れ、暗赤紫色の粘液に変わる。

「くっそ、マジでキショい！　グロい‼」

ぎゃあぎゃあと喚きながら怜路が錫杖を振るう。泥人形は次から次へと、藁でできた腹から湧き出していた。既に何体潰したやら分からない。

「怜路、左のやつ斬るぞ！」

怜路が了解と片手を挙げた。美郷は縦に刀印を振り下ろす。美郷の放った霊気の刃で、まとめて二体が真っ二つに裂けた。まだ周囲には四、五体ほど泥人形が怜路に手を伸ばしている。藁人形からそれが湧き出すスピードは、徐々に速まっているように思えた。

流石に少々疲れてきたのか、重たげに錫杖を振って、怜路が傍らの一体の頭を砕いた。美郷も援護のため、切幣の散弾を撃つ。

畳みかけるように、今度は怜路が幻炎を呼んだ。炎を盾に一旦後退し、美郷と並んだ怜路が歯噛みする。

「くっそ、コイツらどんだけ出て来やがンだ！」

「詰めた小豆の粒の数だけ……とかだったらヤバいよねえ」

たしか三合くらいは入れたはずだ。粒の数は、考えたくない。ははは、と乾いた笑いを漏らす美郷に、怜路がぐえぇ、と呻く。

「コイツらに目的はあんのかね。どうもやっぱ、俺らを標的にしてるみてーだが」

湧き出してくる小豆色の泥人形は、まるで歩くことを覚えたての幼児のように、よたりよたりと美郷らの方へやってくる。動きはたどたどしく鈍重で、こちらが自由に動けていれば襲いかかられる心配はない。ただ淡々と潰して行けばいいだけだが、こちらの気力体力にも限りがある。

「さあ……『恐怖』に目的なんてないんじゃない？　マトモな、生身の人間が感じる『恐怖』は逃げるため、安全確保のためだろうけど……。けどこの感じ、取り憑く相手を求めてる雰囲気かな」

「たしかに、生身の人間に入り込みゃ、『実体』を得られるもんな。若竹ン時みてーによ」

若竹は具体的な「恐怖の対象」を持っていた。そこへ憑いて同化することで、この「恐怖」はより明瞭な「蛇」という実体を成すことができたのだろう。

「しっかし、どうするよ宮澤主事。あんま続けてっとコッチの弾が尽きるぜ。向こうもカタが付いたみてーじゃん？」

言って、怜路が視線を向けた先では、辻本が社の入り口を覗き込んでいる。辻本は社の周囲に結界を用意し、読経できりのを常世へ導く手筈だった。先ほど視線を向けた時は読誦の最中に見えたので、既にそれが終わった後なのだろう。

「ホントだ。もう終わった雰囲気だね。……こっちもかなり削ったはずだし、もう一度本体を叩いてみようか」

言って構えた美郷に、小休憩、といった姿勢で怜路が頷く。

「おー、今度はお前の氷刃でぶった斬ってみ」

ああ、と美郷は刀印を組んだ。九字を切って場を整え、意識と霊気を研ぐ。

「清く陽なるものは、かりそめにも穢るること無し。祓え給い、清め給え。神火清明、神水清明、神風清明！　急々如律令!!」

霊気の白刃が藁人形を襲い、とめどなく泥をこぼす腹を刃が斬り裂く。ごぽり、とひときわ大きく、藁人形が暗赤紫色の泥を吐いた。泥塊が上下に割れて散る——かに思われたり。と小豆色の泥が笑った。

白刃に割られた裂け目を口にして、藁人形の腹で巨大な顔が笑う。

醜悪な顔に、響く奇っ怪な笑い声。思わず、美郷も怯んだ。

「うっわ……」

思わず漏れた言葉にざわりと、地面に広がった暗赤色の泥溜まりが粟立つ。

地に溢れこぼれる泥が、潰された泥人形の残骸が、いっせいに人の頭の形に持ち上がりケタケタと笑い始めた。幾重にも幾重にも、気色の悪い笑い声が響き渡る。

「ヤバいな……これ、おれたちの『恐怖』を取り込んで学習してるんじゃないか？」

あまり悠長にしていると、憑かれてしまう。背筋を這い上がる嫌悪感と恐怖感をこらえて、美郷は唸った。なるほど、と隣で怜路が思案げに顎をつまむ。

「……よし、美郷。お前『饅頭怖い』ってみ？」

真剣そのものな表情の提案に、美郷は思わずずっこけた。相手の恐怖を取り込んで姿を変えるのであれば、という話だろう。

「なんだそれ！　嫌だよ、おれホントに怖いもん!!」

一度饅頭に殺されかけた身である。美郷が言えば、本当に泥饅頭にくらいはなりそうだ。

「イヤイヤ、もしそれでホントに饅頭になったら俺が全部始末してやっから」

始末といって、まさか食うわけにも行くまい。怜路渾身のボケ（だと思いたい）に一気に脱力して、がりりとこめかみを掻いた美郷は「ともかく、」と仕切り直す。しかしおかげで、肩の力は抜けた。

「その案は却下だけど、怜路。どうすればいいと思う？　おれじゃ実戦経験不足だ」

目の前では、幸い饅頭には化けなかった小豆色の泥が、相変わらずげらげらと笑いながら徐々に体を形作っている。随分な数だ。一気に襲い掛かられたら、避けきることができるかは怪しい。

「どう……ってなァ……。俺ァ、こんなデカブツ倒そうと思ったことなんてねーし」

うーん、と本気で困ったように怜路は腕を組む。

「そうなの？」

意外だ、と美郷は目を丸くして、参った様子の怜路を見た。

「ああ。ンなヤベーのなんざ、もし出くわしちまった時は逃げるが勝ちだからな。こちとらしがない個人営業だぜ？　生きるたつきでやってる稼業だ、命あっての物種ってな」

個人営業ならではのプロフェッショナルな割り切りに、なるほどと美郷はいたく納得した。鳴神も、特自災害も、組織として大きなものを相手にすることが多い。「自分だけでできる範囲」の見極めを重視する戦略は新鮮だ。

「じゃあ、どうするかな……なんかそう言われると、二人でコレの相手をしてるのってだいぶ無謀な気がしてきたんだけど……」

「おう、何今更気付いてやがんだ。俺ァしがないチンピラ拝み屋だぜ、どうにかしてくれや、五百倍の競争を突破したエリート公務員様」

右肩に担いだ錫杖を揺らしながら怜路がおどける。

「そっちこそ経験豊富な歴戦のプロだろ！　新卒一年のぺーぺーに頼るなよ」

まだ覚えていたのかコイツ、と、美郷も出会い頭の公園でのやりとりを思い出し、それにどうにか応戦した。恐怖心に呑まれれば、おそらく相手の思う壺だ。わざとふざけた会話を続けながら、美郷と怜路は改めて構えを取る。

ゲタゲタと醜く耳障りな笑いを響かせ、起き上がった泥人形の動きが徐々に変わり始めた。少しずつ機敏に、奇声を上げながら歩き出す。

藁人形が更に大量の泥を腹から吐き出し始め、一気に広がった泥溜まりから、再び多数の木偶《でく》が起きあがった。

「――各個撃破できる量じゃ無ェ」

忌々しげに怜路が唸る。

「やっぱり、狙うとしたら本体だよね」

言いながら手を突っ込んだ美郷のヒップバッグに、もう切幣は残っていなかった。弾切れだ。

「おれも万全じゃないし、これ以上長引くとキツい。勝負、出てみる?」

美郷の言葉に「勝負?」と怜路が眉を上げた。

「たしか怜路も、雷神招来系の術持ってただろ。帝釈天《たいしゃくてん》のやつ」

雷帝招請の術を見たことがある。怜路が「ああ、そうなァ」と頷いた。

「おれもひとつ持ってるんだ、雷光系の術。強力なぶんだけ呪が長くて、滅多に使わないんだけど……『鳴神《ごせんぞ》』を呼ぶヤツ」

言って美郷は口元だけで笑う。意味を察した怜路が、ニヤリと口の端を上げた。雷《かみなり》は神鳴《かみな》り。鳴《な》る神《かみ》とはすなわち、雷神のことである。鳴神家の祖先は、雨と雷鳴を呼ぶ龍神とされていた。髪を使った式神術と並ぶ、鳴神家の秘術だ。

「そいつァいいじゃねえの。二人分、一気にぶち込んでみるか。――独鈷杵《とっこしょ》を本体に打ち込んでから呼んでやらァ。一点集中でお見舞いしたろうぜ」

言って錫杖を構え直した怜路に、美郷もよし、と気合いを入れた。

「時間稼ぎは俺がやる。そっちの準備が整ったら合図を送れ」

「うん。頼む」

一歩前に出た怜路の指示に、美郷はしっかりと返事した。

視線を合わせて確認し、頷き合う。

「おう——任せろ、『相棒』」

ニヤッ、と最後に笑って怜路が駆け出した。思わず美郷は硬直する。なるほど、これは気恥ずかしい。

緩む口元をぺちりと叩いて集中しなおし、美郷は呪を唱え始める。

「臨兵闘者皆陣列在前。神火清明、神水清明、神風清明、神心清明」

藁人形に向けて飛び込んだ怜路を、四方から泥塊が襲う。

錫杖を自在に操る怜路が、石突でひとつを突き砕き、返す杖頭でふたつ目を叩き潰す。くるりと柄を背中で回して、背後から襲う二体を一気に吹っ飛ばした。

ぱん！　と高らかにひとつ、美郷が柏手を鳴らす。

「掛巻《かけまく》も畏《かしこ》き遠《とお》つ神祖《かむおや》、淤美豆奴神《おみづぬのかみ》、鳴巌吐刀命《なるいかつちのみこと》の大前に謹み敬いて白さく、」

辺りの空気が変わり始める。ぴりぴりと空間全体が緊張し始め、遠く上空に細い稲妻が迸る。美郷の長い髪と作業ズボンの裾がふわり、と浮いた。

怜路が泥を吐き続ける本体に迫る。前後から同時に飛びかかった泥人形を、錫杖を支点に垂直跳びして避けた。掴んだままの錫杖を宙で一閃し、一瞬で数体同時に吹っ飛ばす。着地と同時に独鈷杵を構え、至近距離から藁人形の顔に打ち込んだ。

「ナウマク　サンマンダボダナン　インダラヤ　ソワカ　ナウマク　サンマンダ――」

帝釈天印を組み、真言を読誦しながら怜路が後退する。美郷も数歩前に出て二人並んで藁人形を――八坂神社に蓄積した「恐怖」の塊を睨んだ。

「天の八重雲をほろに踏みとどろに神鳴るを、響《とよ》み響《とよ》みて荒魂が稜威《いつ》を示し給いて、速やかに神験《みしるし》有らしめ――」

右手に鳴神秘呪の印を組み、天にかざす。横目で合図を送り、二人同時に小さく頷いた。呼吸を合わせる。場の緊張感が更に増し、ぱしん、ぱしんと中空に放電が迸る。

「諸々の禍事、罪、穢あらんをば、祓え給い清め給えと、白すことを聞食せと、恐み恐み白す」

「天魔外道皆仏性　四魔三障成道来　魔界仏界同如理　一相平等無差別」

「「――雷光、招来!!」」

一瞬、空全体が発光した。

それを全て束ねたように、巨大な雷の柱が目の前に立つ。

目を焼かれ、ホワイトアウトする視界の中でそれは、絡まり合う一対の龍に見えた。ほんの刹那の時差で、世界を砕くような轟音が全身を叩く。びりびりと骨の髄まで震わすそれらから、耳を塞ぐ暇も、目を閉じる暇もない。

衝撃波に煽られ庇い合いながら、美郷と怜路は、想像の遥か上を行ったとんでもない雷撃に耐える。ようやくエネルギーの奔流が去って、美郷はふらりとよろめいた。閃光の反動のように、視界が薄暗い。何事かと周囲を見回すと、上空には宵空の藍色が広がり、星が瞬いている。

「おい、大丈夫か」

「鼓膜破れたかと思った……」

「同じくだ、目も耳も無事でビビってらァ」

おどける怜路に思わず噴き出す。上、と軽く指差して美郷は言った。

「空。縄目が破れてる」

「ゲッ。マジかよ。つか、もう夜なんかい」

山の縄目の中と、外の世界は時間の進み具合が違う。お互い乾いた笑いを漏らしながら、焼け焦げた爆心地を確かめた。全てが真っ黒に炭化している。空の穴は徐々に白い闇が塞ぎ、元通りに蓋をされてゆく。

「さすがに燃え尽きたか。つーか、さすが龍神の末裔だなオイ。なんだありゃ」

「いや、おれもあんなん初めて見たんだけど……普段、あの十分の一くらいなんだけど」

単純な足し算でなく、乗算的に威力が増したらしい。そろりそろりと近寄って、美郷は怜路と共に爆心地を覗き込んだ。周囲半径三メートルは、全て地面ごと黒焦げだ。だが驚いたことに、まだ焼け焦げた藁の断片が残っていた。さすがは、まがりなりにも時経た「神」である。

怜路が錫杖の石突で、ちょこんと焼け残りの藁をつついた。何かが出てきそうな気配はない。次いで、サングラスをずらして周囲を確かめる。

「どう？」

尋ねた美郷に、怜路は「うーん」と頭を掻いた。

「もう『本体』っつー感じのモンはねえな。けど、だいぶ土地全体に染み着いてやがるな……綺麗になるまで掃除すんのはコトだぜ」

渋い顔で怜路が腕を組む。ああ、それについては、と美郷が言う前に、横合いから「大丈夫よ、僕がやるけ」と声がかかった。辻本だ。

「本体を潰してくれたんなら、残り屑は全部僕でどうにかなると思うよ。二人ともお疲れさま。――いやぁ、凄かったねえ今の。二人ともこの距離で大丈夫だったん？」

さすがに驚いた、といった表情で辻本が眉を寄せる。それにおのおの頷くと、それじゃあ、と辻本が微苦笑した。

「ごめんけど宮澤君、ここは僕が代わるけえ、社の方に……克樹君のところに、行ってあげてくれんかね？　ちょっと、僕じゃあ声をかけれんかったんよ」

珍しく本当に困った雰囲気の辻本に首を傾げながら、了解した美郷は怜路と別れ、小さな社へと向かった。

15. 流星

山の斜面に転がる大きな磐座の前に、小さな社が建っている。

社の名は迦倶良神社。背後の磐座に観音像を抱き、この山そのものを祀る素朴な山岳信仰の社である。今でこそ神社と寺は別物だが、江戸時代まで「神様仏様」は一括りだった。その当時の姿を残す、山の霊だ。

杉原親子と美郷の前から逃げ出したきりのがこの社に戻り、そこへ美郷が辿り着いてチャンバラになったのが、十六時より少し手前だっただろう。その後、美郷はきりのを克樹に任せ、社の手前の開けた場所で八坂神社の小豆虫の相手をしていた。

美郷は子供一人ぶん程度の大きさにしか見えない、小さな社の前に立つ。もう辺りにきりのの気配はない。辻本が綺麗さっぱり浄化したのだろう。だが社の四方には結界の符が貼られたままで、社の戸は閉まっている。その前には、きっちりと揃えられた一足のローファーがあった。克樹のものだ。

(辻本さんじゃ声がかけれなかったって……どうしたんだろう)

やはりきりのを克樹に送らせるのは酷だったのか、と美郷は社の前で頭を掻いた。自分ならば、という判断だったが、克樹にとっては望まぬ道だったのかもしれない。だとしたら何と声をかけたものかと悩みつつ、美郷は社の戸に手を掛けた。謝罪か、慰めか、叱咤激励か。そういえば白蛇も帰って来ていないと、今更ながらに気付く。

(白太さんも中かな。あれだけ派手に落雷したのに無反応か……うーん)

いつまでも迷っていても仕方がない。えいや、とひとまず美郷は戸を開けた。

「……克樹?」

覗き込んだ小さな入り口の奥には、外観からはありえない広さの空間が見えた。八畳程度だろうか。板張りの床には何か小物が散らかっているが、家具などはないがらんどうだ。社の床は美郷の膝辺りにあり、入り口の高さは一メートル程度しかない。自然、屈みこんで覗く美郷の視線の先に、板間に正座する少年の影が見えた。

目が慣れれば、中は薄暗いが色の判別くらいはできる。日本人としては明るい色のふわふわした髪と、紺色のブレザーは克樹のものだ。部屋の中央よりも少し手前に、俯き加減で弟が座っている。

膝の上に置かれた手の中から、見慣れた白がひょっこり顔を出した。ちろろ、と紅い舌が美郷を確かめるように舞う。

(というか、普通に白太さん伝令に使ったけど、克樹が蛇ダメだったらアウトだなこれ)

そんな記憶はなかったが。どちらかといえば、蛇も蛙も虫も平気なやんちゃ坊主だった。テレビの自然科学番組が好きで、南半球の大陸や宇宙に憧れる子供だったはずだ。インドア派で座学が苦にならない美郷とは、対照的だと言われ続けた。白蛇に伝言を任せたのは、喋る式神を作るのは大変なのと、接触で意思疎通ができれば、きりのに変な情報を漏らさず済むと思ったからである。

反応の鈍い弟に困惑しつつ、美郷は社の中に頭を突っ込んで中に入る。普段より小ぶりな白蛇は迎え入れるように頭を揺らしているが、何故か美郷の方へ戻ってはこない。微妙な空気に気圧《けお》されながら、美郷はそのまま克樹と向かい合うように正座した。中の天井は高く、頭がつかえる心配はない。

「お疲れ様。ちゃんときりのを送ってくれたんだな。伝言、分かり辛くてゴメン、察してくれて良かった」

記憶の中では大抵、美郷が一を言う間に五も十も喋る弟だったので、沈黙されるとどうしたらよいのか分からない。緊張感に変な汗をかきながら、どぎまぎと美郷は言葉を繋ぐ。

(もしかしてこれが、思春期を越えたとかいうやつか……)

記憶の中の、最後に見た弟は中学一年生だ。当時、そろそろ声変わりしていた覚えがある。等々、美郷が感慨に浸りながら様子を窺っていると、白蛇を乗せている克樹の両手がぴくりと動いた。

「――兄上」

「はいっ」

低く重い声に、思わず背筋を伸ばす。視線の先では、ゆらゆらと白蛇が困惑していた。

「この蛇は、兄上の分身……なのですか」

うっ、と美郷は固まる。最近、完全にペット扱いで忘れていた。この白蛇は、美郷が喰った魔物だ。喰わされた経緯も、魔物の蛇を喰ってまで生にしがみついたことも、結果、身体の中に妖魔を宿して、人とも魔ともつかぬものに成り果てたことも、どれをとっても「あさましい」の一言に尽きる。失敗したな、と美郷は心の底から悔いた。

「……うん。そうなるかな」

今のところ人に害は及ぼさない。「宮澤美郷はそういう存在だ」と受け入れられてしまえば、変わった使役神程度の扱いだ。だがかつての、「鳴神美郷」を知っている人間に、見せてよいものではなかった。――お前の兄は、こんなモノになったのだなどと。

「ごめんな」

こぼれ出た謝罪に、克樹の肩が尖る。両手が白蛇を掴みかけ、慌てて白蛇が逃げ出してきた。代わりにブレザーの裾を握り、更に俯いた克樹が絞り出す。

「なんで――！　どうして、謝るんですか!!」

震える血の気の退いた拳に、ぱたぱたと雫が落ちた。大きくしゃくり上げる息が、がらんどうの中に響く。押し殺した嗚咽を聞きながら、完全に美郷はフリーズしていた。

――克樹、泣いてる。美郷悲しい。白太さん悲しい。克樹のせい。

戻って来た白蛇が訴える。己を見て嘆き悲しむ克樹に困惑し、おろおろしながらも離れられなかったようだ。この蛇は美郷と、深い場所で繋がっている。つまり、蛇の人に対する好悪は美郷のそれを反映するのだ。克樹が泣いていて、放っておけるはずがない。

(克樹のせい？　白太さんが、って蛇蠱を喰わされたことがか？)

――克樹悲しい。帰れない、悲しい。

片言すぎて意味を掴めない蛇の言葉を諦め、美郷はひとつ深呼吸した。今更兄貴面できる御身分でもない気はするが、このままでは埒《らち》が明かない。

「どうしてって……、まあその、お前も色々知ってるだろうと思うけど、お見苦しいものをってコトで。……ご覧の有様だけど、まあそれなりにやってるよ。だからお前も――」

「兄上のせいじゃない！　兄上は何も悪くない!!　なのに、なのにっ!!」

言って、とうとうぐしゃぐしゃに泣きだした弟を、慌てて美郷は抱き寄せる。大人になったのかと思ったが、相変わらずの癇癪持ちの泣き虫だ。おお、よしよし、と勢いに呑まれて慰める美郷に、克樹がしがみ付く。

「私がっ……、あの時、止めなければッ……あのまま、兄上を、じゅうに……ちゃんと、今日みたいに、見送って、そすればっ、こんな、こんなっ………！」

ごめんなさい、ごめんなさいと泣き続ける弟に、心底困り果てて美郷は天井を仰いだ。一体、いつの何の話をしているのかサッパリ分からない。

「待て、ちょっと落ち着きなさい。いつのことを……あの呪詛に関して、お前の責任なんてそれこそ何もないよ。跡目争い云々ですらなかったんだから」

美郷に蛇蠱を送り込んできたのは、「次期当主の側近」という地位を欲しがった人間だ。

当時のまま順調に行けば、おそらく克樹は美郷を一番頼りにしただろう。それが気に入らなかったのである。結果、美郷とその人物双方共倒れで、克樹の側には若竹しか残らなかったのだから、克樹も被害者だ。そう言って宥めてみるが、確か十八になったはずの弟はイヤイヤをして聞かない。

「もっと、前に……ッ、兄上が、朱美かあさんを追いかけて、ウチを出ようとした時にっ……あのとき……私が……」

肩を震わせ、涙で美郷のジャンパーを濡らしながら克樹が懺悔《ざんげ》する。

「知って、いたんです……ほんとは、あにうえひとりで……バスに……。荷物も、じこく、ひょうも……でも、こわくて、イヤで、兄上に、置いて行かれるのが、だから」

だから、「流星群が見たい」と駄々をこねた。

美郷が一人で、黙って家出をしないように。出て行く美郷に、置いて行かれないように。

三か月前に失踪した母親を追って、鳴神を捨てようとする美郷の袖を、引っ張った。

「もし、あの時……あのとき、あにうえを止めなければ……」

嗚咽に疲れ、掠れた声が嘆き悲しむ。こんな、取り返しの付かないことにはならなかったのに、と。

「……そうか、お前。気付いてたのか」

あの時、美郷は色々なものに嫌気が差していた。美郷の肩口に顔を埋めた、弟の髪をふわふわと撫でる。

どちらかと言えば、ただの気晴らしだった。一泊分の着替えや貴重品をボストンバッグに詰めて、バスや電車の時刻を調べる。どの時間のバスに乗って、何に乗り継いで、どうすれば遠くへ行けるか。狭く窮屈で、酷く理不尽な世界から逃げ出す夢想をしていた美郷を、幼い弟は見ていたのだ。そして、実力行使に出た。

「ついて来たかったのか？」

弟の体温を抱きしめて囁く声は、自分で嫌になるほど優しく甘い。腕の中に可愛い弟を抱き込んで、幼子をあやすように揺らしながら美郷は小さく笑う。克樹は無言で、美郷に鼻っ面を埋《うず》めたまま頷いた。「かわいいなぁ」と美郷は克樹の頭をぐしゃぐしゃ混ぜる。

あの夏の夜の家出は、美郷だけのものではなかったのだ。

兄弟、手を繋いでの逃避行だった。

「でも違うんだ、克樹。あの時おれは、ただ現実から逃げたかっただけで、目的地なんてなかった。――もし、お前が止めてくれなかったらきっと……きっと、この世から逃げ出してたよ」

何もかも嫌になって、常世《あちらがわ》へ行く夢想をしていた美郷を止めたのは、今と同じように泣きじゃくる弟の手だった。

――くらいよ、こわいよ。あにうえ……。

そう泣き始めた弟を振り捨てることも、無理矢理黙らせて連れて行くこともできず、美郷は家出を諦めて電話したのだ。何の疑いもなく、己を信じ恃む幼い子供の体温が、美郷をうつし世に引き留めた。――家では、克樹のわがままとして処理された。若竹のように美郷の害意を勘繰る者は少なかったはずだ。

「だからお前のせいじゃない。お前がそうやって、自分を責めるようなことじゃない。それは、背負わなくても良い罪だ」

克樹の語るＩＦは存在しない。美郷はそう断言できる。

「お前がいてくれたから、生きてられた。だけど呪詛を喰らった時、お前と離れてでも生きていたいと思った。そう思えたのは……そう思える日まで生きていられたのは、あの夏の夜、お前が引き留めてくれたからだよ、克樹。だから、おれはもう鳴神には帰らないし、お前と一緒には生きられないけど……そのことをお前が背負う必要はないんだ。おれのために、自分の道を決めるな。お前は、お前の望む道を選びなさい」

贖罪《しょくざい》や他人、戻らない過去のためではなく、自分の今と未来のために。

よし、とひとつブレザーの背中を叩いて、克樹を抱え込んだまま美郷は膝を立てた。そのまま後退して、克樹を社から引っ張り出す。出てみれば、やはり社は克樹一人ぶんもないほど小さい。

明るい所で見ると、目を腫らした克樹の頬や口元には傷があるし、着ている制服もボロボロである。おおかたどこかのチンピラのせいだろう。真っ赤な目元を恥じるように、俯いたままの弟の肩を抱く。外で様子を窺っていた辻本と怜路は遠巻きだ。

「山を下りよう、克樹。それから、お前は鳴神に帰るんだ。帰って、もう一回自分のために選び直せ。星が好きなら天文学でも、生き物が好きなら生物学でも、海外に行きたいなら語学でも。今回の受験はもうキツくても、一浪すればいくらでもチャンスはあるだろ」

　浪人が嫌ならば留学でもいい。家に財力はあるのだからどうにでもなる。楽観的な可能性を連ねる美郷に、困惑しきった顔で克樹が首を傾げた。

「でも、兄上。そんなの家の誰も許さないんじゃ……」

「許可なんて、親父のひとつあれば大丈夫だろ」

　克樹の肩を抱き、連れて歩きながら美郷は嘯《うそぶ》く。その先では怜路が錫杖を鳴らして、大久保の待つ「門」への道を呼んでいる。緩やかに下る木立の向こうから、りりん、りりんと呼応する鈴の音が聞こえて、振り返った怜路が無言で頷いた。

「行こう」

　言って、克樹と共に坂を下りる。すぐさま景色は変わり、麓に神社の背中が見えた。開いた裏口には鈴が掛けられ、中は煌々と明かりが灯っている。

「――父さんはずっと忙しくてあんまり話とかできる人じゃなかったけど、あの人のやりたかったことは多分わかる。お前を、解放したかったんだ」

　進む足元を見ながら言った美郷に、克樹が「え？」と不思議そうな声を返す。

「今ウチ、いわゆる会社だろ。ナルカミコンサルタントって。親父は変えたいんじゃないかな、世襲の家元制から、能力と意志でトップを選べる『企業』に。すぐに全部は変わらないだろうし、秘術の継承には血の濃さが要ったり簡単じゃないだろうけど。でも少なくとももう鳴神で働く人間は、お前が全部投げ出しても将来路頭に迷ったりはしない。鳴神嫡流の血筋とは無関係のところで、組織としてやって行けるんだ。あの人も、元は自分のやりたい勉強をして、やりたい仕事に就いてたんだ、お前に無理強いなんてしないよ、多分」

山を下り、門をくぐる。出迎えた大久保と芳田に会釈して、美郷はそのまま克樹を連れて神社の外へ出た。既に日はとっぷりと沈み、ぬるま湯の気温に慣れていた身体に冷気が突き刺さる。ぶるりと震えて更に克樹の肩を寄せ、美郷は空を見上げた。

予報は雪だったが、上空に雲の気配はない。冬の夜の、冷えて澄んだ星空が広がっている。

「……信じ、られないです」

俯いたまま克樹がこぼした。克樹の両親はどちらも、コミュニケーションが器用な人間ではない。仕事に忙殺されながら、思春期の息子の信頼を得るのは難しかったようだ。

「おれからも説得するから」

苦笑い気味に言った美郷に、地面に視線を落としたままの克樹が「あの、」と小さく言った。弱々しく、どこか怯えを帯びた声音に、美郷は「どうした？」と首を傾げる。

「兄上、その、良いんですか……？　もう、鳴神とは関わらずにいたいのでしょう？　私に関わればまた……兄上の方こそ、もうこれ以上、私のせいで――」

その言葉は震え、どこか湿り気を帯びて聞こえる。尖る肩を宥めるようにさすり、美郷は星空へ向けて言った。

「そんな風に言うなよ。おれは、お前が許してくれるなら、これからもお前のお兄ちゃんでいたい。それはおれ自身の望みだ。お前のためでも、お前のせいでもないよ。——なあ、克樹。冬の大三角、今これ出てる？」

言って、無理矢理克樹の顔を上に向ける。

「……出てないです。兄上、ホントに星だけは覚えてくれませんよね……」

無抵抗に頭を固定されたまま、不満げに克樹がぼやいた。

「ホントに覚え方が分かんないんだよねえ……。蛇は嫌いか？」

「いえ、別に」

「——じゃあ、おれの白太さんも平気？」

言って、美郷が懐から引っ張り出した白蛇と、克樹が至近距離で見つめ合う。

「……可愛いです。というか、それ『さん』まで名前なんですか？　蛇の一人称が『しろたさん』でしたけど」

ちょん、と克樹に鼻っ面をつつかれて、白蛇がぴるる、と舌を出した。

「うーん、おれがずっとさん付けで呼んでたら、『さん』まで含めて名前だと認識しちゃったらしくて……」

この蛇の一人称など、美郷はこれまで気にしたことがなかった。怜路に「元の名前も酷いが、輪を掛けてユルくなってやがる」と今朝がた言われたばかりだ。やはりこの名は克樹にも不評かと、美郷は口を曲げる。

「怜路にも散々言われたんだよねえ……やっぱダサいかなあ」

ぼやく美郷の腕から、その言葉を聞くや否や突然克樹が抜け出し、勢いよく美郷の両肩を掴んだ。何事か、と美郷は目を瞬かせる。

「あの男の意見など、聞く必要はありません!!」

怜路の名に瞬間沸騰した弟を見て、美郷は首を傾げた。「だいぶ嫌われた」とは当人も言っていたが、これは相当なようだ。

「克樹、アイツ嫌いか？」

「大ッッ嫌い、です!!　あんな下品な男を寄せ付けないでくださいっ！　兄上の品性にまで関わりますッ!!」

大ボリュームで力説する弟の高い声に、背後から何やら大人げない反論と、いくつもの笑い声が響いてくる。美郷はもう一度冬の夜空を見上げ、懐の白蛇に囁いた。

「よかったな白太さん。可愛いって」

チンピラ大家に煽られた弟が、美郷の元を離れて鼻息荒く向かっていく。

――うん。

嬉しそうな白蛇に美郷は笑った。

一筋、星が流れる。

夏の夜を覆う流星群は美しかった。星の分からない美郷でも、全て忘れて魅入るほどに。

「――克樹！　また、一緒に流星群見ような」

思い付きの美郷の言葉に、はい！　と明るく元気な返事が響いた。

終・祝杯の夜

十二月二十五日、それはイエス・キリスト生誕祭の日である。当然、クリスチャンにとっての特別な日だが、その他大多数の日本人にとっては「祭りの翌日」といったイメージが強いだろう。世間の年末前の一大イベントといえば「クリスマス・イブ」だ。今年は二十四日が日曜日、多くの人々にとって二十五日が週始めだったため、輪をかけてその空気は強い。狩野家そんな月曜日の夕方、帰宅し、制服の上着を脱いでネクタイを外した美郷は、珍しく狩野家の台所に立っていた。

二口あるガスコンロでは、片手鍋が二つ湯気を立てている。ワイシャツにベスト、スラックスの仕事着姿にどてらを羽織った美郷は、うーん、と唸りながらスマホでレシピを確認していた。

はっと我に返って片方を覗き込む。まだ無事か、と安堵の息を吐いて火を弱めた。

「木べら、木べら……マッシャーとかゴムべらとか……」

他人様の台所を漁って、木べらを引っ張り出す。怜路が買い揃えたものばかりではない。ついえた家庭の気配を残す台所には、男一人が調達したようには見えない、年季モノの調理器具がいくつか並んでいる。全て、この家の内蔵《うちぐら》に仕舞い込まれていたものだ。

怜路の養父は、怜路の祖父母が他界してこの家が空き家になった際、土地や家屋を相続した狩野の遠い縁者から、中の遺品ごと家を購入したらしい。——きっと、全てを怜路に遺すためだったのだろう。

とりあえず、焦がしてはなるまじと美郷は片手鍋のひとつの火を止めた。中身の火の通りを確認して、少し濁った茹で汁を捨てる。ふむふむと頷きながら美郷は、木べらで残る中身——角切りで茹でたジャガイモを潰し始めた。

「あっやべ、塩茹でだっけ普通……今から味付けるし平気なのかな」

食べる者が聞けば不安になるような、怪しげなことを呟きながらジャガイモを潰していく。とろ火にかけて水分を飛ばしながら練るらしい。焦げないように、緊張しながら練っていると隣のコンロで鍋が泡を吹いた。

「うわわ。なんで茹で卵が……ってうわ、割れてる！」

慌てて火を止めて、仕方がないのでそのまま放置する。どうにかジャガイモが様になったので、茹で卵（爆発）を流水で冷ましながら塩揉みしていたスライスきゅうりを絞った。それなりに薄切りなのは、スライサーという文明の利器の賜物である。

「えーあとは、リンゴと魚肉ソーセージだったな確か……マヨネーズマヨネーズ……んー、塩コショウもいるのかな」

美郷は現在、ポテトサラダを作っている。理由はと言えば、本日の夕食がなぜか「野郎二人のクリスマス晩餐《ばんさん》」になったからである。それも修験者と陰陽師だ。謎極まりない。

言い出しっぺの怜路は、場所のセッティング担当である。今回、いつもの怜路の巣ではなく、今まで使っていなかった狩野家の客間に、新しく二人共用のリビングをこしらえることにした。

幸い、元々誰かの居室として使われていたようで、テレビ線も引いてある部屋だ。怜路の部屋の大型テレビをそこへ移し、畳の上にラグを敷いてリビング用のローテーブルとクッションを置く。その作業を、怜路は朝から喜々として進めていた。

自室のテレビはどうするつもりかと訊けば、ネット動画配信の契約を複数しているため不自由しないそうだ。

熱々のままマヨネーズを混ぜて良かっただろうか。ひとつひとつ悩みながら、薄い記憶を辿って作るのは、母親の作ってくれていたポテトサラダだ。

その他のメニューは、昨日スーパーマーケットで出張販売されていた、某有名チェーンのフライドチキンと、惣菜コーナーで値引きシールを貼られていたクリスマスパーティ用オードブル、それからディスカウントで有名なスーパーで、毎年半額販売されるらしいクリスマスケーキである。何か副菜のようなものを作ろうという話になって、話の流れで美郷がポテトサラダを作ることになった。

『ポテトサラダかァ、俺ぁあんま食ったことねーなァ』

『あー、おれも買っては食べないからご無沙汰だなぁ……。店の惣菜とかだと、具の好みが違ったりするんだよね。牡蛎《かき》フライとポテサラは家で作ったヤツが一番好きだな』

『いーなーポテサラ。カレーライス、ハンバーグ、鶏カラ、ポテサラってなんつーか、お母さんが作ってくれるご馳走四天王！　っつーカンジ』

などと、途中からチンピラ大家が「家庭の味」への憧れをぐずぐず語り始め、ポテトサラダ作りはいつも手伝っていた美郷が、雰囲気に流され調理に立候補したのだ。ちなみに、最後に手伝ったのは中学一年生の頃で、自分一人で作るのは今回が初めてである。

母親が失踪するまで美郷は、鳴神邸の離れに母子で暮らしていた。離れは今美郷が住んでいる部屋よりもきっちりと台所や風呂トイレが作られており、屋敷の裏口から簡単に出入りできる場所にあった。美郷の母親、朱美は比較的自由に暮らしていたのである。そして克樹は、その朱美と美郷の部屋に入り浸っていた。克樹が美郷の母親を「朱美母さん」と呼ぶのはそのためだ。

「リンゴは塩水に……おれあんまり入ってるリンゴ好きじゃなかったけど、やっぱあった方がいいよな多分」

マッシュポテトをボウルに移し、マヨネーズを混ぜて他の具材を入れていく。半月切りの魚肉ソーセージと塩揉みしたきゅうり、イチョウ切りのリンゴ、賽の目の茹で卵……だが、鍋の中でひび割れ白身をこぼしていた茹で卵は殻も剥けない。挙げ句、まだ半熟だった。

「…………まあ、いいか。潰せばみてくれは関係ないし」

潔く諦める。そろそろ七時だ。遠く、車が帰ってきた音がした。宴会場を調えた怜路は、買い忘れていた酒と、つまみをいくつか買うと言って出掛けていたのだ。

「おっ、出来てンじゃねーの！」

ガラリと戸を引く音と共に、玄関を入ってすぐの広い土間から、冷気が足下に流れ込んで来た。古民家である狩野家の炊事場は、元々土間の一部である。ほんの十数センチほどの床をつけただけの台所はよく冷える。

両手に大きな買い物袋をぶら下げて、ご機嫌の大家が台所を覗く。冷蔵庫に酒類を仕舞い、怜路は代わりに惣菜の類を取り出して温め始めた。

「食器足んねーかなぁ」

「おれの部屋からも持ってこようか」

「あー、じゃあ俺取ってくるわ」

鼻歌まじりの背中が、再び台所から消える。迦倶良山の一件を片付けて鳴神から謝礼を受け取り、更に市からも感謝状と金一封を貰ったチンピラ大家は、以来ずっとご機嫌だ。美郷が冬用タイヤのために滞納していた家賃も免除してくれるというのだから、相当な羽振りの良さである。鳴神がかなり積んだのだろう。それに足るだけの働きはしてもらった。美郷は、今回のＭＶＰは他ならぬ怜路だと思っている。

「うーん、何か足らない……」

味見をして、ボンヤリと物足りない味に首を傾げスマホを取り出す。レシピサイトでいろいろな作り方を眺め、共通している調味料を確認して足してみる。

「やっぱ塩コショウか。で、砂糖……？」

塩コショウを振って味を確かめ、刺々しさに唸る。少し躊躇ってから半信半疑で砂糖を少し混ぜ、ポテトを少し手の甲に載せて更に味を確認する。

「あー、でもコレだ」

まだ茹でたジャガイモの温かさが残るポテトサラダに、美郷は納得の笑みを浮かべた。記憶の中にある味だ。

ピーピーとレンジが鳴って、チキンが温まったと主張する。次はオードブルの中の揚げ物だ。食器を取って戻ってきた大家が、チキンを大皿に移した。

「ポテサラ完成したよ」

「うっしゃ、じゃあコイツも盛りつけだな」

チキンとポテトサラダ、温まった惣菜と酒類、食器を手分けして抱え移動する。怜路が散らかし倒して足の踏み場もない茶の間を通るよりは、玄関のある土間を通って客間へ上がる方が早くて安全だ。サンダルをつっかけて土間を渡った美郷と怜路は、新しい共用リビングへと上がり込んだ。共用リビングにはファンヒーターが焚かれ、コタツなしでも過ごせそうな温度になっていた。

「うわぁ、凄い。コレあれでしょ？　人を駄目にするっていう……」

部屋に入り、まず目に飛び込んできた巨大なクッションに、美郷は歓声を上げた。

「へっへっへ、ホームセンターで安売りしててな」

ラグを敷いた六畳の和室には、大きなビーズクッションがふたつ鎮座している。今まで、洗濯物置き場という侘びしい使い方をされていたそこは、見事なリビングに変貌していた。

広めのローテーブルに料理と酒を並べ、グラスにビールを注いで乾杯となった。

「えー、何に乾杯？」

「色々無事に終わったこと、とかか」

「そうだね、お疲れさまでした、ありがとうございました！」

「うぇーい、ドウイタシマシテー」

ゆるくグラスをぶつけ、ビールを呷る。酒はたんまり買い込んだ。美郷は明日、有給休暇を取っている。怜路は遅番で夕方から出勤だ。今度こそ飲み比べに決着をつけてもよい。

オードブルのローストビーフを小皿に取る美郷の横で、怜路は真っ先にポテトサラダを食べている。

「お味はいかがでしょう」

「うん、美味い！」

それは良かった、と美郷は笑う。料理の腕前で言えば怜路が上だ。これも「上手い」料理ではないだろう。だが、多少味付けが雑でも作りたてが美味い、という料理は結構ある。

「メリークリスマスじゃないんだよね？」

クリスマスカラーの持ち手で飾られたチキンレッグを掴みながら、美郷は笑って確認した。

「さすがにな」

けっけ、と笑って怜路が頷く。別に宗旨に拘りはないが、と前置きして、ひとつサングラスを上げた怜路がニヤリと口の端を上げた。

「奇縁に乾杯」

誰と誰のとは言わない。自分たち二人だけでなく、今回の迦倶良山の件は様々な奇縁の重なりで、何とか「円満解決」を果たした。

美郷も笑って、「乾杯」と半分ほどに中身の減ったグラスを合わせる。正面に鎮座した大型テレビの電源を入れ、のどかな自然番組を眺めながらチキンを齧った。合間合間に、他愛ない雑談をしながら杯を重ねる。ビールの缶が全て空になったので、安いウイスキーと炭酸でハイボールを作る。さすがにこの辺りは、居酒屋勤務の怜路が上手い。

「でよォ、お前。鳴神の連中のその後は、何かどっかから聞いてンの？」

ポテサラのリンゴを拾って食べながら怜路が尋ねた。それをやめろと叱って、美郷は頷く。

「克樹に携帯の番号渡して、連絡貰った。あいつ自分のスマホ、山に捨てて縄目に入ったらしくて。その場じゃ連絡先交換できなかったから……。どうも直談判は成功したらしいよ。あと、若竹さんは左遷。誰か、お目付役兼連絡係が新しく付くのかは、よく分かんないって」

「連絡係？　克樹と家の、ってことか？」

「そう。あいつ大学は家を出て一人暮らししてみるって。まあおれが勧めたんですけどね」

自分一人で家計をやりくりして、初めて分かることも多い。もし今後克樹が組織のトップに立つなら、アルバイトも貴重な経験になるだろう。もし既に合格している近くの大学に通う場合でも、家からの車送迎通学ではなく一人暮らしをしてみろとけしかけたのは美郷だ。

四方を木枠のガラス戸と襖《ふすま》、内障子で囲まれた客間は、透かし彫りの欄間が奥の間との吹抜けだ。ごうごうとファンヒーターはフル稼働を続けている。食べ物とアルコールで体が温まった美郷は、ワイシャツとベストの上に羽織っていたどてらを脱いだ。

「へえ。あの坊ちゃまが一人暮らしねえ。まあ、家が近けりゃ何とでもなるか」

へっへっへ、とハイボール片手に意地悪く大家が笑う。

「お前、物凄い克樹に嫌われてたけど、お前も何か克樹に恨みでもあるのか？　なんかちょっと意地悪くない？」

可愛い弟に関して、やたら意地の悪い言動が目立つ大家を美郷はひと睨みする。それに、更に悪そうな笑みで返して怜路がグラスを呷った。

「いやいや、ベーっつに」

「ならいいんだけど。多分あいつ、来年からちょくちょくここにも来るよ？　受験成功すればだけど」

十中八九、成功するだろう。美郷が自慢することでもないが、克樹は恐ろしく要領が良く、理解と記憶が速い。身体能力も美郷より高く、潜在能力も上だろう。今からでも、狙いを絞って本気を出せば、目標の大学は十分射程圏内だと聞いた。

「……どういうこった」

「うん、だから。広島県にある国立大学を受験するんだって」

広島県に、国立大学はひとつしかない。その大学は狩野家から、車で一時間半程度の場所だ。出雲からよりも遥かに近い。

「マジか!!　あいつ広島に来やがんのか！」

仰け反った怜路が、そのまま後ろに倒れてビーズクッションに埋まる。ぐぇー、と唸るチンピラに、美郷は眉をしかめて尋ねた。

「だからなんでそんな、克樹を嫌うんだお前。確かにちょっと落ち着きがなくて賑やかだけど、素直だし頭も良いし、優しいし行動力もあるし、ちっちゃくてふわふわで可愛いし、一途で真面目で――」

「あーハイハイ、分かった分かった。オメーから見りゃアそうな、このブラコン酔っ払い」

面倒臭そうな声で遮られ、美郷は片手にしていたグラスを置いた。正座して、クッションにひっくり返っている怜路の胸ぐらを掴み、引き起こす。

「あのねえ。ウチの子は――」

「おおい落ち着け美郷ォ！　目ェ据わってんぞお前!!」

「おれは落ち着いてます」

「んなワケあるか！　いいか、まず一杯飲もう。改めてそれからだ」

器用に美郷の拘束から抜け出し、怜路が冷酒を掴む。問答無用で氷の残るグラスに冷酒を注がれ、持たされた。仕方がないかと美郷はそれを呷る。

「まあ、環境のワリにゃ素直そうに育ってンのは認めるよ。つかどうやってあんな甘っちゃく育てたんだ。全部オメーがやったんか」

どこに出しても恥ずかしくない甘えん坊だ、などと微妙にけなしてくる大家に、美郷は不満顔で答える。

「おれと母さんが、大抵克樹の相手してたから母さんもかな。というか、子供が素直で甘えんぼで何が悪いんだ！」

イヤ、お前との対比がね？　と呟く大家に、美郷は「まあね」と頷く。

「どっちかと言えば、おれに可愛げがなさすぎただけだよ。確かに克樹は甘えん坊だけど、変な甘ったれ方してなくて可愛いだろ。きちんと向き合って、支えてくれる側近が付けば、あいつは求心力で鳴神を引っ張っていける！」

美郷が力説するも、怜路は面倒臭そうに再び溶けている。聞きやしないねお前、と不満を漏らせば、ははん、と呆れた苦笑いを大家が漏らした。

「おめーが良いなら、まあいいんだけどよ。——弟甘やかしてばっかでお前、自分が甘える相手はいたのか。ポテサラ作ってくれてたお袋さんももう……だろ」

明後日の方向を眺めながら、ぼそりと怜路が言う。その口調に、ああ、と美郷は納得した。そういえば、言ったことはなかったか。

「母さんは生きてるよ。どこにいるかおれは知らないけど、親父は知ってる。おれはいわゆる母子家庭だったけど、母さんはおれに凄い理由で父親不在を説明してたし、それで納得してたもんなあ」

「どういうこった」

眉根を寄せ、怜路が起きあがる。そのグラスに冷酒を注ぎ返して、美郷はうん、と頷き話を続けた。

「母さんの失踪は、本人の意思じゃない。多分、誰かに狙われたんだ。それで……多分親父が、どこか鳴神の人間に分からない場所に隠れさせた。結局詳しくは聞けてないし、その後会ったこともないけど。前におれの戸籍を取ったら、本籍地は生まれた広島市内のままで、母さんはまだ除籍されてなかった。おれの父親欄も空白だけどね。……でも、克樹を連れて家出騒動やった、すぐ後くらいだったかな……親父が、母さんのことは『大丈夫だ』って」

鳴神家当主は、変な嘘を吐く人種ではない。大丈夫だと言い切ったなら、根拠を持っているのだろう。冷酒を舐めてつまみを齧り、怜路が「へぇ、」と納得し切れていない様子の返事をよこす。

「……とりあえず、おれのことはいいよ」

ぼすり、と美郷もビーズクッションに埋もれて淡く笑った。怜路が面白くなさそうに眉根を寄せる。

「全部許してみんなに感謝できるほど聖人君子でもないけど……おれのために、そんな顔してくれる奴がいるなら、それ以上はないと思ってる」

今回の騒動の間、怜路は一貫して「宮澤美郷」の味方という立場をぶらさなかった。そんな相手との奇縁が、美郷の今までの人生にあった全ての事件と選択の果てに存在するならば、今の美郷にとってはそれで十分だった。

この関係は、生まれながらの枠組みに繋がれた「絆」でも、神や運命がもたらした「奇跡」でもない。ただただ、縁によって繋がったものだ。この出会いには用意された、ご大層な「理由」もない。自分たちを含めた、全ての人々の選択の積み重なりの果てにある、限りなく「タダの偶然」に近い何か——奇縁としか呼びようのないものだ。

だからこそ、大切にしたいと心から思う。

「…………だから、なんでホント、よくそんなサラッと……」

酒に酔った顔を更に朱くして、怜路がむず痒そうな顔をする。クッションに埋もれたままヒヒヒと笑って、酔い心地の美郷はそれを眺めた。この人情家のお人好しは、誠意を行動で示すのは得意だが、ストレートな言葉には耐性がないタイプの照れ屋だ。言っては悪いが面白い。

笑っている美郷に気づいたチンピラが眦を上げる。このやろう、と飛びかかってきた大家から逃げて、美郷は白ワインの瓶を掴んだ。酒のチャンポンは拙いというが、そんなことはお構いなしに雑多な酒瓶が辺りには転がっている。

「まず一杯飲もう。改めてそれからだ」

言って、金属蓋の安そうなワインを開ける。ちっ、と赤い顔で舌打ちする酔っ払いのグラスになみなみと注ぎ、自分のグラスも満たした。

「ではでは、迦倶良山神隠し事件の円満解決と、えー、狩野怜路さんへの感謝状授与、並びに特自災害係との業務委託随意契約の内定を祝しまして！」

かんぱーい、とグラスを掲げる。

「うぇーい、安定収入かんぱーい！　来年度からだけどな！　めんどくせェの回してくんじゃねーぞー！」

今回の事件を鑑みて、特自災害は有事の際、怜路に助力を求めて謝礼を出せるように方法を考えた。そして結論として出したのが、狩野怜路という個人業者と市の間で、正式に業務委託の契約をするという形式だ。

年度ごとにあらかじめ「特殊自然災害に関する防止及び市民の救助の一部」を委託する契約をしておき、予算を取って定額を怜路に支払う。代わりに、怜路は市の要請で特自災害係の業務を手伝うというわけだ。怜路が元々、きっちりと書類を整備できるからこそ可能だった形式である。

「それは係長に言ってくれー。でもあれだね、来年度からはホントに『組んで』仕事ができるのかぁ」

このチンピラ拝み屋は同業者だが、一緒に仕事を引き受けたことはない。片や個人事業者、片や公務員なのだから当然である。

「だなァ。まあ俺が下請けだけどな。宜しく頼みますぜ、お役人様」

あっという間にグラスを空けた怜路が、わざとらしく揉み手をする。

「それはお主の心がけ次第……って言えばいいのかな」

高慢そうな役人の口調を真似て美郷もおどける。二人で爆笑しながら更に杯を重ねた。もはや、何をどれだけ飲んだのか分からない。テーブルの上には空の皿と、ローストチキンの残骸と空き缶ばかりが散らかっている。傍らのレジ袋からつまみを引っ張り出して開け、けたけた笑いっぱなしの怜路が「こちらをお納めください」と美郷に差し出す。

「そこは黄金のナントヤラじゃないと」

「よく見ろ、黄金さきいかだろーが」

再び二人で爆笑する。笑い転げてクッションに沈み、怜路がおもむろに美郷へ拳を突き出した。

「――ま、改めてよろしくな。『相棒』」

少し照れ臭そうに、だが、それ以上に何かを噛み締めるような表情で、怜路が目を細めた。

「おう、よろしく」

美郷も拳を出してグータッチする。

全力稼働中のファンヒーターが、「三時間経ったぞまだやるのか!?」と、安全タイマーの電子音を響かせた。美郷は即座に運転延長ボタンを押す。

「次何開ける?」

「ワインもう一本あったろ。その前に俺、便所」

「いってらー」

　ふらふらと千鳥足で怜路が小便に立つ。

　美郷に背を向けて戸口へ向かった怜路が、障子の木枠を掴んで立ち止まった。ほろ酔い気分のまま、まだ空いていない酒瓶を探し回っていた美郷はそれに気付かない。

「――掴んだモンにゃ、すぐさま名前を付けちまう辺りが……お前の強さだよなァ」

　言われて、「ん？」と美郷は顔を上げる。まさかまだ怜路が居るとは思っていなかったので、言われた言葉の半分も聞こえていなかった。

「え、怜路なんて言った？　お酒なら強いよ？」

　返した答えは完全に明後日のものだったらしく、爆笑した怜路は腹を抱えたまま廊下へ消えてしまう。なんなんだ、と呆れながら、美郷は酒瓶探しを再開した。部屋の片隅には、いつも美郷が取り込んで畳んでいる、二人分の洗濯物が積んである。その陰に一本、赤ワインの瓶が転がっていた。

「あっ、あった。もうこれ一本で終わりか……」

　今回も結局、飲み比べの決着は付きそうにないな。そう呟いて、美郷は最後の酒瓶を開けた。

了

あとがき

この度は、陰陽師と天狗眼第2巻を手に取って頂きありがとうございます。応援を頂いた皆様のおかげで、2巻を出すことができました。とても嬉しいです。

さて、今回は1巻と違い、一冊丸々ひとつの長編です。WEB連載の時点で、普通だと一冊には収まりそうにない量あったお話を、一行の文字数・一頁の行数・総頁数の全てを増やして一冊に入れてくださったことのは文庫さま、ありがとうございます。なんでも、ことのは文庫史上「最厚」になったとか……!

それを改稿にて、さらに頁数も上限ギリギリ、さらに各章末も最後の一行まで詰め込む勢いで字数を増やしました。少しずつWEB版とは違いますので、WEB版既読の方にも楽しんで頂けるのではないかと思います。

今回のお話は、改めて美郷の過去が出て来たり、怜路の人との距離感や、その葛藤が出て来たり、二人の内面に踏み込んだものになったと思います。また、今回初登場のキャラクターたちもそれぞれ、悩んだり答えを見つけて走り出したり、様々な経験をしました。なにかひとつでも、読んでくださった方にとって「応援」となるものがあれば良いなと思います。

そして今回も、沢山の方に支えられて刊行まで辿り着きました。取材協力や情報提供をしてくださいました、太歳神社の小原様。色々と、私ひとりでは辿り着けない情報をお教え頂き、本当にありがとうございました。また、ＷＥＢ連載時も、書籍化作業時も励ましてくださった方々。いつも本当にありがとうございます。ひとりではここまで来られませんでした。

素敵な装画・装丁をくださった、カズキヨネ様、大岡様。冬の空気に満ちた、素晴らしい表紙をありがとうございます。ずっと眺めていられます……。ついに白太さんと、お役所ジャンパーの美郷が全国デビューです！　そして、今回も色々と騒がしい歌峰を支えてくださった、担当編集の尾中様。いつもうるさくてすみません、ありがとうございます。

最後に、大ニュースです。

なんと、陰陽師と天狗眼がコミカライズされます！　作画を担当してくださるのは三戸先生です。装画に続き、コミックも豪華過ぎでは……？　以前より拝読している作品の先生に、己の作文を漫画にして頂く機会を得られるとは夢にも思いませんでした。めちゃくちゃイケメンな美郷と怜路にご期待ください！　そして、コミカライズにあたり、同人写真家の道民の人様（Twitter:@North_ern2）に資料提供を了承して頂きました。道民さんの撮られる風景は、その中に住む者に寄り添った素晴らしいものです。今後の執筆用にも、資料写真をいくつかご提供頂きました。活かして行けるよう頑張りたいです。

それでは、また皆様に、お目にかかる機会に恵まれることを願っております。

２０２１年　11月　吉日　歌峰由子

ことのは文庫

陰陽師《おんみょうじ》と天狗眼《てんぐがん》

—冬山《ふゆやま》の隠《かく》れ鬼《おに》—

2021年12月26日　初版発行

著者　歌峰由子《うたみねよしこ》

発行人　子安喜美子

編集　尾中麻由果

印刷所　株式会社広済堂ネクスト

発行　株式会社マイクロマガジン社

URL：https://micromagazine.co.jp/

〒104-0041

東京都中央区新富1-3-7 ヨドコウビル

TEL.03-3206-1641 FAX.03-3551-1208（販売部）

TEL.03-3551-9563 FAX.03-3297-0180（編集部）

本書は、小説投稿サイト「エブリスタ」（https://estar.jp/）に掲載されていた作品を、加筆・修正の上、書籍化したものです。

定価はカバーに印刷されています。

ISBN978-4-86716-219-4　C0193

乱丁、落丁本はお取り替えいたします。